La trama

La trama

Jean Hanff Korelitz

Traducción de Librada Piñero

Rocaeditorial

Título original: *The Plot*

© 2021, Jean Hanff Korelitz

Primera edición en este formato: mayo de 2022

© de la traducción: 2022, Librada Piñero
© de esta edición: 2022, Roca Editorial de Libros, S. L.
Av. Marquès de l'Argentera, 17, pral.
08003 Barcelona
actualidad@rocaeditorial.com
www.rocalibros.com

Impreso por Liberdúplex
Printed in Spain – Impreso en España

ISBN: 978-84.18870-96-5
Depósito legal: B 6913-2022

A Laurie Eustis

Los buenos escritores toman prestado, los grandes escritores roban.

T. S. ELIOT
(posiblemente robado de Oscar Wilde)

PRIMERA PARTE

1

Cualquiera puede ser escritor

Jacob Finch Bonner, el en su día prometedor autor de la «Nueva y Destacada» (según el suplemento literario de *The New York Times*) novela *La invención de la maravilla*, entró en el despacho que le habían asignado en la segunda planta del Richard Peng Hall, dejó su destartalada cartera de cuero sobre la mesa vacía y miró a su alrededor con algo parecido a la desesperación. Aquel despacho, el cuarto que tenía en el Richard Peng Hall en otros tantos años, no suponía una gran mejora respecto a los tres anteriores, pero al menos la ventana que había detrás de la mesa daba a un camino arbolado de aire vagamente universitario, a diferencia del aparcamiento del segundo y tercer año y el contenedor de basura del primero (cuando, irónicamente, había estado mucho más cerca de la cumbre de su fama literaria, fuera la que fuese, y podría haber esperado algo más bonito). Lo único de aquella habitación que tenía algo de naturaleza literaria propiamente dicha, algo de calidez, era la destartalada cartera que Jake llevaba a todas partes desde hacía años y que utilizaba para transportar su portátil y, aquel día en concreto, las muestras de escritura de sus alumnos, que no tardarían en llegar. La había comprado en un mercadillo poco antes de que se publicara su primera novela, y lo había hecho con cierta conciencia de escritor: «¡Aclamado joven novelista continúa llevando la vieja cartera de cuero que utilizó durante sus años de lucha!». Cualquier esperanza residual de convertirse en aquella persona hacía mucho que había desaparecido. Y, aunque no hubiera sido así, no había manera de justificar el gasto de una cartera nueva. Ya no.

El Richard Peng Hall era una incorporación que se había hecho en la década de 1960 al campus de Ripley, una construcción sin ningún encanto hecha de bloques de hormigón blancos situada detrás del gimnasio y junto a unos dormitorios universitarios montados para cuando el Ripley College empezó a admitir mujeres en 1966 (aspecto en el que tuvo el mérito de ser pionero). Richard Peng había sido un estudiante de ingeniería de Hong Kong y, aunque probablemente debiera su fortuna final más a la escuela a la que había ido después del Ripley College, el Instituto Tecnológico de Massachusetts, MIT, dicha institución se había negado a construir un Richard Peng Hall, al menos por el volumen de la donación que él tenía en mente. El propósito original del edificio de Ripley había sido alojar el programa de ingeniería, y aún conservaba el aire característico de un edificio de ciencias, con su vestíbulo lleno de ventanas en el que nunca se sentaba nadie, sus pasillos largos y vacíos y aquellos desmoralizadores bloques de hormigón. Pero cuando Ripley se deshizo de la ingeniería en 2005 (de hecho se deshizo de todos sus programas de ciencias y de todos sus programas de ciencias sociales) y se dedicó, en palabras de su desesperada junta de supervisores, «al estudio y la práctica de las artes y las humanidades en un mundo que las infravalora y necesita cada vez más», el Richard Peng Hall fue reasignado al programa de máster en Bellas Artes de Ficción, Poesía y No Ficción Personal (Memorias), de baja residencia.

Así habían llegado los escritores al Richard Peng Hall, en el campus del Ripley College, en aquel extraño rincón del norte de Vermont, lo bastante cerca del legendario «Reino del Noreste» como para conservar algún rastro de su perceptible singularidad (la zona había sido hogar de un pequeño pero resistente culto cristiano desde la década de 1970), aunque no tan lejos de Burlington y Hannover como para poder considerarse el quinto pino. Por supuesto, en la universidad se había enseñado escritura creativa desde la década de 1950, pero nunca de forma seria, y mucho menos innovadora. Las instituciones educativas nacionales, que estaban preocupadas por su supervivencia, fueron añadiendo cosas a sus planes de estudios a medida que la cultura cambiaba a su alrededor y los estudiantes empezaban a «hacer demandas», a su manera eternamente estudiantil: estudios sobre la mujer, estudios afroamericanos, un centro informático donde realmente se reconociera que los ordenadores eran, bueno, «importantes». Pero cuando Ripley atravesó su gran crisis a finales de la década de 1980, y cuando la universidad adoptó una mirada sobria y profundamente preocupada sobre lo que podría ser necesario para sobrevivir institucionalmente, ¡sorpresa!, fue la escritura creativa la que marcó el camino más optimista. Y así lanzó su primer (y todavía único) programa de posgrado, los Simposios de Ripley en Escritura Creativa, y durante los años siguientes los Simposios básicamente se fueron comiendo el resto de la universidad hasta que todo lo que quedó fue su programa de baja residencia, mucho más complaciente para los estudiantes que no podían dejarlo todo por un máster en Bellas Artes de dos años. ¡Y no debía esperarse eso de ellos! Escribir, según el brillante folleto de Ripley y su muy seductora página web, no era una actividad elitista inalcanzable para todos salvo unos pocos afortunados. Por el contrario, cada persona tenía una voz única y una historia que nadie más podía contar. Y cualquiera, sobre todo con la guía y el apoyo de los Simposios de Ripley, podía ser escritor.

Lo único que Jacob Finch Bonner había querido ser siempre era escritor. Siempre, siempre, siempre, desde los suburbios de Long Island, el último lugar del mundo de donde debería proceder un artista serio de cualquier tipo, pero donde, no obstante, había sido condenado a criarse como hijo único de un abogado fiscal y una orientadora académica de la escuela secundaria. El motivo por el que había añadido su estrella al pequeño y solitario estante de la biblioteca local donde se leía ¡ESCRITORES DE LONG ISLAND! era una incógnita, pero no pasó desapercibido en casa del joven escritor. Su padre (el abogado fiscal) había sido contundente en sus objeciones (¡Los escritores no ganaban dinero! A excepción de Sidney Sheldon. ¿Acaso Jake afirmaba ser el próximo Sidney Sheldon?) Y su madre (la orientadora académica) había considerado oportuno recordarle, constantemente, su puntuación en el mejor de los casos mediocre en el examen de aptitud verbal. (Fue muy embarazoso para Jake conseguir hacerlo mejor en aptitud matemática que en verbal.) Habían sido desafíos difíciles de salvar, pero ¿qué artista no tenía retos que superar? Durante su infancia había leído con obstinación (y cabía señalar que ya de un modo competitivo y codicioso), saliéndose del plan de estudios obligatorio, saltándose la porquería adolescente habitual para investigar el campo emergente de sus rivales futuros. Después se había ido a Wesleyan a estudiar escritura creativa y se había relacionado con un grupo reducido de protonovelistas y escritores de relatos cortos tan tremendamente competitivos como él.

15

Muchos eran los sueños del joven Jacob Finch Bonner en lo tocante a la ficción que escribiría algún día. (En realidad, el «Bonner» no era del todo auténtico: el bisabuelo paterno de Jake había sustituido Bonner por Bernstein hacía aproximadamente un siglo. Pero tampoco lo era el «Finch», que el propio Jake había añadido en el instituto como homenaje a la novela que había despertado su amor por la ficción.) A veces, con los libros que le gustaban especialmente, imaginaba que en realidad los había escrito él y que concedía entrevistas a críticos o reseñadores para hablar de ellos (desviando siempre con humildad los elogios del entrevistador), o que leía fragmentos ante públicos numerosos y ávidos en una librería o un auditorio lleno de localidades ocupadas. Imaginaba su propia fotografía en la solapa de una edición en tapa dura (tomando el ya anticuado modelo del escritor inclinado sobre una máquina de escribir o del escritor con pipa) y demasiado a menudo pensaba en sentarse a una mesa a firmar ejemplares para una larga cola de lectores. «Gracias —entonaría amablemente a cada hombre o mujer—. Es muy amable por su parte. Sí, también es uno de mis favoritos.»

No era exactamente cierto que Jake no pensara nunca en escribir realmente sus novelas futuras. Entendía que los libros no se escribían solos, y que habría de trabajar de veras la imaginación, la tenacidad y la habilidad para acabar trayendo al mundo sus propios libros. También entendía que el campo no estaba vacío: había mucha gente joven como él que sentía lo mismo sobre los libros y que quería escribirlos algún día, e incluso era posible que algunos de ellos tuvieran aún más talento natural que él, o una imaginación más robusta, o simplemente mayor voluntad de acabar el trabajo. Estas ideas no le complacían demasiado, pero, en su favor, él conocía su propia mente. Sabía que no se sacaría la certificación para enseñar lengua en la escuela pública («si aquello de la escritura no salía bien») ni haría el examen de ingreso a la Facultad de Derecho («¿por qué no?»). Sabía que había elegido su calle y había empezado a nadar, y no dejaría de nadar hasta que tuviera su propio libro en las manos, momento en el que el mundo seguramente se habría enterado de lo que él sabía desde hacía muchos años:

Que era escritor.

Un gran escritor.

Al menos esa había sido la intención.

Estaban a finales de junio y en Vermont llevaba lloviendo buena parte de la semana cuando Jake abrió la puerta de su nuevo despacho en el Richard Peng Hall. Al entrar se dio cuenta de que había dejado huellas de barro por el pasillo y en la habitación, y miró sus pobres zapatillas de correr —que en su día habían sido blancas, pero ahora estaban marrones por la humedad y la suciedad, y que de hecho nunca había usado para correr— y tuvo la sensación de que ya era inútil quitárselas. Se había pasado el largo día conduciendo desde la ciudad con dos bolsas de plástico de Food Emporium llenas de ropa y aquella vieja cartera de cuero en la que llevaba el portátil, casi igual de viejo, que contenía su novela actual, la novela en la que en teoría (por oposición a en la práctica) estaba trabajando, y las carpetas de los trabajos presentados por sus alumnos, y se le ocurrió que cada vez que hacía el viaje hacia el norte en dirección a Ripley llevaba menos cosas. ¿El primer año? Una gran maleta embutida con la mayoría de su ropa (¿quién sabía qué vestuario podría considerarse apropiado para tres semanas en el norte de Vermont, rodeado de estudiantes sin duda aduladores y de otros profesores sin duda envidiosos?) y todos los borradores impresos de su segunda novela, de cuya fecha límite tenía tendencia a quejarse en público. ¿Este año? Solo aquellas dos bolsas de plástico en las que había echado vaqueros y camisas, y el portátil que ahora utilizaba principalmente para pedir la cena y ver YouTube.

Si dentro de un año continuaba haciendo aquel trabajo deprimente, probablemente ni siquiera se molestaría en llevar el portátil.

No, Jake no estaba deseando que empezara el inminente año académico de los Simposios de Ripley. No estaba ansioso por reunirse con sus colegas aburridos e insoportables, ninguno de ellos escritor a quien admirara verdaderamente, y desde luego no tenía ningunas ganas de fingir entusiasmo por otro batallón de alumnos ansiosos, todos y cada uno de ellos probablemente convencidos de que algún día escribirían, o tal vez habían escrito ya, la Gran Novela Estadounidense.

Por encima de todo, no tenía ningunas ganas de fingir que continuaba siendo escritor, y mucho menos un gran escritor.

De más estaba decir que Jake no había preparado nada para el trimestre de los Simposios de Ripley que estaba a punto de comenzar. No le sonaba de nada ninguna de las páginas de muestra que había en aquellas carpetas fastidiosamente gruesas. Al empezar en Ripley se había convencido a sí mismo de que «gran profesor» era un complemento meritorio de «gran escritor», y había prestado mucha atención a las muestras de escritura de aquellas personas, que habían desembol-

17

sado un buen dinero para estudiar con él. Pero las carpetas que ahora sacaba de su cartera —carpetas que tendría que haber empezado a leer hacía semanas, cuando se las había enviado Ruth Steuben, la extremadamente cáustica encargada de la oficina del Simposio— habían viajado desde el buzón de correo prioritario hasta la cartera de cuero sin sufrir ni una sola vez la indignidad de que las abrieran, por no hablar de que las sometieran a un examen profundo. Ahora Jake las miró amenazante, como si aquellas carpetas fueran las responsables de su procrastinación y de la espantosa noche que, en consecuencia, tenía por delante.

Porque, después de todo, ¿qué había que saber de las personas cuyas vidas interiores contenían aquellas carpetas, y que ahora convergían en el norte de Vermont, en las estériles salas de conferencias del Richard Peng Hall, y aquel mismo despacho una vez que comenzaran las reuniones individualizadas dentro de unos pocos días? Aquellos alumnos en concreto, aquellos aprendices apasionados, serían perfectamente idénticos a sus homólogos anteriores de Ripley: profesionales en mitad de su carrera convencidos de que podían producir aventuras de Clive Cussler en masa, o mamás que escribían en blogs sobre sus hijos y no veían por qué eso no les daba derecho a aparecer habitualmente en *Good Morning America*, o gente que se acababa de jubilar y «volvía a la ficción» (¿seguro que la ficción los había esperado?). Los peores eran los que a Jake le recordaban a sí mismo: «novelistas literarios», absolutamente serios, ardientes de resentimiento hacia cualquiera que hubiera llegado allí primero. A los Clive Cusslers y a las madres blogueras aún se los podía convencer de que Jake era un novelista joven (ahora «tirando a joven»), famoso, o al menos «muy respetado», pero ¿y a los aspirantes a David Foster Wallace y a Donna Tartt que sin duda estaban presentes en la pila de carpetas? No tanto. Aquel grupo sería perfectamente consciente de que Jacob Finch Bonner había disparado a tientas su primer tiro, no había conseguido crear una segunda novela lo bastante buena, ni rastro de una tercera, y había sido enviado al purgatorio especial para escritores que en su momento habían sido prometedores, del que bien pocos salían jamás. (Resulta que era falso que Jake no hubiera producido una tercera novela, pero en este caso la falsedad era preferible a la verdad. De hecho, había habido una tercera novela, e incluso una cuarta, pero aquellos manuscritos, en cuya elaboración había consumido casi cinco años de su vida, habían sido rechazados por una espectacular diversidad de editores de prestigio en declive, desde el editor «heredado» de *La invención de la maravilla* hasta la respetable prensa universitaria que había publicado su segundo libro, *Reverberaciones*, pasando por los numerosos, numerosísimos, certámenes de pequeñas publicaciones enumerados en la parte posterior de *Poets & Writers,* cuya participación le había costado una pequeña fortuna y que, huelga decirlo, no había conseguido ganar. Habida cuenta de estos datos desmoralizadores, la verdad era que prefería que sus estudiantes creyeran que continuaba esforzándose por hilar aquella mítica y extraordinaria segunda novela.)

Incluso sin leer el trabajo de sus nuevos alumnos, Jake tenía la sensación de conocerlos tan íntimamente como había conocido a sus anteriores homólogos, que era más de lo que deseaba. Sabía, por ejemplo, que tenían mucho menos talento del que creían, o que posiblemente eran tan malos como en secreto temían ser. Sabía que querían cosas de él que no estaba del todo preparado para entregar y que de entrada no tenía por qué fingir poseer. También sabía que todos y cada uno de ellos iban a fracasar, y sabía que cuando los dejara al final de aquel período de tres semanas, desaparecerían de su vida y nunca más volvería a pensar en ellos. Que era todo cuanto quería, la verdad.

19

Pero antes tenía que cumplir con la fantasía de Ripley de que todos ellos eran «alumnos» y «profesores» iguales, colegas de arte, cada uno con una voz única y una historia singular que contar, y cada uno igual de merecedor de que le llamaran aquello tan mágico: «escritor».

Eran poco más de las siete y continuaba lloviendo. Para cuando conociera a sus nuevos alumnos al día siguiente, en la cena de bienvenida al aire libre, tendría que ser todo sonrisas, todo estímulo personal y rebosar una orientación tan deslumbrante que todos los nuevos miembros del Programa de Máster en Bellas Artes de los Simposios de Ripley pudieran creer que el «talentoso» (*Philadelphia Inquirer*) y «prometedor» (*Boston Globe*) autor de *La invención de la maravilla* estaba preparado para conducirlos hacia el Shangri-La de la Fama Literaria.

Por desgracia, el único camino que llevaba de aquí a allí pasaba por aquellas doce carpetas.

Encendió la lámpara de escritorio estándar de Richard Peng y se sentó en la silla de oficina estándar de Richard Peng, que emitió un fuerte chirrido cuando lo hizo, y luego pasó un buen rato resiguiendo una línea de mugre por las juntas de los bloques de hormigón de la pared de la puerta de su despacho, demorando hasta el último momento posible la larga y profundamente desagradable velada que estaba a punto de comenzar.

¿Cuántas veces, al rememorar aquella noche, la última noche de un tiempo en el que después siempre pensaría como «antes», desearía no haber estado tan rematadamente, tan condenadamente equivocado? ¿Cuántas veces, a pesar de la asombrosa buena fortuna puesta en marcha por una de aquellas carpetas, desearía haber retrocedido y salido de aquel despacho estéril, haber vuelto sobre sus pasos embarrados por el pasillo, haber regresado a su coche y haber conducido todas aquellas horas de vuelta a Nueva York y a su fracaso personal diario? Demasiadas, daba igual. Ya era muy tarde para eso.

2

El recibimiento del héroe

*P*ara cuando empezó la cena de bienvenida al aire libre, la tarde del día siguiente, Jake estaba en las últimas: se había arrastrado hasta la reunión de la facultad de aquella mañana tras haber dormido apenas tres horas. Una pequeña victoria de aquel curso había sido que por fin Ruth Steuben iba a librarlo de los alumnos que se consideraban poetas para ponerlos con otros profesores que también se consideraban poetas (Jake no tenía nada de valor que enseñar a los aspirantes a poetas. Por su experiencia, estos a menudo leían ficción, pero los escritores de ficción que decían leer poesía con cierta regularidad eran unos mentirosos), así que al menos podía decirse que la docena de alumnos que le habían asignado eran escritores de prosa. ¡Pero menuda prosa! En su lectura previa, que había durado toda la noche gracias al Red Bull, la perspectiva narrativa saltaba como si el verdadero narrador fuera una pulga, vagando de un personaje a otro, y las historias (¿o... capítulos?) eran a la vez tan flojas y frenéticas que en el peor de los casos no significaban nada y, en el mejor, no lo suficiente. Los tiempos verbales daban bandazos dentro de los párrafos (¡a veces incluso dentro de las oraciones!) y de vez en cuando se utilizaban algunas palabras de un modo que implicaba, sin lugar a dudas, que el escritor no tenía demasiado claro su significado. Gramaticalmente, el peor de ellos hacía que Donald Trump pareciera Stephen Fry y, del resto, la mayoría creaba oraciones que solo podían describirse como... del todo mediocres.

Entre aquellas carpetas había hallado el impactante descubrimiento de un cadáver en descomposición en una playa (los pechos del cadáver habían sido incomprensiblemente descritos como «melones maduros»), el relato histriónico de cómo un escritor descubría, a través de una prueba de ADN, que era «en parte africano», un estudio de caracteres inerte de una madre y una hija que vivían juntas en una casa antigua, y el comienzo de una novela ambientada en un dique de castores «bosque adentro». Algunas de aquellas muestras no tenían pretensiones literarias especiales y era fácil intervenir en ellas —concretar la trama y corregir la prosa con una subordinación básica bastaría para justificar su sueldo y hacer honor a sus responsabilidades profesionales—, pero las muestras de escritura más tímidamente «literarias» (algunas de ellas, qué ironía, entre las peor escritas) iban a sorberle el alma. Lo sabía. Ya estaba sucediendo.

Afortunadamente, la reunión de profesores no fue muy agotadora. (Era posible que Jake incluso hubiera dado una cabezadita rápida mientras Ruth Steuben entonaba su ritual sobre las directrices de Ripley en materia de acoso sexual.) Los profesores que regresaban a los Simposios de Ripley se llevaban razonablemente bien y, si bien Jake no podía decir que se hubiera hecho amigo de verdad de ninguno de ellos, sí que tenía la tradición arraigada de tomarse una cerveza por curso en The Ripley Inn con Bruce O'Reilly, jubilado del Departamento de Inglés de Colby y autor de media docena de novelas publicadas por una editorial independiente de su Maine natal. Aquel año había dos nuevos en la sala de conferencias de la planta baja del Richard Peng: una poeta nerviosa llamada Alice que parecía ser de la misma edad que él y un hombre que se presentó como escritor «multigénero» y que entonó su nombre, Frank Ricardo, de un modo que decididamente implicaba que el resto de ellos lo reconocía, o en todo caso debería reconocerlo. (¿Frank Ricardo? Era cierto que Jake había dejado de prestar mucha atención a otros escritores en la época en que su propia cuarta novela había empezado a recopilar rechazos —básicamente era demasiado doloroso continuar haciéndolo—, pero no creía haber oído hablar de Frank Ricardo.) (¿Había algún Frank Ricardo que hubiera ganado un Premio Nacional del Libro o un Pulitzer? ¿Había algún Frank Ricardo que, con una primera novela surgida de la nada, hubiera alcanzado lo más alto de la lista de superventas de *The New York Times* a través del boca a boca viral?) Cuando Ruth Steuben hubo acabado su recitar y repasado el horario (diario y semanal, lecturas vespertinas, fechas de entrega de evaluaciones escritas y fechas límite para el jurado de los premios de escritura de final de curso del Simposio), los despidió con un recordatorio sonriente pero firme de que la cena de bienvenida al aire libre no era opcional para el profesorado. Jake saltó hacia la salida antes de que ninguno de sus compañeros, conocidos o nuevos, pudiera dirigirle la palabra.

El piso que había alquilado estaba a unos pocos kilómetros al este de Ripley, para ser exactos en un camino llamado Poverty Lane. Pertenecía a un agricultor local, más concretamente a su viuda, y ofrecía una vista sobre el camino que conducía a un granero medio derruido que en su día había albergado un rebaño lechero. Ahora la viuda arrendaba la tierra a uno de los hermanos de Ruth Steuben y llevaba una guardería en la granja. Se confesaba perpleja por aquello que hacía Jake y que se convertía en libros, o porque se enseñara en Ripley, o porque de hecho alguien pudiera pagar por aprender tal cosa, pero le guardaba el piso desde su primer año; al parecer, ser silencioso, educado y responsable con el alquiler era una combinación demasiado escasa como para no hacerlo. Jake se había acostado sobre las cuatro de la mañana y había dormido hasta diez minutos antes de que empezara la reunión de profesores. No era suficiente. Ahora corrió las cortinas y volvió a dormirse para despertarse a las cinco y empezar a recomponer su cara de juego para el inicio oficial del trimestre de Ripley.

La barbacoa se llevó a cabo en los prados de la universidad, rodeados por los primeros edificios de la institución, que, a diferencia del Richard Peng Hall, tenían un aspecto tranquilizadoramente universitario y eran realmente muy bonitos. Jake puso pollo y pan de maíz en un plato de cartón y metió la mano en una de las neveras para coger una botella de Heineken, pero mientras lo hacía, un cuerpo se inclinó contra él y un antebrazo largo y profusamente cubierto de pelo rubio le desvió de su trayectoria.

—Perdona, tío —dijo el desconocido justo al agarrar la botella de cerveza que iba a coger Jake y sacarla del agua.

—No pasa nada —dijo Jake automáticamente.

Qué situación tan patética. Le hizo pensar en aquellas viñetas de culturismo que aparecían en la parte trasera de los cómics antiguos: un matón da una patada a la arena en la cara de un enclenque de cuarenta y cuatro kilos. ¿Qué iba a hacer al respecto? Convertirse en un matón musculado, por supuesto. El tipo —de estatura media, de un rubio medio y de hombros anchos— ya se había dado la vuelta y abría el tapón de rosca de la botella para llevársela a la boca. Jake no alcanzaba a verle la cara a aquel gilipollas.

23

—Señor Bonner.

Jake se enderezó. A su lado había una mujer. Era la nueva de la reunión de profesores de aquella mañana. Alice nosequé. La nerviosa.

—Hola. Alice, ¿verdad?

—Alice Logan, sí. Solo quería decirle cuánto me gusta su trabajo.

Jake sintió, y notó, la sensación física que generalmente acompañaba a aquella frase, que todavía escuchaba de vez en cuando. En aquel contexto, «trabajo» solo podía significar *La invención de la maravilla*, una novela tranquila ambientada en su Long Island natal y en la que aparecía un joven llamado Arthur. Este, cuya fascinación por la vida y las ideas de Isaac Newton proporciona un eje a la novela y una resistencia contra el caos cuando su hermano muere repentinamente, no representaba, rotundamente no, al propio Jake de más joven. (Jake no tenía hermanos y había tenido que investigar mucho para crear un personaje conocedor de la vida y las ideas de Isaac Newton.) *La invención de la maravilla* la habían leído en el momento de su publicación —y, suponía, todavía la leían de vez en cuando— personas a las que importaba la ficción y hacia dónde se dirigía. Ni una sola vez había utilizado alguien la frase «Me gusta su trabajo» para referirse a *Reverberaciones* (una colección de relatos cortos que su primer editor había rechazado y que la Diadem Press de la Universidad Estatal de Nueva York —¡una editorial universitaria muy respetada!— había relanzado como «una novela en relatos cortos enlazados»), a pesar de que innumerables ejemplares habían sido enviados diligentemente para que se hicieran reseñas (con resultado de cero).

Debería haber sido agradable cuando todavía sucedía, pero por alguna razón no lo era. Por algún motivo le hacía sentir muy mal. Aunque, la verdad, ¿no le pasaba eso con todo?

Se dirigieron hacia una de las mesas de pícnic y se sentaron. Tras el robo de la Heineken, Jake había olvidado coger otra bebida.

—Era tan potente... —dijo ella, retomando desde donde lo había dejado—. Y cuando la escribió usted tenía... ¿qué? ¿Veinticinco años?

—Por ahí andaría, sí.

—Bueno, pues me dejó impresionada.

—Gracias, es muy amable por su parte.

—Estaba haciendo el máster en Bellas Artes cuando la leí. De hecho, creo que hicimos el mismo máster, aunque no coincidimos.

—Ah...

El máster de Jake, y al parecer el de Alice, no había sido aquel nuevo tipo «de baja residencia», sino el más clásico de «abandona tu vida y dedícate por completo al arte durante dos años seguidos», y, francamente, también era un máster mucho más prestigioso que el de Ripley. Vinculado a una universidad del Medio Oeste, durante mucho tiempo aquel máster había formado a poetas y a novelistas de gran importancia para las letras estadounidenses, y costaba tanto entrar en él que Jake había tardado tres años en conseguirlo (tiempo durante el cual había visto que aceptaban a ciertos amigos y conocidos con menos talento que él). Había pasado aquellos años viviendo en un piso microscópico de Queens y trabajando para una agencia literaria que tenía especial interés en la ciencia ficción y la fantasía. Estos géneros, que personalmente nunca le habían llamado la atención, parecían atraer a un alto cociente de... —bueno, ¿por qué no hablar claro?— locos entre los aspirantes a escritor de su grupo; no es que Jake tuviera nada con que compararlo, puesto que todo el mundo en las muy distinguidas agencias literarias a las que se había presentado tras licenciarse en la universidad se había negado a hacer uso de sus talentos. Ficciones Fantásticas S. R. L., una tienda regentada por dos hombres en Hell's Kitchen (de hecho en la diminuta trastienda del piso en forma de tubo que los propietarios tenían en Hell's Kitchen), tenía una lista de clientes de unos cuarenta escritores, la mayoría de los cuales se iban a agencias más grandes en cuanto conseguían algo de éxito profesional. El trabajo de Jake había consistido en hacer que el abogado persiguiera a aquellos escritores ingratos, disuadir a los autores de sus intentos no solicitados de describir por teléfono sus series de diez novelas (escritas o no) y, sobre todo, leer un manuscrito tras otro sobre realidades distópicas alternativas en planetas lejanos, sistemas penales oscuros muy por debajo de la superficie de la tierra y organizaciones de rebeldes posapocalípticos empeñados en derrocar a sádicos señores de la guerra.

Una vez realmente había logrado dar con una perspectiva emocionante para sus jefes: una novela sobre una joven valiente que se escapa de un planeta que es una colonia penal a bordo de una especie de nave de la basura intergaláctica, y entre esa basura descubre una población mutante que ella transforma en un ejército vengativo y al que finalmente conduce a la batalla. Tenía un potencial definido, pero los dos fracasados que le habían contratado dejaron pudrir el manuscrito en su escritorio durante meses, ignorando sus recordatorios. Al fi-

25

nal Jake se dio por vencido y, un año después, al leer en *Variety* que ICM había vendido el libro a Miramax (Sandra Bullock adjunta), recortó cuidadosamente la noticia. Seis meses después, cuando se le presentó su billete de oro para la fiesta del máster en Bellas Artes y dejó el trabajo —*Oh, Happy Day!*—, colocó el recorte justo en el escritorio de su jefe, encima del manuscrito polvoriento. Había hecho aquello para lo que le habían contratado. Siempre había sabido reconocer una buena trama al verla.

A diferencia de muchos de sus compañeros alumnos del máster en Bellas Artes (algunos de los cuales entraban en el programa con publicaciones principalmente en revistas literarias salvo en un caso —afortunadamente el de un poeta y no el de un escritor de ficción— ¡en la maldita *New Yorker*!), Jake no había desperdiciado ni un momento de aquellos valiosos dos años. Había asistido diligentemente a todos los seminarios, conferencias, lecturas, talleres y reuniones informales con editores y agentes invitados procedentes de Nueva York, y en general se había negado a revolcarse en aquella enfermedad (ficticia): el «bloqueo del escritor». Cuando no estaba en clase o asistiendo como oyente a conferencias en la universidad estaba escribiendo, y en dos años había tecleado un primer borrador de lo que se convertiría en *La invención de la maravilla,* que presentó como tesis y a todos los premios ofertados por el máster cuyos requisitos cumpliera. La novela ganó uno de ellos y, como consecuencia directa, le consiguió un agente.

Resultó que Alice había llegado al campus del Medio Oeste solo unas semanas después de que él lo abandonara. Había estado allí el año siguiente, cuando se publicó la novela de él y se colgó una copia de la portada en el tablón de anuncios de antiguos alumnos.

—¡Qué emocionante! Solo un año de diferencia en el máster.

—Sí, una pasada.

Aquello se quedó entre ellos como algo aburrido y desagradable. Al final Jake dijo:

—Así pues, escribe poesía.

—Sí. Saqué mi primer poemario el otoño pasado. Universidad de Alabama.

—Felicidades. Ojalá leyera más poesía.

De hecho no leía nada de poesía, pero deseaba haber deseado leer más poesía, y eso debía de contar algo.

—Ojalá pudiera escribir una novela.

—Bueno, tal vez pueda.

Ella sacudió la cabeza. Parecía…, era ridículo, pero ¿estaba aquella poeta pálida coqueteando con él? ¿Para qué diablos?

—No sabría cómo. A ver, me encanta leer novelas, pero quedo agotada con solo escribir una línea. No puedo imaginarme escribir páginas y más páginas, por no mencionar que los personajes tienen que parecer reales y que la historia ha de sorprender. Es un disparate que la gente pueda hacerlo realmente. ¡Y más de una vez! Porque usted escribió una segunda novela, ¿verdad?

«Y una tercera, y una cuarta», pensó Jake. Y una quinta, contando la que tenía en el portátil, que de tan desanimado que estaba ni siquiera había mirado hacía casi un año. Asintió.

—Bueno, cuando conseguí este trabajo, usted era la única persona del claustro a quien conocía. Es decir, cuyo trabajo conocía. Supuse que probablemente estaría bien si usted estaba aquí.

Jake mordió con cuidado su pan de maíz: estaba seco, como era de esperar. Hacía un par de años que no se encontraba con aquel grado de aprobación literaria, y fue increíble lo rápido que volvieron todas las sensaciones narcóticamente cálidas. ¡Así era que te admirara, y además con consideración, alguien que sabía exactamente lo difícil que era escribir una oración buena y trascendente en prosa! En una ocasión había pensado que su vida estaría llena de encuentros como aquel, no solo con compañeros escritores y lectores devotos (de su obra completa, cada vez mayor y cada vez más profunda), sino con alumnos (quizás, en última instancia, en másteres mucho mejores) emocionados porque les hubieran asignado a Jacob Finch Bonner, el joven novelista en ascenso, como escritor/profesor supervisor. ¡El tipo de profesor con el que te podías tomar una cerveza al acabar el taller!

Tampoco es que Jake se hubiera tomado una cerveza con ninguno de sus alumnos.

—Bueno, es muy amable por su parte —dijo a Alice con estudiada modestia.

—En otoño empiezo como adjunta en Hopkins, pero nunca he dado clase. Puede que me vaya un poco grande.

Jake la miró mientras su reserva de buena voluntad, ya de por sí escasa, se agotaba a toda velocidad. Adjunta en la Johns Hopkins no era nada despreciable. Probablemente significara una beca que habría

27

ganado tras derrotar a otros cientos de poetas. Ahora se le ocurría que la publicación en la editorial universitaria probablemente fuera también resultado del premio, y casi todo el que salía de un máster en Bellas Artes con un manuscrito se presentaba a todos ellos. Aquella chica, Alice, muy probablemente fuera alguien importante, o al menos lo que pasaba por alguien importante en el mundo de la poesía. Solo de pensarlo se desmoralizaba por completo.

—Estoy seguro de que lo hará bien —dijo—. Si duda, simplemente anímeles. Por eso nos pagan tanto. —Sonrió. Se sentía tremendamente incómodo.

Al cabo de un momento, Alice esbozó una sonrisa también. Parecía igual de incómoda que él.

—Eh, ¿estás utilizando eso? —preguntó una voz.

Jake levantó la vista. Quizás no reconociera la cara, larga y estrecha, con cabello rubio cayéndole hacia delante sobre unos ojos caídos por el lagrimal, pero sí que reconoció aquel brazo. Lo siguió hasta el extremo: una uña bastante puntiaguda en un dedo índice extendido. Había un abridor sobre el mantel de plástico de cuadros rojos que cubría la mesa de pícnic.

—¿Qué? —preguntó Jake—. Ah, no.

—La gente lo está buscando. Se supone que tiene que estar donde las cervezas.

La acusación era clara: Jake y Alice, dos personas a todas luces sin importancia, habían privado a aquel talento palpitante de los Simposios de Ripley, y a sus amigos, de poder acceder a la herramienta esencial para abrir botellas, lo que a su vez privaba a aquellos alumnos obviamente talentosos de acceder a la bebida que habían elegido.

Ni Alice ni Jake respondieron.

—Me lo llevo —dijo el chico rubio, y eso fue lo que hizo. Los dos profesores observaron en silencio: de nuevo aquella espalda, de estatura media, de un rubio medio, de hombros anchos, se dio la vuelta y se fue ofendido, con el abridor blandido en señal de triunfo.

—Qué encanto —dijo Alice en primer lugar.

El tipo se dirigió a otra mesa, atiborrada, con gente sentada a horcajadas en los extremos de los bancos y en sillas de jardín que habían arrastrado hasta allí. La primera noche del curso y aquel grupo de alumnos nuevos ya se había consolidado claramente como una camarilla alfa y, a juzgar por el recibimiento de héroe que el rubio del abridor estaba recibiendo por parte de sus compañeros de mesa, su amigo el censurador era el epicentro evidente.

—Espero que no resulte ser poeta —dijo Alice con un suspiro.

«No hay muchas posibilidades de ello», pensó Jake. Todo en aquel chico gritaba ESCRITOR DE FICCIÓN, aunque esa especie se descomponía más o menos uniformemente en las subcategorías:

1. Gran novelista estadounidense.

2. Autor superventas según *The New York Times*.

O aquel híbrido tan raro…

3. Gran novelista estadounidense superventas según *The New York Times*.

En otras palabras, el triunfante salvador del abridor secuestrado podría querer ser Jonathan Franzen o podría querer ser James Patterson, pero desde un punto de vista práctico no había diferencia alguna. Ripley no separaba a los literariamente pretenciosos de los narradores de oficio, lo que significaba que de una forma u otra aquella autoconsiderada leyenda muy probablemente entrara en el seminario de Jake a la mañana siguiente. Y no había nada que él pudiera hacer para evitarlo, maldita sea.

29

3

Evan Parker/Parker Evan

Y, mira por dónde, allí estaba. A las diez de la mañana siguiente entró con arrogancia en la Peng-101 (la sala de conferencias de la planta baja) junto con los demás, mirando distraídamente hacia el fondo de la mesa del seminario a la que estaba sentado Jake, sin mostrar el más mínimo reconocimiento por la persona (¡Jacob Finch Bonner!) que era la figura de autoridad evidente en la sala, y se sentó. Cogió la pila de fotocopias que había en el centro de la mesa y Jake vio que echaba un vistazo impasible a las hojas, hacía una mueca de desprecio preventiva y volvía a dejarlas junto a su libreta, su bolígrafo y su botella de agua. (Los Simposios de Ripley repartían las botellas cuando los alumnos se inscribían, en lo que sería el primer y último regalo de cortesía por parte del máster.) Después se puso a hablar en voz alta con su vecino, un señor corpulento de Cape Cod que como mínimo se había presentado a Jake la tarde anterior.

Pasaban cinco minutos de la hora cuando dio inicio la clase.

Había sido otra mañana húmeda y los alumnos, nueve en total, empezaron a quitarse capas de ropa de abrigo a medida que avanzaba el taller. Jake hizo buena parte en piloto automático: presentarse, esbozar su propia autobiografía (no se detuvo en sus publicaciones; si no les importaban, o si se negaban a tener sus logros en alta estima, prefería no verlo en sus caras), y hablar un poco sobre lo que podía y no podía alcanzarse en un taller de escritura creativa. Estableció unos parámetros optimistas para una práctica adecuada. (¡La norma era la positividad! ¡Debían evitarse los comentarios personales y las ideologías políticas!) Y luego los invitó a cada uno a hablar un poco sobre sí mismos: quiénes eran, qué escribían y cómo esperaban que los Simposios de Ripley les ayudaran a crecer como escritores. (Esta siempre había sido una forma fiable de agotar buena parte de la clase inaugural. Si no era así, pasarían a las tres muestras de escritura que había fotocopiado para su primer encuentro.)

Cuando se trataba de atraer alumnos, Ripley lanzaba una gran red —en los últimos años, al folleto brillante y a la página web se habían unido anuncios en Facebook—, pero, aunque el grupo de solicitantes ciertamente había aumentado, aún no había habido ningún curso en que el número de ellos hubiera sido mayor que el número de plazas. En resumen, cualquiera que quisiera asistir a Ripley, y pudiera permitirse asistir a Ripley, era bienvenido en Ripley. (Por otro lado, no era imposible que te echaran una vez que estabas dentro; esta distinción la habían conseguido unos cuantos estudiantes desde el comienzo de los Simposios, por lo general debido a su actitud extremadamente asquerosa en clase, porque llevaban un arma de fuego o simplemente porque se habían comportado como auténticos chalados.) Como era de prever, el grupo se dividió más o menos uniformemente entre los alumnos que soñaban con ganar premios nacionales del libro y los que soñaban con ver sus libros en un estante giratorio del aeropuerto lleno de obras en rústica, y como Jake no había logrado ninguno de esos objetivos sabía que tenía ciertos desafíos que superar como profesor del grupo. En el taller había no una sino dos mujeres que citaban a Elizabeth Gilbert como inspiración, otra que esperaba escribir una serie de misterio organizada en torno a los «principios numerológicos», un hombre que ya tenía seiscientas páginas de una novela basada en su propia vida (solo había llegado a la adolescencia) y un caballero de Montana que parecía estar escribiendo una nueva versión de *Los Miserables*, aunque con los «errores» de Victor Hugo corregidos. Para cuando llegaron al salvador del abridor, Jake estaba bastante seguro de que el grupo se había fusionado en torno a la absurdidad de la numeróloga y al pos Victor Hugo, principalmente por la sonrisa burlona del rubio, que apenas disimulaba, aunque no estaba del todo convencido. Mucho dependería de lo que sucediera justo después.

El chico se cruzó de brazos. Estaba recostado en su silla, y de alguna manera hacía que aquella postura pareciera cómoda.

—Evan Parker —dijo sin preámbulos—. Pero estoy pensando en darle la vuelta para fines profesionales.

Jake frunció el ceño.

31

—Quieres decir… ¿como un seudónimo?

—Por privacidad, sí. Parker Evan.

Hizo cuanto pudo por no reírse, ya que la vida de la gran mayoría de los escritores era mucho más privada de lo que probablemente desearan. Quizás a Stephen King o a John Grisham los abordara en el supermercado alguien tembloroso, lápiz y papel en mano, pero para la mayoría de los escritores, incluso para quienes publicaban de forma estable y para los económicamente autosuficientes, la privacidad era atronadora.

—¿Y qué tipo de ficción?

—No estoy mucho por las etiquetas —dijo Evan Parker/Parker Evan, apartándose aquel mechón de cabello grueso de la frente. Volvió a caerle sobre la cara de inmediato, pero tal vez se tratara de eso—. Solo me importa la historia. O es una buena trama o no lo es. Y si no es una buena trama, por muy bien que se escriba no mejorará. Y si lo es, por muy mal que se escriba no se estropeará.

Esta frase bastante notable fue recibida con silencio.

—¿Estás escribiendo relatos cortos? ¿O pretendes escribir una novela?

—Una novela —dijo secamente, como si Jake dudara de él. Cosa que, para ser justos, era completamente cierta.

—Eso es una gran empresa.

—Soy consciente de ello —dijo Evan Parker cáusticamente.

—Bueno, ¿puedes contarnos algo sobre la novela que te gustaría escribir?

Pareció receloso al instante.

—¿Qué tipo de «algo»?

—Bueno, el escenario, por ejemplo. Los personajes. O una idea general de la trama. ¿Tienes una trama en mente?

—Pues sí —respondió Parker, ahora con una hostilidad desbordante—. Prefiero no hablar de ella. —Miró a su alrededor—. En este escenario.

Incluso sin mirar a ninguno de ellos directamente, Jake notó la reacción. Todo el mundo parecía estar en el mismo punto muerto, pero solo de él se esperaba una respuesta.

—Supongo —dijo Jake— que entonces lo que tendríamos que saber es cómo puedo, cómo puede esta clase, ayudarte a mejorar como escritor.

—Ah —dijo Evan Parker/Parker Evan—, la verdad es que no busco mejorar. Soy muy buen escritor y mi novela va por buen camino.

Y de hecho, para ser sincero, ni siquiera estoy seguro de que se pueda enseñar a escribir. Ni siquiera el mejor profesor.

Jake notó la ola de consternación dando vueltas alrededor de la mesa del seminario. Lo más probable era que más de uno de sus nuevos alumnos estuviera considerando el dinero que había desperdiciado en la matrícula.

—Bueno, obviamente no estoy de acuerdo con eso —dijo, haciendo un esfuerzo por reírse.

—¡Definitivamente espero que no! —dijo el hombre de Cape Cod.

—Tengo curiosidad —dijo la mujer de la derecha de Jake, que estaba escribiendo unas «memorias noveladas» sobre su infancia en los suburbios de Cleveland—. ¿Por qué vienes a un máster en Bellas Artes si no crees que se pueda enseñar a escribir? ¿Por qué no vas y escribes tu libro por tu cuenta?

—Bueno... —Evan Parker/Parker Evan se encogió de hombros—. Obviamente no estoy en contra de este tipo de cosas. No hay consenso en que funcione, eso es todo. Ya estoy escribiendo mi libro y sé lo bueno que es. Pero he pensado que, aunque el máster en sí no vaya a ayudarme, no diré que no a un título. Más letras después de tu nombre nunca están de más, ¿verdad? Y cabe la posibilidad de que así consiga un agente.

Todo el mundo se quedó en silencio un rato. Un buen número de alumnos parecían nuevamente distraídos por las muestras de escritura grapadas que tenían ante ellos.

—Me alegra saber que estás bien avanzado en tu proyecto —dijo finalmente Jake— y espero que podamos ser para ti un recurso y un sistema de apoyo. Una cosa que sabemos con seguridad es que los escritores siempre se han ayudado unos a otros, tanto si comparten programa de estudios formal como si no. Todos entendemos que escribir es una actividad solitaria. Hacemos nuestro trabajo en privado, sin teleconferencias ni reuniones de puesta en común, sin ejercicios de formación de equipos, solo nosotros en una habitación, en soledad. Quizás por eso nuestra tradición de compartir nuestro trabajo con compañeros escritores haya evolucionado como lo ha hecho. Siempre ha habido grupos de nosotros que se han reunido y han leído su trabajo en voz alta o han compartido manuscritos. Y no solo por la compañía o el sentido de comunidad, sino porque de hecho necesitamos otra visión de nuestra obra. Necesitamos saber qué funciona y, lo que

33

es más importante, qué no funciona, y la mayoría de las veces no podemos confiar en nosotros mismos para saberlo. Por mucho éxito que tenga un autor, independientemente del baremo por el que se mida el éxito, me apuesto lo que sea a que tiene un lector en el que confía que lee la obra antes que su agente o su editor. Y solo para añadir una capa de pragmatismo a todo esto, ahora tenemos una industria editorial en la que el papel tradicional del «editor» se ve reducido. Hoy en día, los editores quieren un libro que pueda pasar directamente a producción, o lo más parecido a eso que sea posible, de manera que si crees que Maxwell Perkins está esperando a que le llegue a la mesa tu manuscrito en desarrollo para poder arremangarse y transformarlo en *El gran Gatsby*, sepas que eso hace mucho que no pasa.

Para tristeza suya, aunque no para su sorpresa, vio que el nombre «Maxwell Perkins» no les resultaba familiar.

—En otras palabras, si somos sensatos buscaremos a esos lectores y los invitaremos a formar parte de nuestro proceso, que es lo que todos estamos haciendo aquí en Ripley. Podéis hacerlo tan formal o informal como queráis, pero creo que nuestro papel en este grupo es añadir lo que podamos al trabajo de nuestros compañeros escritores y abrirnos a su consejo todo lo posible. Y eso me incluye a mí, por cierto. No tengo intención de quitarle tiempo a la clase con mi propia obra, pero espero aprender mucho de los escritores que hay en esta sala, tanto por el trabajo que estáis haciendo en vuestros propios proyectos como por los ojos, oídos y conocimientos que aportáis al trabajo de vuestros compañeros.

Evan Parker/Parker Evan no había dejado de sonreír ni un momento durante aquel discurso semiapasionado. Ahora añadió una sacudida de cabeza para subrayar lo entretenido que estaba.

—Estoy encantado de dar mi opinión sobre la obra de todos —dijo—. Pero no esperes que cambie lo que estoy haciendo por los ojos, los oídos o las narices, para el caso, de nadie. Sé lo que tengo aquí. No creo que haya nadie en el mundo, por pésimo escritor que sea, capaz de estropear una trama como la mía. Y eso es todo cuanto voy a decir.

Y dicho esto, se cruzó de brazos y cerró la boca con fuerza, como para asegurarse de que ninguna otra porción de sabiduría se le escapara por entre los labios. La gran novela en desarrollo de Evan Parker/Parker Evan estaba a salvo de los ojos, los oídos y las narices inferiores del taller de prosa de ficción del primer curso del Simposio de Ripley.

4

Algo seguro

_L_a madre y la hija en la vieja casa: esa era su muestra de escritura. Y si alguna vez una obra de prosa había apuntado menos hacia una trama formidable, infalible, cuyo fuego no se pudiera apagar, solo podía haber sido algo en la línea de una explicación sobre el secado de la pintura. Jake se tomó más tiempo con el texto antes de su primera reunión cara a cara con el autor, simplemente para asegurarse de no estar pasando por alto un trampolín enterrado de _En busca del arca perdida_ o las semillas de alguna épica aventura de _El Señor de los Anillos_, pero si estaban allí, en las descripciones cotidianas de cómo la hija hacía los deberes, o cómo la madre cocinaba crema de maíz de lata, o en las descripciones de la propia casa, Jake no supo verlo.

Al mismo tiempo, casi le molestaba ver que la escritura en sí no era espantosa. Evan Parker —y en Evan Parker se quedaría a menos que lograra publicar, con éxito, la obra maestra con la que amenazaba y necesitara un seudónimo que protegiera su privacidad— podía haber insistido en su trama supuestamente espectacular en el taller, pero el odioso alumno de Jake había escrito ocho páginas de oraciones completamente inofensivas sin defectos obvios, ni siquiera los vicios literarios habituales. El hecho, simplemente, era que aquel gilipollas parecía ser un escritor nato con ese tipo de relación relajada y de admiración con un lenguaje que incluso los cursos de escritura mucho más prestigiosos que el de Ripley eran incapaces de enseñar, y que el propio Jake nunca había impartido a un alumno (pues él mismo nunca lo había recibido de un profesor). Parker escribía con ojo para el detalle y oído para la forma de entrelazarse las palabras en una secuencia. Evocaba a sus dos claras protagonistas (una madre llamada

Diandra y su hija adolescente, Ruby) y su hogar, una casa muy antigua en una zona anónima del país donde en invierno había nieve generalizada, con una economía descriptiva que de algún modo transmitía el entorno de aquellas personas, así como el nivel obvio e incluso alarmante de tensión entre ellas. Ruby, la hija, era estudiosa y huraña, y salía de la página como un personaje muy estudiado, incluso con relieve. Diandra, la madre, era una presencia menos definida pero pesada en los márgenes de la perspectiva de la hija, como Jake suponía que cabría esperar en una casa vieja y espaciosa en la que tan solo había dos personas. Sin embargo, incluso en los extremos opuestos de la casa que compartían resplandecía el odio mutuo que sentían.

Ya había repasado el texto dos veces: una hacía unos cuantos días, durante su noche en vela, y otra la noche después de la primera clase, cuando la pura curiosidad lo había llevado de regreso a las carpetas con la esperanza de averiguar algo más sobre aquel imbécil. Cuando Parker había hecho aquellas afirmaciones tan sensacionales sobre su trama, Jake había pensado inevitablemente en aquel cuerpo encontrado en la arena descomponiéndose inexorablemente mientras todavía poseía, ilógicamente, unos pechos «como melones», y le había sorprendido bastante descubrir que aquella incongruencia memorable había salido de la mente fértil de su alumna Chris, administradora de un hospital de Roanoke y madre de tres hijas. Instantes después, al darse cuenta de que Evan Parker era el autor de aquellas páginas en concreto —bien escritas, sin duda, pero totalmente desprovistas de cualquier trama, y mucho menos de una trama tan brillante que ni siquiera un «pésimo escritor» pudiera estropearla—, a Jake le habían entrado ganas de reír.

Ahora, con el propio autor a punto de llegar a su primera reunión alumno-profesor, se sentó con el fragmento por tercera vez, con la esperanza de que fuera la última.

Ruby oía a su madre, que estaba arriba en su habitación, al teléfono. No oía las palabras concretas, pero sabía cuándo estaba en una de sus llamadas de la línea de videncia porque hablaba más alto y la voz le hacía ondulaciones, como si Diandra (o al menos el alias que usaba en aquellas llamadas, Hermana Dee Dee) estuviera flotando por los aires viéndolo todo de la vida de la pobre persona que llamaba. Cuando la voz de su madre era de rango medio y entonación plana, Ruby sabía que Diandra estaba trabajando para una de las líneas externas de servicio al cliente a las que se conectaba. Y cuando el tono era bajo y entrecortado era la línea de chat porno que había sido banda sonora de buena parte de los últimos dos años de la vida de Ruby.

Ruby estaba abajo, en la cocina, repitiendo en casa un examen de historia que había solicitado voluntariamente a su profesor. La prueba había sido sobre la Guerra Civil hasta la reconstrucción de la posguerra, y se había equivocado al responder qué era un oportunista y de dónde venía la palabra. Era una insignificancia, pero había bastado para destronarla de su puesto habitual en lo más alto de la clase. Naturalmente, había pedido otras quince preguntas.

El señor Brown había intentado explicarle que el 94 por ciento que había obtenido en el primer examen no iba a perjudicar sus calificaciones, pero ella no había querido dejarlo pasar.

—Ruby, te has equivocado en una pregunta. No es el fin del mundo. Además, recordarás el resto de tu vida qué es un oportunista, que es de lo que se trata.

No se trataba solo de eso. No se trataba de eso en absoluto. De lo que se trataba era de sacar una A en la asignatura para librarse de asistir a la llamada clase juvenil de Historia Avanzada de Estados Unidos e ir en su lugar a las clases de historia del colegio universitario, porque eso la ayudaría a salir de allí e ir a la universidad: con suerte, con una beca; con más suerte, muy muy lejos de aquella casa. No es que tuviera la más mínima predisposición a explicarle todo esto al señor Brown, pero le suplicó y al final él cedió.

—De acuerdo, pero haz el examen en casa, en tu tiempo libre. Busca cosas.

—Lo haré esta noche. Y le prometo que de ninguna manera buscaré nada.

El profesor suspiró y se sentó a escribir otras quince preguntas solo para ella.

Ruby estaba escribiendo una respuesta más larga de lo necesario sobre el Ku Klux Klan cuando su madre bajó las escaleras, entró en la cocina lentamente con el teléfono encajado entre la oreja y el hombro y abrió la puerta de la nevera.

—Cariño, ella está cerca. Ahora mismo. Puedo sentirla.

Hubo una pausa. Por lo visto su madre estaba recopilando información. Ruby intentó regresar al Ku Klux Klan.

37

—Sí, ella también te echa de menos. Vela por ti. Quiere que te diga algo sobre… ¿qué es, cariño?

Ahora Diandra estaba de pie ante la nevera abierta. Al cabo de un momento cogió una lata de refresco Dr. Pepper Light.

—¿Un gato? ¿Tiene sentido para ti un gato?

Se hizo un silencio. Ruby bajó la mirada hacia su examen. Todavía le quedaban nueve preguntas por contestar, pero no con el mundo paranormal llenando la pequeña cocina.

—Sí, ha dicho que era un gato atigrado. Ha usado la palabra «atigrado». ¿Cómo está el gato, cariño?

Ruby se sentó recta contra la pequeña banqueta. Tenía hambre, pero se había prometido no preparar la cena hasta haber acabado lo que tenía que hacer y haber demostrado al profesor lo que tenía que demostrarle. La compra semanal casi se había acabado y en la nevera no quedaba mucho, lo había comprobado, pero había una pizza congelada y judías verdes.

—Ah, bueno es saberlo. Eso la ha puesto muy contenta. Bueno, cariño, casi hemos llegado a la media hora. ¿Tienes más preguntas? ¿Quieres que me quede al teléfono contigo?

Ahora Diandra regresaba hacia las escaleras y Ruby la observó marcharse. La casa era muy vieja. Había pertenecido a sus abuelos, y antes a los padres de su abuelo, y, aunque se habían hecho cambios —papel pintado, pintura y moqueta supuestamente beis de pared a pared en la sala de estar—, en las paredes de algunas habitaciones todavía había estarcido antiguo. Alrededor de la parte interior de la puerta de entrada había, por ejemplo, una hilera de piñas deformes. Aquellas piñas nunca habían tenido sentido para Ruby, al menos no hasta que su clase había ido de excursión a un museo de la Norteamérica colonial y había visto exactamente lo mismo en uno de los edificios de allí. Al parecer la piña simbolizaba la hospitalidad, lo que la convertía casi en lo último apropiado para la pared de su casa, ya que todo en la vida de Diandra era lo opuesto a la hospitalidad. Ni siquiera era capaz de recordar la última vez que alguien se había detenido en su casa con algo de correspondencia mal entregada, y mucho menos a tomar una taza del terrible café de su madre.

Ruby volvió a su examen. La mesa estaba pegajosa del almíbar del desayuno de aquella mañana, o puede que de los macarrones con queso de la cena de la noche anterior, o tal vez de algo que su madre hubiera comido o hecho en la mesa mientras ella estaba en el colegio. Nunca comían juntas a la mesa. Ruby se negaba, tanto como fuera posible, a poner su bienestar nutricional en manos de su madre, que evidentemente mantenía la constitución física de una niña —literalmente: desde atrás, madre e hija se veían ridículamente iguales— mediante una dieta aparente a base de apio y Dr. Pepper Light. Diandra había dejado de alimentar a su hija más o menos cuando Ruby había cumplido los nueve años, que también era más o menos cuando Ruby había aprendido a abrir sola una puñetera lata de espaguetis.

Irónicamente, a medida que las dos se iban pareciendo más físicamente, iban teniendo cada vez menos que decirse. Tampoco es que alguna vez hubieran disfrutado de lo que podría llamarse una relación madre-hija cariñosa: Ruby no recordaba arrumacos a la hora de acostarse, fiestas del té de paripé, cumpleaños complacientes, mañanas de Navidad llenas de espumillón, y nunca nada relativo a consejos maternales o afecto no solicitado, del tipo que a veces encontraba en las novelas o en las películas de Disney (por lo general, justo antes de que la madre muriera o desapareciera). Diandra parecía limitarse a las obligaciones maternas más básicas, principalmente las relacionadas con mantener a Ruby viva y vacunada, protegida (si se podía decir que aquella casa helada era un refugio) y educada (si se podía decir que su escuela rural sin ambiciones era una fuente de educación). Parecía querer que todo se acabara con las mismas ganas que lo quería la propia Ruby.

Pero no podía desearlo tanto como ella. No podía ni siquiera acercársele.

El verano anterior, Ruby había ido a trabajar a la panadería del pueblo, cobrando en negro, por supuesto. Y después, en otoño, había conseguido un trabajo cuidándole los dos hijos pequeños a una vecina mientras el resto de la familia iba a la iglesia los domingos. La mitad de lo que sacaba iba a la cuenta de la casa para comida y alguna reparación ocasional, pero la otra mitad Ruby la guardaba dentro de un libro de química avanzada, el último lugar donde a su madre se le ocurriría buscarlo alguna vez. El año anterior había tenido que esforzarse mucho en química tras llegar a un acuerdo con su tutor para que la dejara avanzar en su itinerario básico de ciencias en el instituto, y no había sido fácil de compaginar con las clases de humanidades en el colegio universitario, el proyecto independiente de francés y por supuesto sus dos trabajos, pero todo formaba parte del plan que había trazado en la época en que había abierto aquella primera lata de espaguetis. El plan se llamaba «Lárgate de aquí

39

cagando leches», y nunca se había desviado de él ni un segundo. Ahora tenía quince años y estaba en undécimo curso, tras haberse saltado el año de parvulario. Dentro de un par de meses podría solicitar la entrada a la universidad. Y al cabo de un año se habría marchado para siempre.

Ruby no siempre había sido así. Recordaba, sin demasiado esfuerzo mental, una época en que había sido al menos imparcial acerca de vivir en aquella casa y en la órbita de su madre, quien era prácticamente su único familiar vivo (desde luego el único pariente al que veía). Recordaba haber hecho las cosas que suponía que hacían la mayoría de los niños —jugar entre la suciedad, mirar fotos— sin pena o ira que lo acompañara, y sabía lo bastante para reconocer que, por muy desagradables que pudieran ser su vida doméstica y su «familia», había infinitas versiones de cosas peores ahí fuera, en lo que había llegado a entender que era la sociedad en su conjunto. Así pues, ¿qué la había llevado a aquel amargo precipicio? ¿Qué había transformado su yo de niña en la Ruby que se inclinaba sobre el examen de historia del que dependían tantas cosas, al menos en su cabeza, que contaba los días (literalmente) para marcharse? La respuesta era inaccesible. La respuesta nunca la habían compartido con ella. La respuesta no importaba en absoluto, solo la verdad que la acompañaba, que ella había comprendido hacía años y nunca había dudado: su madre la odiaba, y probablemente siempre lo había hecho.

¿Qué se suponía que debía hacer con aquella información?

Exactamente, aprobar el examen. Pedirle al señor Brown que le escribiera una recomendación (en la que, con suerte, vomitaría aquella anécdota de la chica que había insistido en que le asignaran trabajo extra). Y después, sacar su cerebro claramente superior de debajo de aquel marco de piñas viejas y llevarlo a un mundo que al menos la valorara. Había aprendido a no esperar amor, ni siquiera estaba segura de quererlo. Ese era el conocimiento más profundo que había conseguido extraer en los quince años que había pasado en presencia de su madre. Ya llevaba quince; solo le quedaba uno. Por favor, Dios, solo uno.

Jake dejó las páginas. Madre e hija, estrechamente limitadas, de algún modo aisladas pero difícilmente ermitañas (la madre compra en el supermercado, la hija va al instituto y tiene un profesor que se interesa por su bienestar), con una tensión obvia y extrema entre ellas. Vale. La madre tiene un trabajo remunerado (aunque cuestionable) y les proporciona un techo bajo el que vivir y comida de baja calidad sobre la mesa. Vale. La hija es ambiciosa y aspira a abandonar la casa y a su madre para ir a la universidad. Vale, vale.

Como había dicho en una ocasión el profesor de escritura de su propio máster en Bellas Artes a uno de los prosistas más autoindulgentes del taller: «¿Y qué?».

«Una trama como la mía», había dicho Evan Parker. Pero, de hecho, ¿existía siquiera «una trama como la mía»? Unas mentes más geniales que la de Jake (e incluso que la de Evan Parker, se jugaba algo) habían identificado las pocas tramas básicas a lo largo de las cuales se desarrollaban casi todas las historias: la búsqueda, el viaje y el regreso, la mayoría de edad, vencer al monstruo y otras. La madre y la hija en la vieja casa de tablones… —concretamente la hija en la vieja casa de tablones— parecía bastante una historia sobre la mayoría de edad, o una *Bildungsroman* o novela de formación, o tal vez una historia de mendigo a millonario; pero por muy cautivadoras que pudieran resultar esas historias, difícilmente eran deslumbrantes, sorprendentes, vertiginosas o con recovecos, tan cautivadoras en sí mismas como para ser inmunes a la mala escritura.

En sus años como docente, Jake se había sentado con muchos alumnos que tenían una comprensión imperfecta de su propio talento, aunque la desconexión tendía a centrarse en su aptitud básica para escribir. Muchos escritores novatos trabajaban con la idea equivocada de que con que ellos supieran cómo era un personaje era suficiente para comunicarlo por arte de magia al lector. Otros creían que un solo detalle bastaba para hacer memorable a un personaje, pero el detalle que elegían siempre era muy prosaico: un personaje femenino descrito simplemente como «rubia», mientras que de un hombre se decía que «marcaba tableta» —¡la tenía! ¡O no!—; al parecer era todo lo que el lector necesitaba saber. A veces un escritor disponía oración tras oración como una cadena invariable —sustantivo, verbo, sintagma preposicional, sustantivo, verbo, sintagma preposicional—, sin entender la irritación y la dentera que provoca esa monotonía. En ocasiones un estudiante se atascaba en un interés propio específico o en un pasatiempo y vomitaba su pasión personal por toda la página, ya fuera con una sobrecarga de detalle menos que animada o con algún tipo de abreviaciones que le parecía que bastaba para conducir la historia: el hombre que entra en una reunión de NASCAR, o la mujer que asiste al encuentro

41

de una sororidad universitaria en una isla exótica (así era como cierto cadáver dotado de melones había acabado en una playa). A veces se perdían en los pronombres y tenías que ir retrocediendo para averiguar quién le estaba haciendo qué a quién. A veces, en medio de páginas de escritura perfectamente útil o incluso mejor que buenas…, no pasaba absolutamente nada.

Pero eran aprendices de escritor; por eso, era de suponer, estaban allí, en Ripley, y por eso estaban en el despacho de Jake en el Richard Peng Hall. Querían aprender y mejorar, y en general estaban abiertos a sus ideas y sugerencias, por lo que cuando les decía que a partir de lo que estaba escrito en aquellas páginas era incapaz de distinguir cómo eran los personajes o qué les importaba, o que no se sentía obligado a acompañarlos en sus viajes personales porque no había entrado lo bastante en sus vidas, o que no había suficiente información sobre NASCAR o la reunión de la sororidad para que él comprendiera la importancia de lo que se estaba describiendo (o no describiendo), o que la prosa le parecía pesada, el diálogo divagaba o la historia en sí misma le hacía pensar «¿y qué?»…, solían asentir, tomar notas, tal vez enjugarse una lágrima o dos y ponerse a trabajar después. La próxima vez que los viera llevarían en la mano páginas frescas y le darían las gracias por hacer mejorar su obra en desarrollo.

Por alguna razón, no pensaba que ese fuera a ser el caso entonces.

Oyó a Evan Parker caminar tranquilamente por el pasillo, a pesar de que llegaba casi diez minutos tarde a la cita. La puerta estaba entreabierta y entró sin llamar, dejó la botella de agua de Ripley sobre la mesa de Jake antes de coger la silla extra y colocarla en ángulo, como si ambos estuvieran reunidos alrededor de una mesa de café para conversar como camaradas, en lugar de cada uno a un lado de una mesa de trabajo con algún grado de formalidad o disparidad de autoridad (nominal). Jake observó cómo sacaba de su bolsa de lona un bloc de notas de rayas con las páginas superiores arrancadas irregularmente y se lo ponía sobre el regazo, y entonces, tal como lo había hecho en la sala de conferencias, cruzó los brazos con fuerza contra el pecho y miró a su profesor con una expresión de diversión no del todo benévola.

—Bueno —dijo—. Aquí estoy.

Jake asintió.

—Me he vuelto a mirar el extracto que me enviaste. Eres bastante buen escritor.

Había decidido empezar así. Se había cuestionado a conciencia si utilizar las palabras «bastante» y «bueno», pero al final le había parecido la mejor manera de proceder, y de hecho su alumno pareció algo desarmado.

—Bueno, me alegra oír eso. Sobre todo porque, como dije, no estoy en absoluto seguro de que la escritura se pueda enseñar.

—Y, sin embargo, aquí estás. —Jake se encogió de hombros—. De modo que, ¿cómo puedo ayudar?

Evan Parker se rio.

—Bueno, me vendría bien un agente.

Jake ya no tenía agente, pero no compartió este hecho.

—A final de curso hay un día dedicado al sector. No sé quién asistirá, pero normalmente vienen dos o tres agentes y editores.

—Seguramente una carta de recomendación personal llegaría aún más lejos. Ya debes de saber lo difícil que es para alguien de fuera del mundillo conseguir que su obra acabe delante de las personas adecuadas.

—Bueno, no te diré que los contactos no ayuden, pero recuerda esto: nadie ha publicado nunca un libro como favor. Hay mucho en juego, mucho dinero y demasiada responsabilidad profesional si las cosas no van bien. Tal vez una relación personal pueda hacer que tu manuscrito llegue a manos de alguien, pero a partir de ahí la obra tiene que valerlo. Y otra cosa: los agentes y editores realmente buscan libros buenos y no tienen las puertas cerradas a los autores noveles. Para nada. En primer lugar, un autor novel no arrastra tras de sí cifras de ventas decepcionantes de libros anteriores, y los lectores siempre quieren descubrir a alguien nuevo. Un nuevo escritor resulta interesante para los agentes porque podría resultar ser Gillian Flynn o Michael Chabon, y el agente podría llegar a serlo para todos los libros que vaya a escribir, no solo para ese, por lo que no implica solo ingresos en el presente, sino también en el futuro. Lo creas o no, de hecho estás en mucha mejor posición que alguien con contactos que haya publicado un par de libros que no tuvieran un gran éxito.

«Alguien como yo, en otras palabras», pensó Jake.

—Bueno, eso es fácil de decir para ti, que en su día fuiste importante.

Jake se lo quedó mirando. Podía ir en muchas direcciones, pero todas eran callejones sin salida.

43

—Todos somos tan buenos como el trabajo que estamos haciendo ahora. Por eso me gustaría centrarme en lo que estás escribiendo. Y en hacia dónde podría ir.

Para su sorpresa, Evan echó la cabeza hacia atrás y se rio. Jake miró el reloj que había encima de la puerta. Las cuatro y media. Estaban a media reunión.

—Quieres la trama, ¿no?

—¿Qué?

—Vamos, por favor. Te dije que tenía algo genial en lo que estaba trabajando y quieres saber qué es. Eres escritor, ¿verdad?

—Sí, soy escritor —respondió Jake. Hacía cuanto podía para eliminar la indignación de su voz—. Pero ahora mismo soy profesor y como tal intento ayudarte a escribir el libro que quieres escribir. Si no quieres hablar más sobre la historia, podemos trabajar un poco en el fragmento que has presentado, pero sin saber cómo va a conectarse en última instancia dentro del contexto de una historia más amplia, estaré en desventaja.

«Lo cual me da exactamente lo mismo —añadió en silencio—. Me importa una mierda.»

El gilipollas rubio que estaba en su despacho no dijo nada.

—Ese fragmento —probó Jake—, ¿forma parte de la novela que mencionaste?

Evan Parker pareció plantearse aquella pregunta tan inocua mucho más tiempo del que estaba justificado. Después asintió con la cabeza y su grueso mechón de pelo rubio casi le tapó un ojo.

—De uno de los primeros capítulos.

—Bueno, me gustan los detalles. La pizza congelada, el profesor de historia y la línea de videncia. A partir de esas páginas, me hago una idea más sólida de quién es la hija que de quién es la madre, pero eso no tiene por qué ser un problema. Y, por supuesto, no sé qué decisiones vas a tomar en cuanto a la perspectiva narrativa. Ahora mismo es la de la hija, obviamente. Ruby. ¿Vamos a quedarnos con ella toda la novela?

De nuevo aquella pausa apenas justificada.

—No. Y sí.

Jake asintió, como si aquello tuviera sentido.

—Es que... —dijo Parker—. No quería, bueno, revelarlo todo en aquella sala. Esta historia que estoy escribiendo es como... algo seguro, ¿entiendes?

Jake se lo quedó mirando. Tenía unas ganas tremendas de echarse a reír.

—Me parece que no, la verdad. ¿Algo seguro para qué?

Evan se inclinó hacia delante, cogió su botella de agua de Ripley, desenroscó el tapón y se la llevó a la boca. Después volvió a cruzarse de brazos y, casi con pesar, dijo:

—Esta historia la leerá todo el mundo. Hará una fortuna. Harán una película de ella, probablemente alguien importante de verdad, un director de primera. Obtendrá todos los éxitos, ¿sabe a qué me refiero?

Jake, que ahora verdaderamente no sabía qué decir, temía saberlo.

—Por ejemplo, Oprah la elegirá para lo de sus libros. Hablarán de ella en los programas de televisión; en esos en los que no se suele hablar de libros. En todos los clubs de lectura. En todos los blogs. Todos los todos de los que ni siquiera estoy al tanto. Es imposible que este libro fracase.

Aquello era demasiado. Rompió el hechizo.

—Cualquier cosa puede fracasar. ¿En el mundo del libro? Cualquier cosa.

—Esto no.

—Mira —dijo Jake—. ¿Evan? ¿Te parece bien que te llame así?

Evan se encogió de hombros. De repente parecía cansado, como si aquella declaración de su grandeza lo hubiera agotado.

—Evan, me encanta que creas en lo que estás haciendo. Es como espero que se sientan, o se acaben sintiendo, todos tus compañeros con respecto a su trabajo. Y aunque muchos de los… Es muy poco probable que se den los éxitos que acabas de mencionar, porque ahí fuera no paran de publicarse muchas historias geniales y hay mucha competencia. Pero hay muchas otras formas de medir el éxito de una obra de arte, formas que no están relacionadas con Oprah ni con directores de cine. Me gustaría ver que a tu novela le suceden muchas cosas buenas, pero antes que nada has de escribir la mejor versión posible de ella. Tengo unas cuantas ideas al respecto, basadas en lo poco que me has entregado, pero tengo que serte sincero: lo que veo en las páginas que he leído es un tipo de libro más tranquilo, no uno que grite «directores de primera» y «superventas» necesariamente, aunque sí una novela potencialmente muy buena. La madre y la hija que viven juntas y que quizás no se llevan muy bien. Yo ya apoyo a la hija. Quiero que le vaya bien. Quiero que se escape si eso es lo que desea. Quiero ente-

45

rarme de dónde viene todo, por qué su madre parece odiarla, si es que realmente la odia...: los adolescentes tal vez no sean la referencia más fiable en lo tocante a sus padres. Pero estos son todos cimientos muy interesantes para una novela y supongo que lo que no entiendo es por qué esperas unos referentes de validación tan extremos. ¿No bastaría con escribir una buena primera novela (es decir, añadamos un par de objetivos sobre los que tengamos menos control) y encontrar un agente que crea en ti y en tu futuro, e incluso un editor dispuesto a darle una oportunidad a tu trabajo? ¡Eso ya será mucho! ¿Por qué ponerte en una posición en la que, no sé, la obra habrá fracasado si el director de la película es de segunda y no de primera?

Evan tardó otro largo momento, exasperantemente largo, en responder. Jake estaba a punto de decir algo más solo para acabar con aquella incomodidad, aunque significara terminar la reunión antes de tiempo; de hecho, ¿qué progreso estaban haciendo? Ni siquiera habían empezado a mirar el texto propiamente dicho, y mucho menos a hablar de algunos de los problemas más importantes que presentaba. Además, aquel tío era un gilipollas narcisista de campeonato, ahora ya era innegable. Seguramente, por mucho que consiguiera acabar su relato de una niña lista que crecía en una casa vieja con su madre, lo mejor a lo que podría aspirar sería al mismo grado de notoriedad literaria de que el propio Jake había disfrutado demasiado brevemente, y estaba del todo disponible para describir, si se lo pedían, cuán profundamente dolorosa había sido esa experiencia, o al menos sus secuelas. Así que si Evan Parker/Parker Evan quería ser el autor del próximo *La invención de la maravilla*, era libre de hacerlo. El propio Jake le haría una guirnalda de laureles, le organizaría una fiesta y compartiría el tristísimo consejo que su tutor de máster en Bellas Artes había intentado darle en su día: «Solo tienes el éxito de tu último libro publicado, y solo eres tan bueno como el próximo libro que estás escribiendo. Así que calla y escribe».

—No fracasará —oyó que decía Evan. Y después añadió—: Escucha.

Y entonces se puso a hablar. Habló y habló, o más concretamente contó y contó. Y mientras él contaba, Jake tuvo la sensación de que aquellas dos mujeres indelebles entraban en la habitación y se quedaban, desoladas, a lado y lado de la puerta, como si desafiaran a los dos hombres a intentar escapar de ellas. Pero Jake no pensaba en escapar. No pensaba en nada más que en aquella historia, que no era ninguna de las grandes tramas: de mendigo a millonario, la búsqueda, el viaje y el regreso, el renacimiento (no un renacimiento de verdad), vencer al monstruo (no vencer al monstruo de verdad). Era algo nuevo para él, como lo sería para todo el mundo que la leyera, y eso iba a ser mucha gente. Iban a ser, como su terrible alumno había dicho hacía un momento, todos los grupos de lectura, todos los blogs, todas las personas del vasto archipiélago de la industria editorial y de las reseñas literarias, todas las celebridades con un club de lectura hecho a su medida, todos los lectores, de todas partes. Qué amplitud tenía, qué sacudida propinaba aquella historia inesperada y atroz. Cuando su alumno terminó de hablar, Jake tuvo ganas de agachar la cabeza, pero no podía mostrar lo que sentía, el horror de lo que sentía, al merecidamente denominado gilipollas arrogante que algún día, ahora estaba convencido de ello, se convertiría en Parker Evan, el autor seudónimo de aquella «impresionante primera novela, catapultada a lo más alto de la lista de superventas de *The New York Times* a través del boca a boca viral». No podía. Así que asintió e hizo algunas sugerencias sobre cómo ir llevando paulatinamente el personaje de la madre al primer plano, y un par de maneras de desarrollar y adaptar la perspectiva narrativa y la voz. Todo inútil, todo completamente irrelevante. Evan Parker tenía toda la razón: el peor escritor del mundo no podría estropear una trama como aquella. Y Evan Parker sabía escribir.

Cuando Evan se hubo marchado, Jake se acercó a la ventana y observó a su alumno alejarse hacia el comedor, que estaba al otro lado de un pequeño pinar. Aquellos árboles, nunca se había fijado, formaban una especie de obstáculo opaco a través del cual apenas se veían las luces de los edificios del campus del otro lado, y aun así todo el mundo los cruzaba en lugar de rodearlos, cada vez. «A la mitad del camino de nuestra vida —se oyó pensar a sí mismo— me encontré en una selva oscura, porque había perdido la buena senda.» Palabras que había conocido desde siempre, pero que nunca, hasta aquel momento, había entendido de verdad.

Había perdido su propio camino hacía mucho tiempo, y no había ninguna posibilidad, ninguna en absoluto, de encontrarlo de nuevo. La novela en desarrollo que tenía en el portátil no era una novela, y apenas estaba en desarrollo. Y a partir de aquella tarde, cualquier idea que pudiera ocurrírsele para otra historia sufriría el golpe fatal de no ser la que le acababan de contar en aquel despacho provisional de blo-

47

ques de hormigón de un máster en Bellas Artes de tercera que nadie, ni siquiera sus propios docentes, se tomaba en serio. La historia que le acababan de contar era la única. Y Jake sabía que todo sobre lo que el futuro Parker Evan había fanfarroneado en cuanto al porvenir de su novela iba a suceder sin lugar a dudas. Por supuesto que sí. Habría disputas por publicarla, y después más disputas por publicarla en todo el mundo, y otra disputa por los derechos para la película. Oprah Winfrey la sostendría ante las cámaras, y la colocarían en la mesa más cercana a la puerta principal de todas las librerías, probablemente durante años. La leerían todos los conocidos de Jake. Todos los escritores con los que había competido en la universidad y a quienes había envidiado en la escuela de posgrado, todas las mujeres con las que se había acostado (aunque no fueran muchas), todos los alumnos a quienes había dado clase alguna vez, todos los colegas de Ripley y todos sus antiguos profesores, y su madre y su padre, que ni siquiera leían libros nunca, que se habían obligado a leer *La invención de la maravilla* (si es que la habían leído, pues nunca les había hecho demostrarlo), por no mencionar a aquel par de idiotas de Ficciones Fantásticas que habían dejado pasar la oportunidad de representar una novela que se había convertido en una película de Sandra Bullock. Por no mencionar a la propia Sandra Bullock. Hasta el último de ellos compraría, pediría prestado, descargaría, prestaría, escucharía, regalaría y recibiría el libro que estaba escribiendo aquel mierda hijo de puta arrogante e indigno de Parker Evan. «Ese puto gilipollas», pensó Jake, e inmediatamente le asaltó el hecho de que «puto gilipollas» era una elección patética para alguien de su supuesta habilidad cuando se trataba de blandir las palabras. Pero fue todo cuanto se le ocurrió en aquel momento en concreto.

SEGUNDA PARTE

5

Exilio

$\mathcal{D}$os años y medio después, Jacob Finch Bonner, autor de *La invención de la maravilla* y exprofesor de los al menos respetables Simposios de Ripley de baja residencia, entró lentamente con su viejo Prius en el aparcamiento helado de detrás del Centro Adlon para las Artes Creativas de Sharon Springs, Nueva York. El Prius, que nunca había sido especialmente resistente, luchaba penosamente contra su tercer mes de enero en aquella zona al oeste de Albany (conocida con cierta picardía como «la región de las medias de cuero») y su capacidad para subir cuestas nevadas incluso suaves (la que conducía al Adlon era todo menos suave) había disminuido con cada año. Jake no era optimista sobre la supervivencia del coche, o francamente sobre la suya propia mientras continuara conduciéndolo en invierno, pero todavía era menos optimista sobre su capacidad para permitirse otro coche.

Los Simposios de Ripley habían despedido a su personal docente en 2013, abruptamente y por medio de un correo electrónico redactado con sequedad. Entonces, menos de un mes después, el curso había logrado reconstituirse como un curso de residencia aún más baja, de hecho un curso íntegramente a distancia sin residencia alguna, y había cambiado los encantos ahora nostálgicos del Richard Peng Hall por las videoconferencias. A Jake, como a la mayoría de sus colegas, le habían vuelto a contratar, cosa que había sido un bálsamo definitivo para su sentido de autoestima, pero el nuevo contrato que le había ofrecido Ripley se quedaba muy corto para mantener incluso su modesta existencia en la ciudad de Nueva York.

Y así, en ausencia de otras opciones, se había visto obligado a considerar la espantosa perspectiva de marcharse del meollo del mundo literario.

¿Qué había allá fuera, en 2013, para un escritor cuyas dos pequeñas propiedades en el gran estante acumulativo de la ficción estadounidense iban quedando más y más lejos a cada año que pasaba? Jake había enviado cincuenta currículos, se había inscrito en todos los servicios *online* que prometían difundir las buenas noticias de sus talentos a posibles empleadores de todas partes y se había vuelto a poner en contacto con todas las personas a las que soportaba ver para hacerles saber que estaba disponible. Fue a una entrevista en Baruch, pero el administrador del programa no pudo evitar mencionar que uno de sus graduados recientes, cuya primera novela estaba a punto de ser publicada por FSG, también había solicitado el puesto. Había perseguido a una exnovia que ahora trabajaba para una editorial de autoedición tremendamente exitosa con sede en Houston, pero, tras veinte minutos de reminiscencias forzadas e historias adorables sobre sus hijos gemelos, simplemente no se vio capaz de preguntarle por un trabajo. Incluso volvió a Ficciones Fantásticas, pero habían vendido la agencia y ahora era una pequeña parte de una nueva entidad llamada Sci/Spec, y ninguno de sus dos jefes originales parecía haber sobrevivido a la transición.

Finalmente, y con sensación de absoluta derrota, hizo lo que sabía que habían hecho otros y creó una página web, promocionando sus habilidades editoriales como autor de dos novelas literarias bien recibidas y miembro durante muchos años del claustro de uno de los mejores másteres en Bellas Artes de baja residencia del país. Y después esperó.

Poco a poco, fueron llegando las miguitas. ¿Cuál era la «tasa de éxito» de Jake? (Jake respondió con un extenso análisis de lo que podía significar el término «éxito» para un artista. No volvió a tener noticias de aquel interlocutor.) ¿Trabajaba el señor Bonner con autores independientes? (Al instante escribió: «¡Sí!», tras lo cual aquel interlocutor también desapareció.) ¿Qué le parecía el antropomorfismo en la ficción juvenil? («¡Algo positivo!», respondió Jake. ¿Qué otra cosa iba a decir?) ¿Estaría dispuesto a hacer una «edición de muestra» de cincuenta páginas de una obra en desarrollo para que el escritor pudiera juzgar si valía la pena continuar? (Jake respiró hondo y escribió: «No». Pero estaría de acuerdo en hacer un descuento especial del cincuenta por ciento en las dos primeras horas de trabajo, lo que debería ser suficiente para que ambos decidieran si trabajar juntos o no.)

Naturalmente, aquella persona se convirtió en su primer cliente.

Los textos que encontró en su nuevo papel de editor *online*, profesor y asesor (esa palabra maravillosamente maleable) hacían que el peor de sus alumnos de Ripley pareciera Hemingway. Una y otra vez instaba a sus interlocutores a comprobar la ortografía, mantener un registro de los nombres de sus personajes y pensar al menos un poquito en qué ideas básicas debía transmitir su obra antes de escribir la emocionante palabra: FIN. Algunos le escuchaban; otros parecían creer que el simple hecho de contratar a un escritor profesional hacía que sus textos fueran «profesionales». Sin embargo, lo que más le sorprendió fue que sus nuevos clientes, mucho más incluso que sus alumnos menos dotados de Ripley, parecían considerar la publicación no como el portal mágico que siempre había representado para él y para todos los escritores a quienes admiraba (y envidiaba), sino como un mero acto transaccional. En una ocasión, en un temprano intercambio de correos electrónicos con una anciana de Florida que esperaba completar una segunda parte de sus memorias, él la había felicitado cortésmente por la reciente publicación de la primera entrega (*Windy River: Mi infancia en Pensilvania*). Aquella autora había rechazado sin rodeos sus halagos, cosa que la honraba.

—Por favor —había respondido—, cualquiera puede publicar un libro. Solo hay que extender un cheque.

Tenía que admitir que era una versión de «cualquiera puede ser escritor» que incluso él podía respaldar.

En cierto modo, las cosas eran mucho mejores a aquel lado de la línea divisoria. Continuaba habiendo unos egos asombrosos con los que lidiar, por supuesto, y una gran distancia entre las cualidades percibidas y las cualidades reales de los relatos, las novelas y las memorias (y, aunque ciertamente él no la buscaba, la poesía) que sus clientes le enviaban por correo electrónico. Pero el intercambio sincero y directo de lucro asqueroso por servicios y la claridad de las relaciones entre Jake y las personas que visitaban su página web (algunas de ellas incluso recomendadas por clientes a los que ya había «ayudado») resultaba, tras tantos años de falsa camaradería…, sumamente refrescante.

Sin embargo, incluso con un trabajo de consultoría medio regular además de sus nuevas responsabilidades en Ripley, Jake fue incapaz de hacer que las cosas funcionaran en Nueva York por más tiempo. Cuando una clienta, una escritora de relatos cortos afincada en Buffa-

53

lo, mencionó que hacía poco que había regresado de una «residencia» en el Centro Adlon para las Artes Creativas, Jake anotó aquel nombre desconocido y, terminada la videollamada, buscó su página web y se documentó sobre lo que tenía que ser una idea bastante nueva: una colonia de artistas autoeditados que al parecer hacían buenos negocios en un lugar del que no había oído hablar en su vida, un pueblo del norte del estado llamado Sharon Springs.

Evidentemente, él mismo era un veterano de las colonias de artistas tradicionales, que existían para ofrecer auxilio y respiro a artistas serios. En su propio período de felicidad, justo después de la publicación de *La invención de la maravilla*, había recibido una beca para Yaddo y había volado a Wyoming para pasar un par de productivas semanas en el Ucross Center. También había ido al Centro de Artes Creativas de Virginia, así como a Ragdale, y si esta había marcado el final de su racha de suerte un año después de que se publicara *Reverberaciones*, al menos podía enumerar (¡y lo hacía!) aquellas augustas instituciones en su currículum y en su página web por el puro lustre literario que tenían. Sin embargo, en ninguno de aquellos lugares le habían pedido a Jake un centavo de su propio dinero, así que tuvo que leerse atentamente la página web de Adlon antes de entender qué nueva entidad representaba aquel lugar: se trataba de un retiro para artistas autofinanciados en el que se proporcionaba el célebre ambiente de un Yaddo o un MacDowell no solo para la élite o las personas de letras «tradicionalmente favorecidas», sino para quien lo necesitara. O al menos para quien lo necesitara y tuviera mil dólares semanales para gastar.

Jake examinó las fotografías del antiguo lugar: una gran mole blanca de hotel, ligeramente inclinado (¿o era simplemente el ángulo de la fotografía?), que databa de la década de 1890. El Adlon era uno de varios grandes hoteles que todavía quedaban de pie en Sharon Springs, un antiguo pueblo turístico dispuesto alrededor de manantiales de azufre y en su día salpicado de balnearios victorianos. Sharon Springs estaba ubicado una hora al suroeste de su equivalente más célebre, Saratoga Springs, pero había sido bastante menos próspero incluso en aquel entonces, y ciertamente lo era en la actualidad. El pueblo había entrado en declive con el cambio de siglo pasado, y en la década de 1950 su media docena de hoteles, según el caso, se derrumbaban, eran demolidos o cerrados, o se marchitaban a medida que sus huéspedes abandonaban las rutinas de verano de toda la vida o simplemente se morían. Entonces, a alguien de la familia propietaria del Adlon se le ocurrió aquella nueva idea para evitar o al menos retrasar temporalmente lo inevitable, y hasta la fecha funcionaba. Al parecer, desde 2012 se llevaban reuniendo en el hotel escritores que pagaban por la paz y la tranquilidad, las habitaciones y los estudios limpios, y los desayunos y cenas en común (además de la comida, servida en una rústica canasta de mimbre que dejaban discretamente junto a la puerta para no interrumpir la escritura de Kubla Khan). Iban cuando querían, pasaban el tiempo como les venía en gana, socializaban con sus compañeros artistas si les apetecía y cuando les apetecía, y se iban cuando deseaban.

De hecho, aquel lugar parecía... un hotel.

En la parte superior de la página web, había clicado distraídamente en Oportunidades y se había encontrado leyendo la descripción del trabajo de coordinador de programa, *in situ*, para comenzar justo después de Año Nuevo. No decía nada de sueldo. Buscó el pueblo para ver si podía ir y venir desde la ciudad. No podía. Aun así, era un trabajo.

Realmente necesitaba uno.

Una semana después iba en tren a Hudson para encontrarse con el joven emprendedor —en aquel caso, «joven» significaba seis años más joven que él— cuya familia había dirigido el Adlon durante tres generaciones y que se las había ingeniado para sacarse aquel conejo de la chistera. Para cuando terminaron la reunión en una cafetería de Warren Street, y a pesar de la evidente falta de experiencia de Jake en la dirección de cursos, le contrataron.

—Me gusta la idea de que un escritor de éxito dé la bienvenida a nuestros huéspedes cuando lleguen. Les da algo real a lo que aspirar.

Jake optó por no corregir aquella extraordinaria afirmación de ninguna de las maneras en que podría haberlo hecho.

De todos modos, se trataba de una solución temporal. Nadie se iba de Nueva York a un pueblecito en medio de la nada a propósito, o al menos no sin un plan para regresar. Su propio plan tenía mucho que ver con el alquiler que pagaba en el últimamente fabuloso Brooklyn y el que esperaba pagar en Cobleskill, a unos pocos kilómetros al sur de Sharon Springs, y con el hecho de que conservaría sus clientes escritores privados y su microtrabajo para los reconstituidos Simposios de Ripley, aunque recibiera un sueldo del Centro de Artes Creativas Adlon. Todo ello se sumaba al exilio de un par de años, tres a lo sumo, ¡lo que también era tiempo de sobra para comenzar e incluso acabar otra novela después de la que estaba escribiendo en aquel momento!

Eso no quería decir que realmente estuviera escribiendo una en aquel momento, ni que tuviera la más mínima idea para otra.

El trabajo en sí era una especie de híbrido entre oficial de admisiones, director de crucero y supervisor de planta, pero ni así era especialmente agotador. Por supuesto, era más pesado el hecho de que le requirieran físicamente en el Adlon durante el día (y técnicamente de guardia por la noche y los fines de semana), pero dado el esfuerzo real asociado a la mayoría de los trabajos, Jake tendía a sentirse bastante afortunado. Vivía frugalmente y ahorraba dinero. Continuaba en el mundo de la escritura y los escritores, si bien más lejos de lo que había estado nunca de sus propias ambiciones literarias. Todavía podía trabajar en su novela en desarrollo (o habría podido, de haber tenido una), y mientras tanto continuar nutriendo y orientando a otros escritores, escritores principiantes, escritores en apuros, incluso escritores que como él sufrían lo que podría llamarse un recorte a mitad de carrera. Como había opinado una vez hacía mucho tiempo, en una sala de conferencias de bloques de hormigón del antiguo campus de Ripley (que, según lo último que había oído, había sido comprado por una empresa de retiros corporativos y conferencias), aquello era simplemente lo que los escritores habían hecho siempre unos por otros.

Aquel día en concreto el Adlon tenía seis escritores invitados, lo que significaba que el centro estaba solo al 20 por ciento de su capacidad (aunque eso fueran seis personas más de las que Jake habría imaginado que elegirían pasar el mes de enero en un pueblo balneario aislado por la nieve que ni siquiera había tenido el buen tino de convertirse en Saratoga Springs). Tres de los invitados eran unas hermanas en la sesentena que colaboraban en un relato familiar multigeneracional basado en, como era de esperar, su propia familia. Otro era un hombre vagamente amenazador que de hecho vivía al sur de Cooperstown, pero que cada mañana conducía hasta el hotel, escribía todo el día y se marchaba después de cenar. Había una poetisa de Montreal que no hablaba mucho ni siquiera cuando bajaba a comer, y un tipo que había llegado del sur de California un par de días antes. (¿Por qué una persona cuerda habría de dejar el sur de California en enero para viajar al norte del estado de Nueva York?) Hasta el momento eran un grupo no dramático y silenciosamente cooperativo, ¡a años luz de la locura intramuros que había presenciado personalmente en Ragdale y en el Centro de Artes Creativas de Virginia! El hotel en sí funcionaba todo lo bien que cabía esperar de un edificio de ciento treinta años, y la pareja de cocineras del Adlon, una madre y una hija de Cobleskill, presentaban platos muy sabrosos, excepcionales teniendo en cuenta el aislamiento de la zona en invierno. Y aquella mañana, hasta donde sabía Jake, las horas por delante no prometían otra cosa que una oportunidad para sentarse en su despacho tras el antiguo mostrador de registro del hotel y empezar a editar la cuarta revisión de una novela de suspense nada emocionante de un cliente de Milwaukee.

En otras palabras, un día corriente de una vida que estaba a punto de volverse muchísimo menos que corriente.

6

Qué cosa tan horrible

*E*l tipo de California hizo acto de presencia poco después de comer, o al menos después de que subieran las cestas de la comida y las dejaran junto a la puerta de las habitaciones de los escritores. Era un hombre corpulento de veintimuchos años con los antebrazos tatuados y un mechón de pelo que se apartaba de la cara y volvía a caer de inmediato. Irrumpió como un aluvión en el pequeño despacho que Jake tenía detrás del antiguo mostrador de facturación y dejó su canasta sobre la mesa.

—Bueno, esto es una mierda.

Jake levantó la vista para mirarlo. Estaba inmerso en la espantosa novela de suspense de su cliente, una historia tan predecible que habría podido decir exactamente lo que iba a suceder, y en qué orden, aunque aquella hubiera sido la primera vez que la leía, y no la cuarta.

—¿La comida?

—Una mierda. Carne quemada de no sé qué clase. ¿Qué era? ¿Algo que han atropellado de camino hacia aquí?

Sorprendentemente, Jake sonrió. De hecho se atropellaban muchos animales en las montañas del condado de Schoharie.

—¿No comes carne?

—Bueno, como carne, pero no mierda.

Jake se reclinó en su silla.

—Lo siento mucho. ¿Por qué no vamos a la cocina y hablamos con Patty y Nancy sobre lo que te gusta y lo que no? No podemos garantizarte siempre una comida diferente, pero queremos que estés a gusto. Con solo seis personas en la residencia en estos momentos, deberíamos poder modificar los menús.

—Este pueblo es patético. No hay nada.

Bueno. En eso el amigo californiano de Jake estaba tajantemente equivocado. Los días de gloria de Sharon Springs podían haber sido a finales del siglo XIX (el mismísimo Oscar Wilde había dado una conferencia en el hotel Pavilion), pero los últimos años habían traído un renacimiento prometedor. El buque insignia del pueblo, el hotel American, había sido restaurado con cierto grado de elegancia y en la pequeña calle principal habían echado raíces un par de restaurantes sorprendentemente buenos. Y lo principal: un par de hombres de Manhattan, involuntariamente apartados de sus trabajos en los medios de comunicación durante la recesión de 2008, habían comprado una granja local, adquirido un rebaño de cabras y empezado a hacer queso, jabón y, lo que es más importante, un gran revuelo en el mundo mucho más allá de Sharon Springs, Nueva York. Habían escrito libros, protagonizado su propio *reality show* en televisión y abierto una tienda justo enfrente del hotel American que no habría desentonado en las calles principales de East Hampton o Aspen. Aquel lugar se estaba convirtiendo en una auténtica atracción turística. Aunque tal vez no en enero.

—¿Has salido a explorar? Muchos de los escritores van al café Black Cat por la mañana. Sirven un café buenísimo. Y la comida del Bistro es estupenda.

—Os pago suficiente como para quedarme aquí y trabajar en mi libro aquí. El café de aquí debería ser buenísimo. Y la comida de aquí no debería ser una mierda. A ver, ¿os moriríais por hacer una tostada con aguacate?

Jake lo miró. Tal vez en California los aguacates crecieran en los árboles, literalmente, en enero, pero dudaba mucho que aquel tipo diera el visto bueno a los pedruscos que vendían como aguacates en el supermercado Price Chopper de Cobleskill.

—Lo que más hay por aquí es leche y queso. Supongo que has visto las granjas lecheras.

—Soy intolerante a la lactosa.

—Ah. —Jake frunció el ceño—. ¿Nosotros estábamos al corriente? ¿Lo pone en tus formularios?

—No lo sé. No he rellenado ningún formulario.

El tipo se echó hacia atrás el cabello espeso. Otra vez. Y le cayó hacia delante sobre los ojos. Otra vez. A Jake aquello le recordó a algo.

59

—Bueno, espero que escribas algunos de los platos que te gustaría encontrar en las comidas. Yo no confiaría en conseguir buenos aguacates aquí, no en esta época del año, pero si hay platos que te gusten, hablaré con Patty y Nancy. A no ser que prefieras hacerlo tú mismo.

—Yo lo que quiero es escribir mi libro —dijo el tipo con tanta vehemencia que podría haber estado pronunciando el eslogan de una película de aventuras, algo del tipo «Tú y yo aún no hemos acabado» o «No subestimes lo que soy capaz de hacer»—. He venido aquí para terminarlo, y no quiero tener que pensar en nada más. No quiero oír a aquellas tres brujas cacarear todo el tiempo al otro lado de la pared de mi habitación. No quiero que las tuberías del baño me despierten por la mañana. ¿Y qué pasa con la chimenea de mi habitación en la que no se me permite encender fuego? Recuerdo claramente que, cuando miré vuestra página web, había una habitación con la chimenea encendida. ¿Qué coño era?

—Era la chimenea del salón —dijo Jake—. Lamentablemente no nos han aprobado que se enciendan las chimeneas de las habitaciones. Pero encendemos el fuego del salón todas las tardes y con mucho gusto lo encenderé antes si desea trabajar allí, o leer. Todo lo que hacemos aquí es intentar apoyar a nuestros huéspedes escritores y velar por que tengan cuanto necesiten para hacer su trabajo. Y, por supuesto, apoyarnos unos a otros como escritores.

Ya mientras lo decía, Jake pensó en todas las veces que había dicho aquello, o algo parecido, en el pasado, y cuando lo había dicho, la gente a la que se lo había dicho siempre asentía con la cabeza en señal de aprobación porque ellos también eran escritores y los escritores comprendían el poder de las cosas que tenían en común. Eso siempre había sido cierto. Salvo en aquel preciso instante. Y, ahora caía en la cuenta, en otro momento.

Entonces el chico cruzó los brazos con fuerza sobre el pecho y fulminó a Jake con la mirada, y la última parte de la conexión encajó en su lugar.

Evan Parker. De Ripley. El de la historia.

Ahora entendía por qué durante todo aquel encuentro había tenido la sensación de que su cerebro daba vueltas sobre sí mismo, por qué sus pensamientos habían estado dando vueltas y más vueltas a algo aún sin especificar. No, no había conocido a aquel gilipollas en particular hasta hacía un par de días, pero ¿significaba eso que no le resultaba familiar? Le resultaba familiar. Tremendamente familiar.

No es que se hubiera pasado el último par de años rumiando sobre aquel gilipollas, porque ¿qué escritor de cualquier grado de éxito profesional, no solo del de Jake, querría mortificarse por un autor primerizo que de algún modo había logrado tirar de la palanca de la máquina tragaperras de las historias espectaculares justo en el momento adecuado, con su primer centavo, nada menos, y obtener un *jackpot* totalmente inmerecido? Siempre que Evan Parker aparecía a la deriva por los pensamientos de Jake lo hacía con la oleada habitual de envidia y amargura por la injusticia de todo aquello, y después con la breve observación de que el libro en sí —que él supiera, y evidentemente lo habría sabido— no se había llegado a publicar, lo que podía significar que el antiguo alumno de Jake había subestimado su propia capacidad para terminarlo. Pero eso no consolaba demasiado a Jake. La historia, como había señalado su propio autor, era una fórmula milagrosa, y cuando fuera que el libro saliera a la luz tendría éxito, y su autor también lo tendría, más del que jamás hubiera soñado (o, lo que era más doloroso, más del que jamás hubiera soñado Jake).

Ahora, en su pequeño despacho del Centro Adlon para las Artes Creativas, aquella persona, Evan Parker, regresaba a él una vez más, y lo hacía con tanta brusquedad que era como si también él hubiera entrado en la pequeña habitación y estuviera de pie justo detrás de su homólogo californiano.

El tipo continuaba hablando; no, bramando. Había acabado con los otros huéspedes escritores, el Adlon, la comida y el pueblo de Sharon Springs. Ahora Jake le oyó hablar de un «agente de la Costa Este» que le había sugerido que pagara a alguien, de su propio bolsillo, para que le orientara en el resto de el trabajo de su novela antes de volver a presentarla («¿No están para eso los editores? ¿O los agentes, para el caso?»); y del localizador para películas al que había conocido en una fiesta y que le había dicho que pensara en añadir un personaje femenino a su historia («¿Es que los hombres no leen libros ni van al cine?»); o de los gilipollas de MacDowell y Yaddo que le habían rechazado para la residencia («¡Está claro que favorecen a los "artistas" que esperan vender diez ejemplares de sus poemas largos como libros!»); y de los perdedores que escribían en cada mesa de cada cafetería del sur de Ca-

61

lifornia y creían ser un regalo de Dios y que el mundo obviamente estaba esperando su colección de relatos, su guion o su novela...

—De hecho —se oyó decir Jake— yo mismo soy autor de dos novelas.

—Pues claro que lo eres. —El chico sacudió la cabeza—. Cualquiera puede ser escritor.

Dicho esto, se dio la vuelta y salió de la habitación, dejando atrás su rústica cesta de mimbre.

Jake oyó cómo el huésped (¡huésped-escritor!) subía las escaleras dando zapatazos y luego el silencio llenó su estela, y de nuevo se preguntó qué había hecho, qué cosa tan horrible, para merecer la compañía de gente como aquella, por no hablar de su desprecio. Lo único que siempre había querido era contar, con las mejores palabras posibles dispuestas en el mejor orden posible, las historias que llevaba dentro. Había estado más que a punto para hacer la formación y el trabajo. Había sido humilde con sus profesores y respetuoso con sus compañeros. Había asumido las notas editoriales de su agente (cuando la había tenido) y se había inclinado ante el lápiz rojo de su editora (cuando la había tenido) sin quejarse. Había apoyado a los demás escritores que había conocido y los había admirado (incluso a los que no había admirado especialmente) asistiendo a sus lecturas e incluso comprando sus libros (¡en tapa dura!, ¡en librerías independientes!) y se había desenvuelto tan bien como había sabido como profesor, orientador, animador y editor, a pesar de la (para ser sincero) absoluta inutilidad de la mayoría de los textos con los que tenía que trabajar. ¿Y adónde había llegado por todo aquello? Era un ayudante de cubierta en el Titanic que iba moviendo las sillas con quince escritores de prosa sin talento, mientras de alguna manera les persuadía de que trabajar más les ayudaría a mejorar. Era un mayordomo en un viejo hotel del norte del estado de Nueva York que fingía que los «huéspedes-escritores» de arriba no eran diferentes a los compañeros de Yaddo que estaban una hora al norte. «Me gusta la idea de que un escritor de éxito dé la bienvenida a nuestros huéspedes cuando lleguen. Les da algo real a lo que aspirar.»

Pero ningún huésped-escritor había reconocido jamás los logros profesionales de Jake, y mucho menos se había inspirado en su éxito en el campo en el que se suponía que esperaban entrar. Ni una sola vez en tres años. Era tan invisible para ellos como había acabado siendo para todos los demás.

Porque era un escritor fracasado.

Cuando le vinieron las palabras, Jake jadeó. Por increíble que pareciera, era la primera vez que aquella verdad salía a la superficie.

Pero... pero... las palabras le venían dando vueltas por la cabeza, imparables y absurdas: ¡Nueva y Destacada en *The New York Times*! ¡«Un escritor que seguir» según *Poets & Writers*! ¡El mejor máster en Bellas Artes del país! Aquella ocasión en que había entrado en una librería Barnes & Noble de Stamford, Connecticut, y había visto *La invención de la maravilla* en el estante de las recomendaciones de los empleados, junto con una pequeña ficha escrita a mano por alguien llamado Daria: «¡Uno de los libros más interesantes que he leído este año! La prosa es lírica y profunda».

¡Lírica! ¡Y profunda! De todo eso hacía ya años.

Cualquiera podía ser escritor. Cualquiera excepto él, al parecer.

7

Toc, toc

*A*quella noche, a última hora, en su piso de Cobleskill, hizo una cosa que no había hecho nunca, ni una sola vez desde que había visto a su afortunado alumno adentrarse en una arboleda del campus de Ripley.

En su ordenador, Jake tecleó el nombre «Parker Evan» y apretó la tecla *Return*.

Parker Evan no aparecía. Lo cual no significaba gran cosa: Parker Evan había sido el seudónimo deseado por su antiguo alumno en un momento dado, pero aquel momento había sido hacía tres años. Quizás se hubiera decidido por otro nombre, bien porque cambiar su auténtico nombre fuera una tontería, bien porque hubiera optado por una privacidad aún mayor de entre infinidad de otras posibilidades.

Jake volvió al campo de búsqueda y escribió: «Parker, novela, suspense».

«Parker, novela, suspense» devolvió páginas de referencias a las novelas de Donald Westlake protagonizadas por Parker, y también a otra serie de misterios de Robert B. Parker.

Así que incluso si Evan Parker hubiera llevado su libro a un editor, lo primero que probablemente habrían hecho habría sido decirle que abandonara Parker como seudónimo.

Jake eliminó el nombre de su campo de búsqueda y probó con «suspense, madre, hija».

Aquello provocó un aluvión. Páginas y páginas de libros, de páginas y páginas de escritores, de la mayoría de los cuales no había oído hablar nunca. Jake fue bajando por las entradas, leyendo las breves descripciones, pero no había nada que encajara con los elementos tan específicos de la historia que le había contado su alumno en el Richard Peng Hall. Hizo clic en algunos nombres de autores al azar, sin esperar realmente encontrar la imagen de la cara de Evan Parker, que tan solo recordaba a medias, pero no había nada que se le pareciera ni remotamente: hombres viejos, gordos, calvos, y muchas mujeres. No estaba allí. Su libro no estaba allí.

¿Podía ser que Evan Parker se hubiera equivocado? ¿Podía ser que él, Jake, también hubiera estado equivocado todo aquel tiempo? ¿Podía ser que aquella trama hubiera desaparecido en el océano de historias, novelas, libros de suspense y de misterio que se publicaban cada año, y se hubiera hundido en el silencio? Jake creía que no. Parecía más probable que, a pesar de la fe ilimitada que tenía en sí mismo, por algún motivo Parker no hubiera conseguido acabar su libro. Tal vez el libro no apareciera allí, en su ordenador, cómodamente instalado en la primera página de todos y cada uno de sus resultados de búsqueda, porque no estaba en ninguna parte. No estaba en el mundo. Pero ¿por qué?

Jake tecleó el nombre, el nombre real, «Evan Parker» en el campo de búsqueda.

En los resultados aparecieron bastantes Evan Parker de Facebook. Jake clicó y recorrió la lista con la mirada. Vio más hombres —más grandes, más delgados, más calvos, más oscuros— e incluso algunas mujeres, pero nadie que se pareciera ni remotamente a su antiguo alumno. Quizás Evan no estuviera en Facebook. (El propio Jake no lo estaba; lo había abandonado cuando ver que sus «amigos» publicaban noticias sobre sus futuros libros se había vuelto demasiado desmoralizador.) Regresó a los resultados de la búsqueda, hizo clic en la pestaña de «Imágenes» y echó un vistazo a la página que tenía delante, y después a la siguiente. Muchos Evan Parkers, pero ninguno de ellos el suyo. Volvió a clicar en la pestaña «Todo». Había Evan Parkers que eran jugadores de fútbol de instituto, bailarines de ballet, diplomáticos de carrera en aquel momento destinados a Chad, caballos de carreras y parejas de prometidos. («¡Los futuros Evan-Parker le damos la bienvenida a la página web de nuestra boda!») No había ningún humano varón remotamente próximo a la edad de su exalumno que se pareciera en nada al Evan Parker que Jake había conocido en Ripley.

Después, en la parte inferior de la página, vio: «Búsquedas relacionadas con "evan parker"».

65

Y, debajo, las palabras: «Evan Parker necrológica».

Ya incluso antes de que el cursor encontrara el enlace, sabía lo que iba a ver.

Evan Luke Parker, de West Rutland, VT (38) había muerto inesperadamente la noche del 4 de octubre de 2013. Evan Luke Parker se había graduado en 1995 en el Instituto West Rutland, había estudiado en el Colegio Universitario Rutland y había vivido siempre en el centro de Vermont. Tanto sus padres como su hermana ya habían fallecido, y le sobrevivía una sobrina. El funeral se anunciaría en breve. El entierro sería privado.

Jake lo leyó un par de veces. No decía gran cosa, la verdad, pero aun así no podía dejar de hacerlo.

¿Estaba muerto? Estaba muerto. Y... Jake miró la fecha. No había sucedido recientemente. Aquello había sucedido..., por increíble que pareciera, había sucedido solo un par de meses después de su intento fracasado de tener una relación maestro-alumno. Jake ni siquiera se había dado cuenta de que Evan fuera de Vermont, ni de que sus padres y su hermana ya hubieran muerto, lo cual era muy trágico considerando que él mismo era bastante joven. Evidentemente, nada de eso había surgido nunca en ninguna conversación entre ellos. No habían conversado en serio sobre nada más que la extraordinaria novela que Evan Parker estaba escribiendo. Y sobre eso tampoco mucho. De hecho, el resto del curso en Ripley su alumno se había mostrado sumamente reservado en el taller y había declinado las reuniones individuales que les quedaban o no se había presentado a ellas. Jake incluso se había preguntado si Parker se habría arrepentido de haber compartido con su profesor la extraordinaria idea de su novela, o si al menos habría cambiado de opinión acerca de compartirla con sus compañeros de taller, aunque él mismo nunca reveló que Evan Parker le hubiera hablado de su obra, ni que pensara que estuviera fuera de lo común. Al acabar el curso, aquel chaval pretencioso, reprimido y profundamente irritante se había ido sin más, presumiblemente para hacer lo que tuviera que hacer para sacar su libro a la luz. Pero en realidad había sido para morir. Ahora se había ido y su libro, con toda probabilidad, no estaba escrito.

Más adelante, por supuesto, Jake regresaría a este momento. Más adelante lo reconocería como la encrucijada que era, pero ahora ya estaba envolviendo el conjunto de circunstancias severas de los años posteriores a lo sucedido con la primera de las que serían muchas capas de racionalización. Aquellas capas no tenían mucho que ver con el hecho de que Jake fuera un ser humano moral con, supuestamente, un código de conducta ética. Básicamente tenían que ver con el hecho de que era escritor, y ser escritor implicaba otra lealtad, hacia algo todavía más valioso.

Que era la historia en sí misma.

Jake no creía en muchas cosas. No creía que ningún dios hubiera creado el universo, y mucho menos que ese dios continuara observando lo que sucedía y realizara un seguimiento de cada acto humano, todo ello con el propósito de dar a unos cuantos milenios de *Homo sapiens* una vida futura placentera o desagradable. No creía en la otra vida. No creía en el destino, en el sino, en la suerte, ni en el poder del pensamiento positivo. No creía que tuviéramos lo que nos merecíamos, ni que todo sucediera por una razón (¿qué razón iba a ser esa?), ni que hubiera fuerzas sobrenaturales que tuvieran efecto sobre cualquier cosa de la vida humana. ¿Qué quedaba después de todas aquellas tonterías? La pura aleatoriedad de las circunstancias en que nacíamos, los genes que nos habían tocado en el reparto, nuestros diferentes grados de disposición a dejarnos el pellejo y el ingenio que pudiéramos tener o no tener para reconocer una oportunidad. En caso de que apareciera.

Pero había una cosa en la que sí que creía de verdad que lindaba con lo mágico, o al menos con lo que sobrepasaba lo mundano, y era la obligación que un escritor tenía para con una historia.

Las historias, por supuesto, son tan comunes como la suciedad. Todo el mundo tiene una, cuando no infinidad de ellas, y nos rodean en todo momento tanto si las aceptamos como si no. Las historias son los pozos en los que nos sumergimos para recordar quiénes somos, y la manera que tenemos de asegurarnos a nosotros mismos que, por muy oscuros que podamos parecer ante los demás, en realidad somos importantes, incluso cruciales, para el drama en curso de la supervivencia: personal, social e incluso como especie.

Pero, a pesar de todo eso, las historias también son exasperantemente escurridizas. No hay una fuente profunda de ellas que explotar, ni una gran superficie con amplios pasillos de relatos inimaginables, emocionalmente nuevos y sin utilizar por entre los cuales un escritor pueda empujar un gran carro de la compra vacío a la espera de que algo le llame la atención. Aquellas siete líneas argumentales que

67

Jake había comparado en su día con la no demasiado emocionante de Evan Parker de madre e hija en una casa vieja —¿Vencer al monstruo? ¿De mendigo a millonario? ¿El viaje y el regreso?— eran las mismas siete líneas argumentales entre las que escritores y demás narradores habían estado rebuscando desde siempre. Y aun así...

Aun así.

De vez en cuando, una chispita mágica se elevaba surgida de la nada y aterrizaba (sí, aterrizaba) en la conciencia de una persona capaz de darle vida. A eso a veces se le llamaba «inspiración», aunque «inspiración» no era una palabra que los propios escritores solieran usar.

Aquellas chispitas mágicas tendían a no perder el tiempo autoafirmándose. Te despertaban por las mañanas con un molesto toc, toc y una sensación de urgencia creciente, y te perseguían durante los días siguientes: la idea, los personajes, el problema, el escenario, líneas de diálogo, frases descriptivas, la frase de inicio.

Para Jake, la palabra que comprendía la relación entre un escritor y su chispa era «responsabilidad». Una vez que estabas en posesión de una idea real, estabas en deuda con ella por haberte elegido a ti y no a algún otro escritor, y pagabas esa deuda poniéndote manos a la obra, no como un obrero que producía oraciones, sino como un artista inquebrantable dispuesto a cometer errores dolorosos, que le hacían perder tiempo e incluso flagelarse. Estar a la altura de aquella responsabilidad era cuestión de enfrentarse a la página (o pantalla) en blanco y poner un bozal a los críticos de dentro de tu cabeza, al menos el tiempo suficiente para poder trabajar un poco, y todo ello era tremendamente difícil y en ningún caso opcional. Es más, si te alejabas de ella era por tu cuenta y riesgo, porque si fracasabas en aquella seria responsabilidad bien podías encontrarte, tras un período de distracción, o incluso tras un trabajo no del todo comprometido, con que tu preciosa chispa... te había abandonado.

Se había marchado, tan repentina e inesperadamente como había llegado, y con ella desaparecía también tu novela, aunque quizás pudieras mantener girando los engranajes unos cuantos meses más, o años, o el resto de tu vida, lanzando desesperadamente palabras sobre la página (o la pantalla) en una obstinada negativa a afrontar lo que había sucedido.

Y había otra cosa: una oscura superstición adicional para cualquier escritor que fuera lo bastante arrogante como para ignorar la chispa de una gran idea, aunque dicho escritor no tuviera una inclinación religiosa, aunque no creyera que «todo sucede por una razón», aunque realmente se resistiera al pensamiento mágico de cualquier otro tipo concebible. La superstición sostenía que si no te portabas como era debido con la magnífica idea que te había elegido a ti entre todos los escritores posibles para darle vida, esa gran idea no solo te dejaba haciendo girar tus estúpidos e ineficaces engranajes, sino que se iba a otra persona. En otras palabras, una gran historia quería ser contada. Y si no ibas a ser tú quien la contara, se iría y encontraría a otro escritor que lo hiciera, y tú te limitarías a ver cómo otra persona escribía y publicaba tu libro.

Intolerable.

Jake recordó el día en que cierto momento clave de *La invención de la maravilla* había aparecido de repente junto a él, en el mundo, sin preámbulos ni previo aviso, y a pesar de que aquello no le había ocurrido nunca antes, lo primero que había pensado al cabo de un instante había sido:

«Cógelo».

Y lo había hecho. Y se había portado como era debido con aquella chispa y había escrito la mejor novela que había podido en torno a ella, el primer libro Nuevo y Destacado que había vuelto, muy fugazmente, la atención del mundo literario hacia él.

Con *Reverberaciones* (su «novela en relatos cortos enlazados», que en realidad nunca había sido más que… relatos cortos), le había faltado incluso una pequeña y pálida emoción de la idea, aunque obviamente había acabado el libro, renqueando hasta algún punto en el que se le permitiera escribir la palabra «fin». Había sido el fin, definitivamente, a su período de «promesa» como «un joven escritor a quien no perder de vista», y quizás habría sido más sensato no publicarlo, pero Jake tenía terror a perder la validación de *La invención de la maravilla*. Después de que todas y cada una de las editoriales tradicionales, y luego buena parte de las editoriales universitarias, hubieran rechazado el manuscrito, la importancia de publicar su segundo libro había aumentado hasta que toda su existencia parecía estar en la cuerda floja. Si conseguía quitárselo de encima, se había dicho a sí mismo en el momento, tal vez llegara la próxima idea, la próxima chispa.

Pero no había llegado. Y, si bien en los años posteriores había seguido teniendo alguna idea ocasional crujiente y útil —el niño que

69

crece en una familia obsesionada por la cría de perros, el hombre que descubre que su hermano mayor ha estado recluido en una institución desde que nació—, no había habido nada que hiciera toc, toc y le obligara a escribir. El trabajo que había hecho desde entonces, alrededor de aquellas ideas y de un par más aún peores, se había ido consumiendo dolorosamente.

Hasta que, si era del todo sincero consigo mismo, y ahora sí que lo estaba siendo, había dejado de intentarlo. Hacía más de dos años que no escribía ni una palabra de ficción.

En su día, hacía mucho tiempo, Jake había hecho todo lo posible por honrar lo que se le había concedido. Había reconocido su chispa y se había portado como era debido con ella, sin eludir nunca la concentración y la escritura cuidadosa, esforzándose por hacerlo bien y, después, por hacerlo mejor. No había tomado atajos ni evitado esfuerzos. Se había arriesgado contra el mundo, sometiéndose a las opiniones de editores, críticos y lectores corrientes…, pero el favor le había pasado por alto y había continuado hacia otros. ¿Qué iba a hacer, quién iba a ser, si no volvía a él ninguna otra chispa?

Reflexionar sobre ello era insoportable.

«Los buenos escritores toman prestado, los grandes escritores roban», estaba pensando Jake. Esta frase omnipresente se atribuía a T. S. Eliot (¡lo cual no quería decir que el propio Eliot no la hubiera robado!), pero Eliot hablaba, tal vez no muy en serio, de robar el lenguaje real —frases, oraciones y párrafos—, no la historia en sí. Además, Jake sabía, como Eliot había sabido, como todos los artistas deberían saber, que toda historia, en tanto que obra de arte única —desde las pinturas rupestres hasta lo que se estuviera representando en el Park Theatre de Cobleskill, pasando por sus propios libros insignificantes—, estaba en conversación con todas las demás obras de arte: rebotaba contra sus predecesoras, bebía de sus contemporáneas, armonizaba con los patrones. Todo, pintura, coreografía, poesía, fotografía, arte en vivo y la siempre fluctuante novela, daba vueltas en una máquina artística que giraba sin parar y tenía vida propia. Y eso era algo hermoso y apasionante.

Difícilmente sería el primero en sacar un relato de una obra o un libro —¡en este caso de un libro que nunca se había escrito!— y crear algo completamente nuevo a partir de él. *Miss Saigón* a partir de *Madama Butterfly*. *Las horas* a partir de *La señora Dalloway*. *¡El rey* *león* a partir de *Hamlet*, por el amor de Dios! Ni siquiera era tabú, y obviamente no era robo; aunque el manuscrito de Parker existiera realmente en el momento de su muerte, Jake nunca había visto más que un par de páginas, y recordaba poco de lo que había visto: la madre hablando por la línea de videncia, la hija escribiendo sobre oportunistas, las piñas alrededor de la puerta de la vieja casa. Seguramente lo que pudiera hacer con tan poco le pertenecería a él y solo a él.

Así pues, estas eran las circunstancias en las que Jake se encontraba aquella noche de enero ante su ordenador en su asqueroso piso de Cobleskill, en la región de las medias de cuero, al norte del estado de Nueva York, sin orgullo, sin esperanza, sin tiempo y, finalmente podía admitirlo, sin ideas propias.

No había ido en busca de ello. Había defendido el honor de los escritores que escuchaban las ideas de otros escritores y después volvían responsablemente a las suyas. En modo alguno había invitado a ir con él a la brillante chispa que su alumno había abandonado (abandonado involuntariamente, de acuerdo), pero la chispita había ido, y allí estaba: aquella cosa insistente, reluciente, que ya hacía toc, toc en su cabeza, que ya le acosaba: la idea, los personajes, el problema.

Así pues, ¿qué iba a hacer Jake al respecto?

Era una pregunta retórica, obviamente. Jake sabía exactamente lo que iba a hacer al respecto.

71

TERCERA PARTE

8

El síndrome de *Cuna*

*T*res años después, Jacob Finch Bonner, autor de *La invención de la maravilla* y de *Cuna*, novela indudablemente menos oscura (más de dos millones de ejemplares publicados y número dos de la lista de tapa dura de *The New York Times* tras nueve meses firmemente afianzada en el número uno), se encontraba en el escenario del Auditorio de la Fundación S. Mark Taper de la Sinfónica de Seattle. La mujer que estaba sentada frente a él era de un tipo que había llegado a conocer bien durante la interminable gira del libro: entusiasta intensa que movía las manos sin parar y que tal vez nunca antes hubiera leído una novela, fascinadísima por haber encontrado aquella en concreto. Le facilitaba el trabajo a Jake debido a que hablaba efusivamente y rara vez formulaba una pregunta clara. Básicamente, lo que se le pedía era que asintiera, le diera las gracias a ella y mirara al público con una sonrisa agradecida y discreta.

Aquel no era su primer viaje a Seattle para promocionar el libro, pero la visita anterior había tenido lugar durante las primeras semanas de la gira, cuando el país empezaba a tomar conciencia de *Cuna*, y las presentaciones se habían hecho en los lugares habituales para un autor que todavía no era famoso: la Elliot Bay Book Company, una filial de la librería Barnes & Noble en Bellevue. Para Jake, aquellos lugares ya eran bastante emocionantes. (Para *La invención de la maravilla* no había habido gira, y la petición personal que había hecho para leer en la Barnes & Noble cercana a su Long Island natal había congregado un público de seis personas, incluidos sus padres, su antiguo profesor de Lengua y la madre de su novia del instituto, que debía de haberse pasado la lectura preguntándose qué había visto su hija en Jake.) Lo que había sido aún más emocionante acerca de aquella primera ronda de lecturas en Seattle, y de los cientos como ellas por todo el país, había sido que la gente realmente iba a ellas, gente que no eran sus padres, ni profesores del instituto, ni personas de algún modo obligadas a asistir. Los cuarenta que se habían presentado a la lectura en la Elliot Bay, por ejemplo, o los veinticinco de la Barnes & Noble de Bellevue, eran perfectos desconocidos, y eso era simplemente asombroso. Tan asombroso, de hecho, que la emoción había tardado un par de meses en desaparecer.

Ahora ya lo había hecho.

Aquella gira, técnicamente la gira de la tapa dura, nunca había terminado del todo. Conforme el libro iba despegando se iban añadiendo más y más fechas, cada vez más para ciclos en los que la compra del libro iba incluida en el precio de la entrada, y después empezaron a añadirse al programa los festivales: Miami, Texas, AWP, Bouchercon, Crimen de la Costa Oeste (estos dos últimos, como tantas otras cosas del género de suspense en el que había entrado sin darse cuenta, habían sido desconocidos para él hasta entonces). En definitiva, desde la publicación del libro apenas había dejado de viajar, acompañado por un respetuoso perfil popular en *The New York Times*, del tipo que antes le hacía temblar las rodillas de envidia. Luego, tras unos meses de eso, se habían apresurado a imprimir la edición en rústica de la novela cuando Oprah la nombró en su selección de libros de octubre, y ahora Jake estaba volviendo a algunas de sus paradas anteriores, pero en locales que ni él habría imaginado.

El Auditorio de la Fundación S. Mark Taper, por ejemplo, tenía más de dos mil cuatrocientas localidades; lo había buscado. ¡Dos mil cuatrocientas localidades! Y, por lo que podía decir desde donde estaba sentado, todas y cada una de ellas estaban ocupadas. Podía distinguir el verde kelly brillante de la nueva portada del libro en rústica sobre el regazo de la gente y en sus brazos. La mayoría de aquellas personas habían traído sus propios ejemplares, lo cual no suponía que presagiara nada bueno para las cuatro mil copias que Elliot Bay estaba desempaquetando en las mesas de firmas del vestíbulo, pero, hombre, para él era gratificante. Cuando se había publicado *La invención de la maravilla* hacía casi quince años, Jake se había instalado en la fantasía del «sabré que lo he conseguido cuando...» de ver a un desconocido leyendo su libro en público, y huelga decir que eso no había sucedido nunca. Una vez, en el metro, había visto a un tipo leyendo un libro que se parecía mucho al suyo, pero al acercarse, sentarse delante y comprobarlo había descubierto que en realidad era el nuevo de Scott Turow, y esa había sido solo la primera de varias falsas alarmas demoledoras. Obviamente, tampoco había sucedido con *Reverberaciones*, de la que ni siquiera se habían llegado a vender ochocientos ejemplares (y él había adquirido doscientos a precio de saldo). Ahora aquel auditorio estaba lleno de lectores vivos que habían pagado dinero real por su entrada y que estaban allí, en aquel espacio enorme, aferrados a su libro mientras se inclinaban hacia delante en sus asientos y se reían a carcajadas de todo cuanto decía, incluso con las cosas banales sobre cuál era su «proceso» y por qué seguía llevando el portátil en la misma cartera de cuero que tenía desde hacía tantos años.

—Madre mía —dijo la mujer de la otra silla—, he de decirte que iba en un avión leyendo el libro y llegué a la parte..., supongo que probablemente todos sepan de qué parte estoy hablando, y no pude más que ¡ahogar un grito! O sea, ¡emití un ruido! Y la auxiliar de vuelo se acercó y me dijo: «¿Está usted bien?», y yo dije: «¡Dios mío, es este libro!». Y me preguntó qué libro estaba leyendo, y cuando se lo mostré se echó a reír. Dijo que hacía meses que pasaba lo mismo, que la gente chillaba y ahogaba gritos en mitad de los vuelos. Es como un síndrome. Como ¡el síndrome de *Cuna*!

—Vaya, qué gracioso —dijo Jake—. Siempre he tenido tendencia a mirar lo que la gente lee en los aviones y nunca era nada mío, ¡eso te lo aseguro!

—Pero tu primera novela fue Nueva y Destacada en *The New York Times*.

—Pues sí. Fue un gran honor. Por desgracia eso no se tradujo en gente yendo a las librerías a comprarla. De hecho, no creo que el libro llegara siquiera a las librerías. Recuerdo que mi madre me dijo que no lo tenían en la tienda local de la cadena de librerías de Long Island. Tuvo que encargarlo. Eso es bastante duro para una madre judía cuyo hijo ni siquiera se ha doctorado.

Carcajada explosiva. La entrevistadora, que se llamaba Candy y era una especie de figura pública local, estaba doblada. Cuando consiguió controlarse, le hizo a Jake la pregunta absolutamente predecible sobre cómo se le había ocurrido la idea.

—No creo que cueste tanto encontrar ideas, ni siquiera las grandes. Cuando me preguntan de dónde saco mis ideas, mi respuesta es que en la edición diaria de *The New York Times* aparecen cien novelas, y reciclamos el papel o lo usamos para forrar la jaula del pájaro. Si estás atrapado en tu propia experiencia, puede que te cueste ver más allá de las cosas que te han sucedido y, a menos que hayas tenido una vida llena de aventuras dignas del *National Geographic*, probablemente pienses que no tienes nada sobre lo que escribir una novela. Pero si pasas aunque sea unos minutos con las historias de otras personas y aprendes a preguntarte: «¿Y si eso me hubiera sucedido a mí?». O «¿Y si esto le sucediera a una persona totalmente diferente a mí?». O «¿En un mundo diferente del mundo en el que vivo?». O «¿Y si sucediera de un modo un poco diferente, en circunstancias diferentes?». Las posibilidades son infinitas. Y las direcciones que puedes tomar, los personajes que puedes encontrar por el camino, las cosas que puedes aprender también son infinitas. He dado clases en másteres de Bellas Artes y puedo afirmar que quizás eso sea lo más importante que alguien pueda enseñaros. Salid de vuestra propia cabeza y mirad alrededor. Hay historias que crecen en los árboles.

—Vale, de acuerdo —dijo Candy—, pero ¿de qué árbol cogiste esta? Porque te aseguro que me paso el día leyendo. Setenta y cinco novelas el año pasado, ¡que las conté! Bueno, las contó Goodreads. —Sonrió hacia el público con suficiencia y este rio amablemente—. Y no se me ocurre otra novela que me hubiera hecho emitir un ruido en un avión. Así que, ¿cómo se te ocurrió?

Y allí estaba: aquella fría oleada de terror que iba bajando por dentro de Jake, desde la coronilla, pasando por la boca sonriente y las extremidades, hasta la punta de cada uno de los dedos de manos y pies. Por increíble que pudiera parecer, todavía no se había acostumbrado a aquella sensación, por mucho que le hubiera acompañado todos los días en todo momento, durante aquella gira y la anterior, durante los emocionantes meses previos a la publicación, mientras su nueva editora caldeaba el ambiente y el mundo del libro empezaba a prestarle atención. Durante la redacción misma de la novela, que le había llevado seis meses de invierno y primavera en su piso de Cobleskill, Nueva York, y en su despacho de detrás de la vieja recepción del Centro Adlon para las Artes Creativas, con la esperanza de que ninguno de los huéspedes-escritores de arriba lo molestara con quejas sobre las habitaciones o preguntas acerca de cómo conseguir un agente en William Morris Endeavour. Desde el principio de todo, aquella noche de enero en que había leído la necrológica de su alumno más memorable, Evan Parker. Había cargado con aquello, un día tras otro, en todo momento: la amenaza constante de un daño irreparable.

Ni que decir tiene que Jake no había tomado ni una sola palabra de las páginas que había leído en Ripley. Para empezar no las había tenido delante para robarlas y, si las hubiera tenido, las habría tirado para no mirarlas. De haber podido leer *Cuna*, incluso al difunto Evan Parker le habría resultado imposible localizar su propio lenguaje en la novela de Jake. Y, con todo, ya desde el momento en que había escrito «CAPÍTULO UNO» en su portátil en Cobleskill, Jake había estado esperando, esperando con espanto, que alguien que conociera la respuesta a aquella pregunta —¿Cómo se le ocurrió?— se pusiera en pie y le señalara con un dedo acusador.

Obviamente, Candy no era esa persona. Candy no sabía mucho sobre mucho, y nada, quedaba clarísimo incluso para él, sobre aquello en concreto. Lo que Candy aportaba a la conversación era una admirable sensación de comodidad mientras la observaban más de dos mil cuatrocientos seres humanos, y esa no era una cualidad que Jake menospreciara, de ningún modo. Sin embargo, tras su pregunta había una clara sosería; no era más que una pregunta. A veces, una pregunta no era más que una pregunta.

—Bueno, a ver —dijo finalmente—, la verdad es que no es una historia muy interesante. De hecho me da un poco de vergüenza. A ver, piensa en la actividad más banal que puedas imaginar: estaba sacando la basura y pasaron en coche una madre y su hija adolescente que vivían en mi manzana. Se estaban gritando la una a la otra. La verdad es que estaban fuera de sus casillas, mucho más de lo que cualquier madre y su hija adolescente puedan llegar a estar.

Aquí Jake supo hacer una pausa para las risas. Había ideado la historia de sacar la basura precisamente para aquellas ocasiones, y a aquellas alturas ya la había contado muchas veces. La gente siempre se reía.

—Y simplemente me vino la idea a la cabeza. A ver, seamos sinceros: quien no haya pensado nunca de su madre «¡Es que la mataría!» o de sus hijos «Un día de estos se va a cometer un asesinato» que levante la mano, por favor.

El gran público enmudeció. Candy enmudeció. Después hubo otra oleada de risas, esta mucho menos entusiasta. Siempre era así.

—Y empecé a pensar, bueno…, ¿cómo de mala podría ser esa dis-

79

cusión? ¿Hasta dónde podría llegar? ¿Podría en algún caso llegar a ser tan mala? ¿Y qué pasaría si lo fuera?

Al cabo de un momento, Candy dijo:

—Bueno, supongo que ahora todos sabemos la respuesta.

Más risas y luego aplausos. Muchos aplausos. Él y Candy se estrecharon la mano, se pusieron de pie, saludaron al público, salieron del escenario y se separaron, ella hacia el camerino y él hacia la mesa de firmas del vestíbulo, donde ya había empezado a formarse la cola larga y serpenteante con la que en su día había fantaseado. En la mesa, a su izquierda, había dispuestas seis mujeres jóvenes. Una vendía los ejemplares de *Cuna*, otra escribía en un Post-it el nombre de la persona a quien iba destinada la dedicatoria y lo pegaba en la tapa, y una tercera abría los libros por la página adecuada. Todo cuanto Jake tenía que hacer era sonreír y escribir su nombre, y lo hacía, una y otra vez, hasta que le dolían la mandíbula y la mano izquierda y todos los rostros empezaban a parecerse a la cara anterior, o a la siguiente, o a ambas a la vez.

«¡Hola, gracias por venir!»

«¡Vaya, es usted muy amable!»

«¿En serio? ¡Es increíble!»

«¡Buena suerte escribiendo su libro!»

Era el decimoquinto acto en otras tantas tardes, a excepción de la noche del lunes anterior, que había pasado en un hotel de Milwaukee comiendo una hamburguesa espantosa y respondiendo correos electrónicos antes de quedarse dormido durante el programa *Rachel Maddow*. No iba a su piso —un piso nuevo comprado con el asombroso anticipo que había recibido por *Cuna* y que todavía estaba apenas amueblado— desde finales de agosto y ahora estaban a finales de septiembre. Vivía a base de hamburguesas de hotel, *whisky sours* nocturnos, gominolas de minibar y pura tensión, tratando constantemente de sacarse de la manga respuestas nuevas, o al menos diferentes, a unas preguntas que ya le habían hecho cientos de veces y, pese a todas aquellas gominolas, había adelgazado más de dos kilos con una constitución que no podía permitirse perder mucho más. Su agente, Matilda (¡no la que había hecho una chapuza con la primera novela de Jake y se había desvinculado de la segunda con decisión!), le llamaba cada pocos días para preguntar con aire despreocupado cuánto había avanzado en la siguiente novela (respuesta: no lo suficiente), y un coro de escritores que había conocido en la escuela de posgrado y en la universidad y durante aquellos años en Nueva York lo seguían como Furias, bombardeándolo a solicitudes: cualquier cosa, desde anuncios publicitarios de sus manuscritos hasta recomendaciones para las colonias de artistas y solicitudes para que les pusieran en contacto con Matilda. En resumen, no podía mirar más allá de uno o dos días. Más allá de eso se lo dejaba a Otis, el enlace que Macmillan había enviado de gira con él. Era un modo de vida extraño, casi incorpóreo.

Pero también era justamente su sueño. Cuando había soñado con ser un «escritor de éxito», hacía mucho tiempo (¡ni siquiera un año!), ¿acaso no se había imaginado precisamente aquellas cosas? Público, montones de libros, aquel «1» mágico junto a su nombre en la legendaria lista del suplemento literario de *The New York Times*. Pues claro que sí, pero también había esperado las pequeñas conexiones humanas que debían acudir a un escritor cuya obra era realmente leída: abrir su libro, escribir su nombre, mostrárselo a un solo lector decidido a leerlo. ¿Estaba mal desear esas recompensas simples y humildes? ¿Mano a mano y cerebro a cerebro en la maravillosa conexión que era que el lenguaje escrito se encontrara con el poder de la narración? Ahora tenía esas cosas. Y pensar que las había obtenido solo con trabajo duro y pura imaginación.

Además de con una historia que quizás no fuera del todo suya para contarla.

Que alguien, en algún lugar, posiblemente conociera.

En cualquier momento podían arrebatarle todo aquello —ras, ras, ras—, y con tanta rapidez que Jake se encontraría indefenso y aniquilado, incluso antes de saber qué estaba pasando. Entonces quedaría relegado para siempre al círculo de escritores avergonzados y sin esperanza de apelación: James Frey, Stephen Glass, Clifford Irving, Greg Mortenson, Jerzy Kosinski…

¿Jacob Finch Bonner?

—Gracias —se oyó decir Jake mientras un joven dijo algo agradable sobre *La invención de la maravilla*—. También es uno de mis favoritos.

En cierto modo, aquellas palabras le parecieron familiares, y entonces recordó que aquella frase exacta había sido otra de sus fantasías, y durante un instante brevísimo eso le hizo sentir absolutamente feliz. Pero fue solo un instante brevísimo. Después de eso, volvió a estar aterrado.

9

No es el peor

*S*egún el horario que se había impreso Jake, tenía libre la mañana siguiente, pero cuando regresaba al hotel después de la firma de libros, Otis le comunicó un nuevo acto, una entrevista matutina para un programa de radio llamado *Amanece en Seattle*.

—¿A distancia? —había preguntado Jake, esperanzado.

—No, en el estudio. Ha sido algo de última hora, pero la directora del programa realmente quiere que salga bien. Ha movido el resto de las cosas del presentador para colocarte. Es una gran admiradora tuya.

—Ah, qué bien —dijo Jake, aunque en realidad no se lo parecía. A mediodía tenía un vuelo a San Francisco y por la noche, una aparición en el Castro Theatre; después, a la mañana siguiente, tenía que estar en Los Ángeles para casi una semana de reuniones relativas a la adaptación cinematográfica. Una de ellas era una comida con el director. Un director de primera, bajo cualquier punto de vista.

La KBIK no estaba lejos de su hotel y a solo unas pocas manzanas al norte de Pike Place Market. A la mañana siguiente, bien temprano, Jake dejó que Otis sacara las maletas del taxi y entró en el vestíbulo de la emisora, donde le esperaba su contacto obvio: una mujer con el pelo gris reluciente recogido hacia atrás con una diadema francamente juvenil. Se acercó a ella con la mano extendida y un completamente innecesario:

—Soy Jake Bonner.

—¡Jake! ¡Hola!

Se dieron la mano. Su mano era larga y estrecha, como el resto de ella. Tenía los ojos de un azul vivo y Jake se dio cuenta de que no llevaba ni pizca de maquillaje. Eso le gustaba. Entonces se dio cuenta de que eso le gustaba.

—¿Y usted es?

—¡Ay, lo siento! Soy Anna Williams. Anna. Es decir, llámeme Anna, por favor. Soy la directora de programación. Es estupendo que haya podido venir. Me encanta su libro.

—Bueno, gracias, es muy amable por su parte.

—Lo digo de veras, la primera vez que lo leí no podía quitármelo de la cabeza.

—¡La primera vez!

—Uy, lo he leído un montón de veces. Es increíble conocerle.

Otis llegó arrastrando las maletas de ambos. Él y Anna se dieron la mano.

—Entonces, ¿es una entrevista convencional? —preguntó Otis—. ¿Quiere que Jake lea algo?

—No, a menos que usted quiera hacerlo —dijo, mirando a Jake. Parecía casi afligida, como si hubiera fallado no haciendo aquella pregunta importante.

—Para nada —respondió él con una sonrisa. Intentaba averiguar qué edad tenía. ¿La misma que él? O quizás un poco más joven. Costaba decirlo. Era esbelta y llevaba unas mallas negras y una especie de túnica hecha a mano. Muy al estilo Seattle—. De verdad, soy bastante fácil. ¿Va a llamar gente?

—Uy, nunca se sabe. Randy es algo difícil de predecir, lo hace todo sobre la marcha. A veces hace entrar llamadas y a veces no.

—Randy Johnson es una institución en Seattle —dijo Otis amablemente—. ¿Qué lleva? ¿Veinte años?

—Veintidós. No todos en esta emisora. Dudo que haya estado más que unos pocos días fuera de antena desde que empezó. —Anna abrazaba su portapapeles con fuerza contra el pecho. Aquellas manos largas agarraban los bordes.

—Bueno, ¡me alegró mucho saber que quería un novelista en antena! —dijo Otis—. Por lo general, si tenemos la suerte de hacer el programa de Randy Johnson, es con una biografía deportiva, o a veces política. No recuerdo haber traído nunca a un escritor de ficción antes de hoy. Deberías estar orgulloso —le dijo a Jake—. ¡Has conseguido que Randy Johnson lea una novela!

—Ah… —dijo la mujer, Anna Williams—. Bueno, ojalá pudiera

prometerles que se ha leído la novela entera. Está puesto al corriente sobre ella, claro está, pero tiene usted razón: Randy no es lo que llamaríamos un lector de ficción nato. Sin embargo, entiende que *Cuna* se ha convertido en algo importante, y le gusta estar al caso de un fenómeno cultural, tanto si se trata de una novela como de una mascota de piedra.

Jake suspiró. Las primeras semanas tras la publicación del libro había soportado bastantes entrevistas con personas que no lo habían leído, y responder sus preguntas básicas —bueno, ¿de qué trata su libro?— presentaba el importante desafío de describir *Cuna* sin revelar el giro ya infame de la trama. A aquellas alturas todo el mundo parecía saber de qué trataba el libro, lo cual era un alivio en más de un sentido. Además, no resultaba divertido encubrir a alguien en su absoluta falta de conocimiento de tu trabajo mientras te esforzabas por parecer agradable y comprometido.

Subieron al estudio y encontraron al anfitrión, Randy Johnson, en mitad de una entrevista con una senadora estatal y un elector, ambos muy preocupados por una nueva regulación relacionada con los perros y sus desechos. Jake observó cómo Johnson, un hombre corpulento e hirsuto con una marcada tendencia a escupir, enfrentaba hábilmente a aquellos dos antagonistas hasta que al menos el elector se puso colorado y la senadora amenazó con levantarse y abandonar el estudio.

—Vamos, en el fondo no quiere hacerlo —dijo Johnson, que claramente se estaba aguantando la risa—. Miren, tenemos una llamada.

La productora, Anna Williams, le trajo a Jake una botella de agua. Sus dedos, que se deslizaron junto a los suyos, eran cálidos, pero el agua estaba fría. Jake la miró. Era guapa; innegablemente muy bonita. Hacía mucho que no se detenía a considerar la belleza de una mujer. Había habido una mujer a la que había conocido en Bumble el verano anterior y con la que había salido a cenar un par de veces. Antes de eso, una mujer que enseñaba estadística en la SUNY de Cobleskill. Antes de eso, Alice Logan, la poeta a la que había conocido en Ripley, aunque aquello se había acabado al poner ella rumbo al sur, hacia la Johns Hopkins, a finales de verano. Jake sabía que ahora era profesora titular allí. Le había enviado un breve correo electrónico de felicitación al entrar *Cuna* en la lista de superventas de *The New York Times*.

—Está a punto de terminar con esos dos —dijo Anna en voz baja.

Cuando comenzó la pausa publicitaria, lo condujo a la silla que el enojado elector acababa de dejar libre y le tendió los auriculares abiertos. Randy Johnson leía unos papeles y bebía de una taza de la KBIK.

—Espera —dijo, sin levantar la vista—. Espera un momento.

—Claro —dijo Jake. Buscó a Otis con la mirada, pero Otis no estaba cerca. Anna Williams se sentó en la otra silla, se puso sus propios auriculares y le dedicó una sonrisa alentadora.

—Tiene buenas preguntas —dijo, no demasiado convencida. Obviamente, las preguntas las había escrito ella misma. La incertidumbre, suponía Jake, era si el presentador se atendría a ellas.

Justo antes de volver al aire, Johnson levantó la vista y sonrió.

—¿Qué tal? Jack, ¿verdad?

—Jake —dijo Jake, y se inclinó sobre la mesa para estrechar la mano del presentador—. Gracias por invitarme.

Randy Johnson sonrió.

—Esta de aquí —dijo, señalando a Anna— no me ha dejado elección.

—Vaya —dijo Jake, volviéndose hacia ella. Anna miraba su portapapeles, fingiendo no escuchar.

—Parece un peso pluma, pero es un peso pesado cuando se trata de salirse con la suya.

—Probablemente eso la convierte en una gran productora —dijo Jake, como si aquella completa desconocida necesitara que la defendiera.

—Cinco segundos —dijo una voz en los oídos de Jake.

—¡Bueno! —dijo Randy Johnson—. ¿Todo el mundo listo?

Jake lo estaba, suponía. A aquellas alturas ya se había sentado en un buen número de sillas como aquella y había sonreído cordialmente a otros tantos fanfarrones. Escuchó a Randy Johnson opinar sobre los perros desatados en las calles de Seattle durante un rato y luego oyó lo que entendió que era su presentación.

—Bueno, nuestro próximo invitado es probablemente el escritor más popular de Estados Unidos en este momento. ¿Me refiero a Dan Brown o a John Grisham? Seguramente os estéis emocionando bastante, ¿me equivoco?

Miró a la mujer a su lado, que tenía la mandíbula angulosa apretada y los ojos clavados en su portapapeles.

—Pues lástima. Pero voy a preguntaros una cosa: ¿quién ha leído un nuevo libro titulado *La cuna*? Parece como si fuera de un bebé. ¿Va de un bebé?

85

Entonces el presentador se calló. Tras un momento de espanto, Jake se dio cuenta de que se esperaba que fuera él quien respondiera a la pregunta.

—Eh…, es *Cuna*, no *La cuna*. Y la verdad es que no tiene nada que ver con un bebé. Cuna también significa origen o principio de algo. Y… gracias por invitarme, Randy. Anoche tuvimos un gran acto en Seattle.

—¿Ah, sí? ¿Dónde?

No recordaba el nombre de la sala.

—En el Seattle Arts and Lectures. En la sala sinfónica. Un sitio precioso.

—¿Sí? Eso es grande. ¿Cómo de grande es ese sitio?

«¿En serio?», pensó Jake. ¿Ahora se esperaba que respondiera preguntas de cultura general sobre la ciudad natal del presentador? Aunque, de hecho, sabía la respuesta.

—Caben unas dos mil cuatrocientas personas, creo. Conocí a gente increíble.

A su lado, Anna levantó un trozo de papel, pero hacia el presentador, no hacia Jake. «NOMBRE COMPLETO: JACOB FINCH BONNER», decía.

Randy hizo una mueca.

—Jacob Finch Bonner. ¿Qué clase de nombre es ese?

«De la clase que me pusieron al nacer», pensó Jake. Salvo por el Finch, evidentemente.

—Bueno, todo el mundo me llama Jake. He de admitir que el «Finch» lo añadí yo. Por Scout, Jem y Atticus.

—¿Por quién?

Le costó mucho no sacudir la cabeza. Tuvo que reprimirse.

—Los personajes de *Matar a un ruiseñor*. Era mi novela favorita de niño.

—Ah, sí. Creo que me libré de leerla viendo la película. —Aquí se interrumpió con su propia risa de aprobación—. Así que has publicado esta primera novela rompedora y todo el mundo la está leyendo. Cuéntanos de qué va, Jake Finch.

Jake trató de reír también, pero sonó mucho menos natural.

—¡Jake a secas! Bueno, en el libro hay cosas que no quiero desvelar a quienes no lo hayan leído, así que digamos simplemente que trata de una mujer llamada Samantha que se convierte en madre siendo joven. Muy joven. Demasiado joven.

—Es una chica traviesa —comentó Randy.

Jake lo miró con cierta incredulidad.

—Bueno, no necesariamente. Pero podríamos decir que renuncia a su propia vida para tener a su hija, y las dos viven juntas y bastante aisladas en la casa donde había crecido la propia Samantha. Pero no tienen una relación cercana, y de hecho empeora cuando la hija, Maria, llega a la adolescencia.

—Ah, quieres decir que es como mi casa —dijo, deleitándose.

Anna levantó otro cartelito. «MÁS DE DOS MILLONES VENDIDOS —decía. Y debajo de eso—: SPIELBERG DIRIGIRÁ LA PELÍCULA.»

—¡Bueno, Jake! He oído que Steven Spielberg la va a convertir en una película. ¿Cómo has pescado un pez tan gordo?

Fue un alivio, al menos, alejar el tema de sí mismo e incluso del libro. Jake habló un poco de la película y de lo admirador que había sido siempre de Spielberg.

—La verdad es que es increíble que conectara tan profundamente con la historia.

—Sí, pero ¿por qué? A ver, probablemente el tipo podría haber elegido cualquier proyecto de película que hay por ahí, pero escogió *Cuna*. ¿Por qué crees que fue?

Jake cerró los ojos.

—Bueno, supongo que en los personajes hubo algo que debió de resonarle. O…

—Ah, como mi hija de dieciséis años y mi mujer, que empiezan a gritarse la una a la otra cuando se levantan por la mañana y no paran hasta medianoche. ¿Yo podría conseguir que Steven Spielberg hiciera una película sobre ellas? Porque a mí me parece bien. Precisamente mi productora está aquí. ¿Qué me dices, Anna? ¿Podemos llamar a Steven Spielberg? Le diré que, le pague lo que le pague a Jake, le vendo a mi mujer y a mi hija por la mitad.

Jake se lo quedó mirando horrorizado. Se volvió a buscar a Otis con la mirada. Ni rastro de Otis. Tampoco es que él pudiera haber hecho nada.

—Vale —dijo Randy con un ademán ostentoso—. Vamos a hacer entrar unas cuantas llamadas.

Clavó el dedo índice en su consola y una mujer que hablaba en voz baja le preguntó si podía hacer una pregunta a Jake.

—¡Pues claro! —respondió Jake con mucho más entusiasmo del que sentía—. ¡Hola!

87

—Hola. Me encanta el libro. Se lo he regalado a todos en mi oficina.

—Vaya, qué bien —dijo Jake—. ¿Tiene alguna pregunta?

—Sí. Solo quería saber cómo se le ocurrió la historia. Porque, la verdad, me sorprendió mucho.

Jake buscó en su archivo mental la respuesta más apropiada de las que tenía preparadas.

—Creo que cuando escribes un relato largo, como una novela, no piensas en todas las partes de la historia a la vez. Piensas en una parte, luego en la siguiente y en la siguiente. De modo que, en cierta manera, evoluciona…

—Gracias —dijo Randy, cortando tanto a la persona que llamaba como a Jake—. O sea, que es como si te la fueras inventando sobre la marcha. ¿No te haces un esquema antes?

—Nunca lo he hecho. Lo cual no quiere decir que no vaya a hacerlo nunca.

—Hola, estás en antena con Randy.

—Hola, Randy. ¿Sabes si el Ayuntamiento planea hacer algo respecto a toda la gente que va a drogarse a la zona de Occidental Square? Fui allí el fin de semana pasado con mis suegros y aquello era un despropósito, ¿sabes?

—Caray, sí —coincidió Randy—. Nunca había estado tan mal, y el Ayuntamiento está en plan «nosotros no hemos visto nada». ¿Sabes lo que creo que deberían hacer?

Y se fue: el alcalde, el Ayuntamiento, los buenos samaritanos que repartían comida y cupones… ¿Qué se suponía que se iba a conseguir con eso? Jake miró a Anna, que observaba al presentador pálida. No hubo más notas garabateadas. Parecía haberse rendido. Y se acabó el tiempo.

—Bueno, gracias por venir —dijo Randy Johnson en cuanto empezó un anuncio de seguros de coche—. Ha sido divertido. Estaré atento a la película.

«Seguro que sí», pensó Jake, y se puso en pie.

—Gracias por invitarme.

—Dáselas a Anna —dijo Randy—. Ha sido idea suya.

—Bueno… —empezó a decir.

—Gracias, Anna. —Era Otis, que por fin estaba en la puerta—. Ha sido genial.

—Le acompaño a la salida —dijo Anna, y empezó a caminar delante de él. De repente, Jake estaba mucho más nervioso que mientras había estado esperando a que empezara la entrevista, o incluso después de que hubiera comenzado a despeñarse por el precipicio que era la institución de Seattle Randy Johnson. Detrás de ella, con los ojos puestos en su espalda estrecha, en el cabello largo y gris que le caía entre los omóplatos, bajó las escaleras hacia la planta baja. Ya volvían a estar en el vestíbulo, donde Otis estaba recogiendo las maletas de detrás de la mesa del guardia de seguridad.

—Lo siento mucho —dijo Anna.

—Bueno, no es el peor.

—¿No?

La verdad era que había estado muy cerca de ser el peor. Cualquiera podía ser un imbécil o un cabrón, por separado, pero la combinación de ignorancia y mala intención… eso era especial.

—Me han preguntado si le pagué a alguien para que me escribiera el libro. Me han pedido que le echara un vistazo a la novela escrita por el hijo del entrevistador. Estando en directo. Justo antes de que empezara un programa de televisión, una mujer me dijo: «He leído el principio y el final de su libro y me ha parecido genial».

—¡Qué me dice! —Anna sonrió.

—Totalmente cierto. Por supuesto que es un formato ridículo: unos pocos minutos en un programa de radio o de televisión para decir algo sustancial sobre una novela.

—Pero Randy ha sido… Pensé, bueno, que podría estar a la altura de las circunstancias. Puede que no sea un tipo de novelas de ficción, pero le interesan las personas. Si lo hubiera leído habría sido completamente diferente. Pero evidentemente…

Otis estaba hablando por el móvil y fruncía el ceño. Debía de estar pidiendo un Uber al SeaTac.

—Por favor, no pasa nada.

—No, es que… me gustaría poder compensárselo. ¿Tendría…? ¿Tiene tiempo para tomar un café? Bueno, seguro que no lo tiene, pero hay un buen sitio en el mercado…

Aquello parecía haberla cogido tan por sorpresa como a él, e inmediatamente intentó retirarlo.

—¡Ay, da igual! Seguramente tenga que irse. Por favor, olvide que se lo he pedido.

—Me encantaría —dijo Jake.

10

Utica

*L*o llevó a un local del último piso de un edificio que había frente al mercado e insistió en pagar el café. Pertenecía a una cadena local llamada Storyville y era un lugar cálido, con un fuego encendido y un ventanal que daba al cartel del mercado público. En algún punto del paseo, Anna había recuperado la calma y parecía casi serena. También estaba exponencialmente más guapa a cada instante que pasaba.

Anna Williams no era originaria de Seattle. Se había criado en el norte de Idaho y se había trasladado al oeste para ir a la Universidad de Washington —«famosa por ser el primer patio de recreo del asesino en serie Ted Bundy»—, tras lo cual había pasado diez años en Whidbey Island trabajando para una pequeña emisora de radio.

—¿Cómo fue eso? —preguntó Jake.

—Vejetes y charla. Una combinación poco habitual.

—No, me refiero a vivir en una isla.

—Ah. Bueno. Tranquilo. Yo vivía en un pueblecito llamado Coupeville, donde estaba la emisora. Venían muchos domingueros de la ciudad, así que nunca parecía tan lejana. Además, por aquí arriba estamos todos acostumbrados a los ferris. Dudo que la palabra «isla» signifique lo mismo para la gente de Seattle que para el resto.

—¿Vuelves a Idaho alguna vez? —preguntó Jake.

—No desde que murió mi madre adoptiva.

—Vaya, lo siento. —Al cabo de un momento, dijo—: Entonces, ¿eres adoptada?

—Nunca formalmente. De hecho mi madre, mi madre adoptiva, era mi maestra. Yo tenía una situación muy mala en casa y podríamos decir que la señorita Royce simplemente me acogió. Creo que en nuestro pueblo todo el mundo entendía mis circunstancias y hubo una especie de acuerdo tácito de que nadie revisaría aquello muy a fondo ni involucraría a las autoridades. Obtuve más estabilidad de ella en un par de años que en toda mi vida anterior.

Claramente, se encontraban al borde de un lago insondable. Había muchas cosas que quería saber, pero no era precisamente el momento adecuado.

—Es maravilloso cuando entra en tu vida la persona adecuada en el momento adecuado.

—Bueno —dijo Anna, encogiendo los hombros—. No sé si fue el momento adecuado. Unos años antes habría sido aún mejor. Pero desde luego supe valorar lo que tenía mientras lo tuve. Y le tenía mucho cariño. Cuando se puso enferma yo estaba en mi penúltimo año de universidad y me fui a casa para cuidarla. Fue ahi cuando me salieron las canas.

Jake la miró.

—¿De verdad? He oído hablar de eso. Pasa de la noche a la mañana, ¿verdad?

—No, no fue así. Tal como lo cuenta la gente, parece como si te despertaras una mañana y pum, todos los mechones hubieran sido reemplazados. En mi caso simplemente empezó a crecer gris y todo lo que iba saliendo era de ese color. Aquello por sí solo ya fue una conmoción, pero al cabo de un tiempo decidí que era una especie de oportunidad. Podía hacer lo que quisiera al respecto. Los primeros dos años me lo teñí, pero al final decidí que me gustaba así. Me gustaba que generara un punto de confusión. No en mí, sino en los demás.

—¿Qué quieres decir?

—Eh…, pues que la combinación de cabello que significa «vieja» con una cara que no lo es confunde a mucha gente. Me he dado cuenta de que hace que algunas personas piensen que soy mayor de la edad que tengo, y otras piensen que soy más joven.

—¿Cuántos años tienes? —preguntó Jake—. Quizás no debería preguntarlo.

—No, no pasa nada. Te lo diré, pero solo después de que me digas cuántos años crees que tengo. No es una cuestión de vanidad. Es solo curiosidad.

Sonrió a Jake y él aprovechó la oportunidad para volver a mirarlo todo: el pálido óvalo de la cara, el cabello de mechones plateados que le

91

caía por la espalda, aquella diadema de niña con la camisa de lino y las mallas que había visto por la ciudad, y en los pies unas botas marrones que parecían listas para marcharse de casa a pie por un accidentado camino arbolado. Se dio cuenta de que Anna tenía razón acerca de su edad. No es que a él se le hubiera dado nunca especialmente bien evaluar la edad, pero con ella no podría haber dicho con certeza alguna ningún número entre, digamos, veintiocho y cuarenta. Como tenía que decir un número, se aproximó a su propia edad.

—¿Tienes treinta y tantos?

—Sí —respondió ella con una sonrisa—. ¿Quieres probar en la ronda de bonificación?

—Bueno, yo tengo treinta y siete.

—Qué bien. Es una buena edad.

—¿Y tú tienes?

—Treinta y cinco. Una edad aún mejor.

—Lo es —coincidió Jake. Afuera había empezado a llover—. Y... ¿por qué la radio?

—Ah, ya lo sé. Es absurdo. En el siglo XXI querer entrar en la industria de la radiodifusión es descabellado, pero me gusta mi trabajo. Bueno, esta mañana no, pero sí la mayor parte del tiempo. Y voy a seguir intentando llevar la ficción a las ondas. Aunque dudo que muchos otros novelistas sean tan apacibles como tú.

Jake hizo una mueca para sus adentros. «Apacible» le había hecho pensar al instante en aquella otra versión de sí mismo, el Jake que en su día había soportado silenciosamente la diatriba de un huésped escritor narcisista de California: «¡Las tuberías hacen ruido!», «¡Los sándwiches son malos!», «¡Las chimeneas no funcionan!». Y el inolvidable: «Cualquiera puede ser escritor».

Por otro lado, aquella misma diatriba le había llevado en última instancia hasta allí. Y allí estaba bien. A pesar de los actos incandescentes de los últimos meses —¡Oprah!, ¡Spielberg!— y el continuo asombro por el número cada vez mayor de lectores de su libro, en realidad era más feliz en aquel preciso instante, con la chica de cabello cano en la cafetería con revestimiento de madera, de lo que había sido en meses.

—La mayoría de nosotros —dijo Jake—, la mayoría de los escritores de ficción, quiero decir, no estamos tan preocupados por las ventas, los *rankings* y el número de Amazon. A ver, nos importa, tenemos que comer como todo el mundo, pero ya estamos muy contentos de que la gente lea nuestra obra. De que alguien lea nuestra obra. Y a pesar de lo que ha dicho tu jefe en antena esta mañana, *Cuna* no es mi primer libro, ni siquiera el segundo. Puede que unas dos mil personas leyeran mi primera novela, y eso a pesar de tener un buen editor y algunas buenas críticas. Pero incluso eso supera en mucho al número de personas que leyeron mi segundo libro. Así que, como ves, nunca puedes presuponer que alguien vaya a ver tu obra, por muy buena que sea. Y si nadie la lee, no existe.

—Si un árbol cae en un bosque… —dijo Anna.

—Es una interpretación adecuada del noroeste. Pero si la leen, nunca superas la emoción que supone: ¿que una persona a la que ni siquiera conoces paga un dinero ganado con esfuerzo para poder leer lo que tú has escrito? Es asombroso. Es increíble. Cuando en esos actos conozco a gente que trae un ejemplar sucio que se les ha caído a la bañera o sobre el que han derramado café, o al que le han doblado las esquinas de las páginas…, esa es la mejor sensación. Incluso mejor que cuando alguien compra un ejemplar nuevo justo delante de mí. —Hizo una pausa—. ¿Sabes? No tengo ni idea de si escribes en secreto.

—¡Eh! —Se le quedó mirando—. ¿Por qué en secreto?

—Bueno, porque todavía no lo has mencionado.

—Puede que aún no haya surgido.

—Vale. ¿Y qué es? ¿Ficción? ¿Unas memorias? ¿Poesía?

Anna cogió su taza y miró dentro, como si la respuesta se encontrara allí.

—No soy de poesía —dijo—. Me encanta leer memorias, pero no tengo interés en cavar en mi propia porquería para compartirla con el resto del mundo. Eso sí, siempre me han gustado las novelas. —Levantó la vista hacia él, de repente tímida.

—¡Ah! Dime algunas de tus favoritas. —Se le ocurrió que ella podría pensar que estaba buscando un elogio y, tratando de hacer una broma, así que añadió—: Excepto las del aquí presente.

—Bueno… Dickens, por supuesto. Willa Cather. Fitzgerald. Me encanta Marilynne Robinson. A ver, sería un sueño escribir una novela, pero no hay absolutamente nada en mi vida que sugiera que pudiera hacerlo. ¿De dónde iba a sacar yo una idea? ¿De dónde sacas tú las tuyas?

93

A Jake casi se le escapó un gemido. De vuelta en el archivo mental de respuestas aceptables encontró la más obvia, la que Stephen King les había dado a todos.

—De Utica.

Anna se lo quedó mirando.

—¿Perdona?

—De Utica. Está en el norte del estado de Nueva York. Una vez le preguntaron a Stephen King de dónde sacaba sus ideas y él respondió que de Utica. Si es lo bastante buena para Stephen King, sin duda lo es también para mí.

—Bueno. Es gracioso —dijo ella, aunque daba la impresión de que no se lo parecía en absoluto—. ¿Por qué no dijiste eso anoche?

Jake no respondió al instante.

—Estabas allí anoche.

Anna se encogió de hombros.

—Pues claro que estaba allí. Soy una admiradora, es evidente.

Y Jake pensó en lo asombroso que era que aquella mujer tan guapa dijera que era admiradora suya. Después la oyó preguntar si quería otro café.

—No, gracias. Voy a tener que irme pronto. Otis me estaba mirando de reojo en la emisora. Seguramente te hayas dado cuenta.

—No quiere que te pierdas tu próxima actuación. Es perfectamente comprensible.

—Sí, aunque me encantaría tener un poco más de tiempo. Me pregunto... ¿vas al este alguna vez?

Ella sonrió. Tenía una sonrisa extraña: sus labios se apretaban tanto uno contra otro que parecía casi incómodo para ella mantener la expresión.

—Todavía no he ido nunca —dijo.

Al salir a la calle, Jake se planteó darle un beso, después cambió de opinión, después volvió a planteárselo, y mientras vacilaba fue ella quien se acercó a él. Notó su cabello canoso suave contra la mejilla. Su cuerpo era sorprendentemente cálido, ¿o era el suyo propio? En aquel momento tenía una idea muy intensa de lo que podía venir después.

Pero luego, en el coche, al cabo de unos minutos, encontró el primero de los mensajes. Se había reenviado desde el formulario de contacto de su propia página web («¡Gracias por visitar mi página! ¿Tiene alguna pregunta o comentario sobre mi trabajo? ¡Por favor, rellene el formulario!») más o menos cuando estaba a punto de entrar en directo con la institución de Seattle Randy Johnson, y ya llevaba en la bandeja de entrada de su correo electrónico unos noventa minutos radiactivos. Leerlo en aquel momento hizo que todo lo bueno de aquella mañana, por no decir del último año de la vida de Jake, se viniera abajo al instante y se estrellara contra el suelo con un estruendo brutal y reverberante. Su horrible dirección de correo electrónico era TalentosoTom@gmail.com, y aunque el texto era breve, con tres únicas palabras, conseguía transmitir el mensaje.

Eres un ladrón.

CUNA

de Jacob Finch Bonner

Macmillan, Nueva York, 2017, páginas 3-4

Samantha descubrió que estaba embarazada cuando vomitó sobre su escritorio en clase de Cálculo. Mientras el resto de sus compañeros se marchaban, ella estaba acabando de añadir unas notas al problema planteado y asegurándose de que tenía bien apuntados los deberes. (Tenía la teoría de que el señor Fortis, que por lo general era un idiota, en realidad no revisaba las ecuaciones, sino que solo comprobaba que los problemas fueran los mismos que él había dado.) Después se puso de pie, se desvaneció como en las telenovelas, extendió los brazos para agarrarse a la mesa y vomitó sobre el cuaderno. El pensamiento inmediato y contundente que le vino a la cabeza fue: «Mierda».

Tenía quince años y no era idiota, muchas gracias. O tal vez sí que lo fuera, pero aquello no le estaba pasando por ignorante o ingenua, ni porque hubiera pensado que a ella nunca podría pasarle nada malo (aquello era malo). Le estaba pasando porque un auténtico cabronazo le había mentido descaradamente. Y probablemente más de una vez.

El vómito era viscoso y algo amarillento, y al verlo le entraron ganas de vomitar de nuevo. Le dolía la cabeza, porque eso era lo que sucedía cuando vomitabas, pero lo que más la preocupaba en aquel momento era el modo verdaderamente desagradable en que su piel había cobrado vida por todo su cuerpo. Se le ocurrió que, seguramente, eso también fuera un síntoma de embarazo. O simplemente de rabia. Tenía claro que le pasaban ambas cosas.

Cogió el cuaderno, fue hasta la papelera metálica que había en el rincón de la clase y lo sacudió sobre ella: un gargajo de babas resbaló por él hasta caer en el cubo; después secó el cuaderno con la manga de la camisa porque, sinceramente, ya tanto le daba. En los últimos treinta segundos de su vida, años de objetivos habían desaparecido sin más. Estaba embarazada. Estaba embarazada. Qué puta mierda.

Samantha no era una chica especialmente afortunada, lo sabía muy bien. En el cine de Norwich habían puesto *Fuera de onda* el verano anterior: sabía que había chicas de su misma edad que conducían coches por Beverly Hills y se combinaban la ropa por ordenador, cosas que ella evidentemente no hacía, pero tampoco tenía que enfrentarse a abusos infantiles violentos o a una pobreza absoluta. En casa había comida. Había colegio, lo que significaba libros, y tenían cable, y sus padres incluso la habían llevado a la ciudad de Nueva York dos veces, pero en ambas ocasiones habían parecido desconcertados por lo que deberían hacer una vez allí: comidas en el hotel, un autobús que iba dando vueltas con un guía que hacía bromas que ella no entendía, el Empire State Building (tuvo sentido la primera vez, pero ¿la segunda también?) y el Rockefeller Center (también dos veces, y ninguno de los viajes fue en época de vacaciones, así que... ¿por qué?). No es que ella estuviera informada ni mucho menos sobre lo que la ciudad más grande del mundo podía ofrecer a tres paletos del centro del estado de Nueva York (que bien podría haber sido el centro de Indiana), pero solo tenía nueve años la primera vez y doce la segunda, así que tampoco debería haber dependido de ella.

Lo principal que sí tenía, y la mayoría de la gente no, era un futuro.

Sus padres tenían trabajo, y el de su padre era para la Universidad de Hamilton, donde su título sonaba a algo importante tipo «ingeniero de planta», aunque realmente significaba que era a quien llamaban cuando una chica intentaba tirar una compresa por el váter. Su madre también limpiaba, pero en la residencia de estudiantes: su título era uno mucho más honesto, el de «ama de llaves». Pero lo que el trabajo de su padre significaba en realidad era algo que ella había tenido que explicarle a él, y no al revés: sus catorce años de servicio a la institución eran una ventaja cuando a ella le llegara la hora de ir a la universidad, así como un buen pellizco para pagársela. Según el Manual del Empleado de su padre, que él no había leído nunca, pero con el que Samantha había mantenido una estrecha relación durante un par de años, la universidad tenía muy en cuenta a los hijos de su profesorado y personal no docente en lo referente a admisiones, y cuando se trataba de ayuda económica, estaba escrito negro sobre blanco: 80 por ciento de beca, 10 por ciento de préstamo estudiantil, 10 por ciento de empleo en el campus. En otras palabras, para una persona como Samantha, algo parecido a un billete de oro en una chocolatina.

O al menos así había sido hasta aquel día.

La tormenta de mierda que la azotaba no debía atribuirse a una educación sexual deficiente en el instituto Earlville, y mucho menos al condado de Chenango (donde los lugareños habían hecho todo lo posible para evitar que sus jóvenes aprendieran cómo se hacían los bebés); Samantha era plenamente consciente de los detalles desde quinto curso, cuando su padre había dicho algo sobre un fin de semana especialmente movido en una de las fraternidades (incidente que había requerido la presencia de la policía y provocado que una chica abandonara los estudios). Estaba acostumbrada a descubrir las cosas por sí misma, sobre todo cuando esas cosas eran encubiertas por el distintivo silencio parental de «cosas que se supone que no deberías saber». Durante los años siguientes, sus compañeros se fueron poniendo al día con ella en conocimientos básicos (de nuevo, no gracias a las políticas oficiales del distrito escolar ni del estado, que de hecho se había negado a ordenar que hubiera clases de educación sexual), pero eran solo eso: conocimientos básicos. Dos chicas de su clase —de sesenta— ya se habían pasado a la «escuela en casa» y una se había ido a vivir con un familiar en Utica. Pero aquellas chicas eran tontas. Aquello era el tipo de cosa que se suponía que les pasaba a los tontos.

Recogió el resto de sus cosas y salió del aula como una embarazada. Después fue a su taquilla como una embarazada, salió fuera con los demás y se subió a su autobús, donde se sentó en su asiento habitual del fondo, pero ahora como una embarazada, es decir, como alguien que, si no hacía nada, acabaría dando a luz a otra persona y, por lo tanto, soltaría las riendas de su propia vida, probablemente para siempre.

Pero, evidentemente, ella no iba a no hacer nada.

11

TalentosoTom

J ake no se lo dijo a nadie, claro está.

Se fue a San Francisco, al Castro Theatre, y luego, al día siguiente, a Los Ángeles, donde las reuniones fueron tan bien como cabía esperar (y la emoción de estar en la misma habitación que Steven Spielberg adormeció su angustia durante días), pero con el tiempo tuvo que regresar a Nueva York, al trabajo en la siguiente novela y al piso nuevo y escasamente amueblado del West Village. Para entonces casi había conseguido convencerse de que aquel correo electrónico había sido una especie de fantasma evocado por su propia paranoia, impulsado por algún bot aleatorio que estaba bajo el control de un algoritmo carente de intención. Pero eso no duró mucho. El día después de su vuelo, al despertarse en su sencillo conjunto de canapé y colchón, cogió el móvil y vio que tenía un segundo mensaje en la bandeja de entrada, de nuevo reenviado desde el formulario de contacto de la página web de JacobFinch-Bonner y con el mismo Eres un ladrón. Esta vez, sin embargo, también decía: Ambos lo sabemos.

La página web era su antigua página de profesor de escritura reconvertida y ahora tenía el aspecto de las páginas de los escritores de más éxito: contaba con una sección «Sobre mí», reseñas y reacciones de los medios a cada uno de sus libros, una lista de los próximos actos y un formulario de contacto que se había utilizado demasiado desde la publicación de *Cuna* el año anterior. ¿Quién se ponía en contacto con él? Lectores que querían que supiera cosas que estaban mal de su libro, o que *Cuna* les había tenido despiertos toda la noche (en el buen sentido). Bibliotecarios que esperaban que fuera a dar una charla y actrices convencidas de que eran adecuadas para los papeles de Samantha o

Maria, además de casi cualquier persona a quien Jake hubiera conocido y con la que hubiera perdido el contacto: de Long Island, de Wesleyan, del programa de máster en Bellas Artes, incluso aquellos pardillos para quienes había trabajado en Hell's Kitchen. Cada vez que veía uno de aquellos correos en la bandeja de entrada, con su seductora media línea de contenido («Hola, no sé si me recuerdas pero…»; «¡Jake! Acabo de terminar tu…»; «Hola, estaba leyéndote en…»), se le encogía el pecho, hasta que veía que el mensaje resultaba ser de un excompañero de clase o de un amigo de su madre o de una persona a quien le había firmado un ejemplar en una librería de Míchigan o incluso de un loco desconocido que creía que una entidad de Alpha Centauri había dictado *Cuna* a través de la cáscara de una naranja que había en el frutero de Jake.

Y luego estaban los escritores. Escritores que solicitaban orientación. Escritores que solicitaban notas publicitarias para sus libros. Escritores que solicitaban que les presentara (con una recomendación, obviamente) a Matilda, su agente, o a Wendy, su editora. Escritores que querían saber si había leído sus manuscritos para que les diera su opinión sobre si deberían abandonar el sueño de toda su vida o «no tirar la toalla». Escritores que querían que les confirmara sus teorías sobre la discriminación en el mundo editorial —¡Antisemitismo! ¡Sexismo! ¡Racismo! ¡Discriminación por edad!— como motivo único y verdadero de que su neonovela de 800 páginas experimental, no lineal y sin puntuación hubiera sido rechazada por todos los editores del país.

En los meses posteriores a la venta de su libro, Jake había dejado atrás formalmente (y con gratitud) tanto las clases del máster en Bellas Artes como las privadas, pero entendía perfectamente que ahora tenía una responsabilidad especial de no comportarse como un gilipollas con otros escritores. Los escritores que se comportaban como gilipollas con otros escritores se buscaban problemas: las redes sociales se habían asegurado de ello, y ahora las redes sociales reclamaban una parte significativa de su ancho de banda mental. Jake había sido de los primeros en utilizar Twitter, ese patio de colegio para la gente de letras, aunque rara vez publicaba algo. (¿Qué se suponía que tenía que decirles a sus 74 seguidores? «Saludos desde el norte del estado de Nueva York, ¡donde hoy no he escrito nada!».) Facebook le había parecido inofensivo hasta las elecciones de 2016, cuando se le bombardeó con anuncios dudosos y encuestas partidistas sobre actos infames supuestamente llevados a cabo por Hillary Clinton. Instagram parecía querer principalmente que preparara comidas fotogénicas y retozara con mascotas adorables, cuando ninguna de esas cosas formaba parte de su existencia en Cobleskill. Pero después de que le compraran *Cuna* y empezara a sentarse con los equipos de publicidad y *marketing* de Macmillan, le habían convencido para que mantuviera una presencia enérgica al menos en esas tres plataformas, y le habían dado la opción de intensificar su actividad o traspasar la tarea a un empleado para que operara en su nombre. Esa decisión le había costado más de la cuenta. Sin duda había visto el encanto de quitarse de encima el peso de que le enviaran mensajes de Twitter y correos electrónicos directos, de que se metieran con él y contactaran con él por todas las otras vías de conexión que Internet había inventado, pero al final había optado por ser él quien lo controlara, y desde que se había publicado su libro empezaba el día con un barrido de sus cuentas en redes sociales y una revisión de las alertas de Google que había configurado para rastrear Internet: Jacob + Finch + Bonner, Jake + Bonner, Bonner + Cuna, Bonner + escritor, etc. Era una tarea ardua, irritante, que requería mucho tiempo y que estaba abarrotada de agujeros de conejo, la mayoría de los cuales perforaban directamente su laberinto de infelicidad personal. Así pues, ¿por qué no había aceptado la oferta de que lo hiciera algún interno o asistente de *marketing* de Macmillan?

Por esto, claro está.

Eres un ladrón. Ambos lo sabemos.

Y, sin embargo, el emisario que era TalentosoTom@gmail.com no había dado el paso en los campos de batalla abiertos de Twitter, Facebook o Instagram, ni había sido captado por una alerta de Google. Aquel tipo no se había hecho público en absoluto; en lugar de eso, había optado por la ventana más privada que proporcionaba la página web de Jake. ¿Había implícita alguna negociación en ello, del tipo «trata conmigo ahora, únicamente a través de este canal, o trata conmigo más adelante, en todas partes»? ¿O era un disparo a través de su arco privado, una advertencia para que se preparara para una inminente batalla de Trafalgar?

Desde aquel primer momento en la parte trasera del coche, de camino al aeropuerto de Seattle, Jake había sabido que aquel no era un mensaje casual, y que TalentosoTom no era ningún novelista celoso ni ningún lector decepcionado, ni siquiera un defensor atormentado de la teoría Alpha Centauri/piel de naranja (¡o algo por el estilo!) como historia original de su famosa novela. Muchos años antes, Patricia Highsmith había vinculado la palabra «talento» al nombre «Tom», en una simbiosis eterna e indeleble, aumentando para siempre su significado para incluir una cierta forma de supervivencia y la extrema falta de respeto por los demás. Aquel talentoso Tom en concreto también había resultado ser un asesino. ¿Y cuál era su apellido?

Ripley.

Igual que Ripley, donde él y Evan Parker habían cruzado sus caminos tan fatídicamente.

El mensaje estaba brutalmente claro: quienquiera que fuera TalentosoTom, lo sabía. Y quería que Jake supiera que lo sabía. Y quería que Jake supiera que hablaba en serio.

Aquella persona estaba a un solo clic de la tecla *Return*, pero la idea de abrir aquella rendija entre ambos entrañaba un gran peligro. Si Jake respondía, significaba que tenía miedo, que se tomaba la acusación en serio, que TalentosoTom, quienquiera que fuera, merecía que se dignara a reconocerlo. Y mostrar siquiera una pequeña parte de sí mismo a aquel desconocido malévolo asustaba a Jake más que la idea difusa y horrenda de lo que pudiera venir después.

Así que, una vez más, no respondió. En lugar de eso, envió temblorosamente aquel segundo comunicado al mismo lugar donde languidecía su predecesor, una carpeta del portátil que había etiquetado como «Troles». (La había creado hacía seis meses y ya guardaba en ella varias decenas de ataques analfabetos contra *Cuna*, no menos de tres de los cuales lo acusaban de ser un miembro del «Estado profundo», y unos cuantos correos electrónicos de alguien de Texas que hacía referencia a la «barrera hematoencefálica», que Jake evidentemente había traspasado, o que había sido traspasada en él —los mensajes eran, por su propia naturaleza, confusos—.) Pero incluso mientras lo hacía, sabía que era un gesto inútil; los mensajes de TalentosoTom eran diferentes. Quienquiera que fuera, aquella persona se las había arreglado para convertirse en un abrir y cerrar de ojos en una de las más importantes de la vida de Jake. Y sin duda la más aterradora.

A los pocos minutos de recibir aquel segundo mensaje, Jake había apagado el móvil, había desconectado el *router* y se había colocado en posición fetal en el sofá mugriento con el que había ido cargando desde la universidad, y allí se quedó durante los siguientes cuatro días, manejándose entre una docena de magdalenas de la pastelería Magnolia, en Bleecker Street (algunas de ellas, al menos, tenían un glaseado verde saludable) y la botella de felicitación de Jameson que Matilda le había enviado después de la venta de la película. En aquellas horas borrosas, hubo interludios de entumecimiento maravilloso en los que de hecho olvidó lo que estaba sucediendo, pero fueron muchos más los de pura angustia durante los cuales analizó y proyectó las múltiples formas en que podía estar a punto de desarrollarse todo: las diversas humillaciones que le esperaban, la repugnancia de todas y cada una de las personas a las que había conocido, envidiado, a las que se había sentido superior, de las que se había enamorado o, últimamente, con las que había hecho negocios. En ciertos momentos, y como para marcar el comienzo de lo inevitable y al menos quitárselo de encima, redactaba su propia campaña mediática de autoacusaciones severas en la que declamaba sus crímenes al mundo. Otras veces escribía discursos de justificación largos y farragosos, y disculpas aún más largas y farragosas. Nada de eso hizo siquiera mella en el torbellino de pánico absoluto que le invadía.

Cuando finalmente emergió, no fue porque se las hubiera arreglado para lograr poner algo de perspectiva o trazar algo parecido a un plan; fue porque se había terminado el whisky y las magdalenas y tenía la firme sospecha de que el mal olor que había notado últimamente procedía de dentro del piso. Después de abrir una ventana, lavar y guardar los platos y arrastrarse hasta la ducha, volvió a conectar al mundo el teléfono y el portátil y encontró una docena de mensajes cada vez más preocupados de sus padres, un correo electrónico falsamente alegre de Matilda preguntando (¡otra vez!) por el nuevo libro y más de doscientos mensajes adicionales que requerían atención seria, incluido un tercero de TalentosoTom@gmail.com:

Sé que robaste tu «novela» y sé a quién se la robaste.

Por alguna razón, aquel «novela» le puso al límite.

Añadió el correo a la carpeta Troles. Después, cediendo ante lo inevitable, creó una nueva carpeta solo para los tres mensajes de TalentosoTom. Al cabo de un momento, la llamó Ripley.

Con gran esfuerzo, regresó al mundo de más allá del portátil, el teléfono y la cabeza, y se obligó a reconocer parte del resto de las cosas, algunas de ellas muy bonitas, que también estaban sucediendo más o menos al mismo tiempo. *Cuna* había recuperado el primer puesto de la lista de libros en rústica más vendidos, gracias a la emisión de la entrevista de Oprah Winfrey a su club de lectura, y Jake había aparecido en la portada de la edición de octubre de *Poets & Writers* (que no era precisamente una revista del orden de *People* o *Vanity Fair*, de acuerdo, pero que había sido una quimera suya desde sus días en Wesleyan). También había recibido una invitación de Bouchercon para hacer el discurso de apertura, y le estaban poniendo al día sobre toda una gira por Inglaterra organizada alrededor del festival de Hay-on-Wye. Todo bueno. Todo bueno.

Y luego estaba Anna Williams de Seattle, y eso era más que bueno.

A los pocos días de su encuentro, Anna y él habían establecido lo que ni siquiera Jake podía negar que era una forma cálida de comunicación, y, con la excepción de aquella estancia de cuatro días en el sofá con las magdalenas y el Jameson, habían estado como mínimo en contacto diario a través de mensajes de texto. Ahora Jake sabía mucho más sobre la vida diaria de Anna en el oeste de Seattle, sus desafíos (pequeños y no tan pequeños) en la KBIK, la planta de aguacate que se esforzaba por mantener con vida en la ventana de la cocina, el apodo que le daba a su jefe, Randy Johnson, y el mantra personal que había recibido de su profesor de comunicación preferido de la Universidad de Washington: «Nadie puede vivir tu vida». Sabía que tenía muchas ganas de tener un gato, pero que su casero no se lo permitía, y que comía salmón al menos cuatro veces por semana, y que para sus adentros prefería lo que salía de su antigua cafetera Mr. Coffee a cualquier cosa que pudiera conseguir en los exclusivos templos del café de Seattle. Sabía que parecía preocuparse tanto por el Jake Bonner previo al advenimiento de *Cuna* como por su actual existencia extrañamente atrevida. Eso lo significaba todo. Eso era lo que cambiaba las reglas del juego.

Jake limpió el piso. Empezó a premiarse con una llamada diaria de Skype a Seattle: Anna en el porche de delante de su casa, él en la ventana de su sala de estar con vistas a Abingdon Square. Ella empezó a leer las novelas que le recomendaba. Él empezó a probar los vinos que a ella le gustaban. Volvió a ponerse manos a la obra con su nueva novela y trabajó ininterrumpidamente durante un mes de esfuerzo concentrado, lo que lo acercó seductoramente a un primer borrador terminado. Cosas buenas sobre cosas buenas.

Y entonces, hacia finales de octubre, llegó otro mensaje a través de la página web de JacobFinchBonner:

> ¿Qué dirá Oprah cuando se entere de lo que has hecho? Al menos James Frey tuvo la decencia de robarse a sí mismo.

Abrió la nueva carpeta de su portátil y añadió el mensaje a los demás. Al cabo de unos días hubo un quinto:

> Ahora estoy en Twitter. He pensado que te gustaría saberlo. @TalentosoTom.

Fue a buscar, y sí que había una nueva cuenta, aunque aún no había tuiteado nada. Tenía como foto de perfil el huevo genérico y un total de cero seguidores. La biografía de su perfil constaba de una palabra: escritor.

Había dejado que pasara el tiempo sin ni siquiera intentar identificar a su oponente, y no había sido una buena decisión. Sospechaba que TalentosoTom se estaba preparando para entrar en una nueva fase, y Jake no tenía tiempo que perder.

105

12

No soy nadie. ¿Quién eres tú?

*P*ara empezar, Evan Parker estaba muerto. No había duda alguna al respecto. Jake había visto la esquela hacía tres años. Incluso había leído detenidamente una página *online* en su memoria que, aunque no muy poblada, contenía los recuerdos de una docena de personas que habían conocido a Parker, y definitivamente ellos parecían tener la impresión de que estaba muerto. Fue muy sencillo volver a encontrar aquella página, y no le sorprendió en absoluto ver que no había habido más entradas desde su última visita:

> Evan y yo nos criamos juntos en Rutland. Practicábamos béisbol y lucha juntos. Era un auténtico líder nato y siempre mantenía alto el ánimo de los equipos. Sabía que había librado sus luchas en el pasado, pero me parecía que le iba muy bien. Lamento mucho oír lo que ha sucedido.

> Fui a clase con Evan en el RCC. Era un tío genial. No puedo creérmelo. DEP, tío.

> Me crie en el mismo pueblo que la familia de Evan. Aquella pobre gente no pudo tener peor suerte.

> Recuerdo a Evan de cuando jugaba al béisbol para el West Rutland. Nunca le conocí personalmente, pero era un gran primera base. Siento mucho que tuviera esos demonios.

> Adiós, Evan, te echaré de menos. DEP.

Conocí a Evan en el máster en Bellas Artes de Ripley. Era un escritor muy talentoso, un gran chico. Me ha sorprendido lo que le ha pasado.

Por favor, todos los familiares y amigos del difunto acepten mis condolencias por su pérdida. Que su recuerdo sea una bendición.

Pero no parecía haber ningún amigo cercano, ni ninguna referencia a un cónyuge o pareja. ¿Qué podía averiguar Jake de aquello que no supiera ya?

Que Evan Parker había practicado deportes en el instituto. Que había tenido «luchas» y «demonios» —¿tal vez fueran lo mismo?— al menos en un momento dado y, al parecer, otra vez. Que algo que sugería la «peor suerte» estaba relacionado con él y con su familia. Que al menos un estudiante de Ripley recordaba a Evan del curso. ¿Cómo de bien le conocía aquel estudiante? ¿Lo bastante bien como para que Evan le hubiera contado la misma trama extraordinaria que había explicado a Jake? ¿Lo bastante bien como para estar ahora preocupado por el «robo» de la novela no escrita de su compañero de clase?

El estudiante de Ripley que había dejado la dedicatoria había firmado solo con su nombre de pila: Martin. Eso no resultaba particularmente útil por lo que Jake recordaba, pero por suerte todavía guardaba en el ordenador la lista de estudiantes del máster en Bellas Artes de Ripley de 2013, así que abrió la vieja hoja de cálculo. Ruth Steuben probablemente no hubiera leído un relato ni un poema en su vida, pero creía concienzudamente en el mantenimiento ordenado de los registros, así que, junto a la dirección, número de teléfono y dirección de correo electrónico de cada alumno había añadido una columna para señalar el género en el que se centraba: una F para ficción y una P para poesía.

El único Martin era un Martin Purcell de South Burlington, Vermont, y tenía una F junto a su nombre. No obstante, incluso después de buscar en Facebook el perfil de Purcell y ver varias fotos de su rostro sonriente, Jake no reconocía al chico, lo que podía significar que lo hubieran asignado a otro de los escritores de ficción de la facultad, pero también que simplemente no hubiera sido un alumno memorable, tal vez ni siquiera para un profesor verdaderamente interesado en conocer a sus alumnos (que nunca había sido el caso de Jake, como él mismo reconocía ya entonces). Aparte de Evan Parker, las únicas personas que recordaba de aquel grupo en concreto eran el tipo que quería corregir los «errores» de Victor Hugo en una nueva versión de *Los Miserables* y la mujer que había evocado la inolvidable palabra «melones». Los demás, como los rostros y nombres de los escritores de ficción de su tercer año de enseñanza, y del segundo, y del primero, habían desaparecido.

Inició una inmersión profunda en Martin Purcell, durante la cual solo hizo una pausa para pedir y comer algo de pollo de RedFarm e intercambiar al menos una veintena de mensajes de texto con Anna (principalmente sobre las últimas gracietas de Randy Johnson y sobre un viaje de fin de semana a Port Townsend que Anna estaba planeando), y se enteró de que el chico era un profesor de secundaria que elaboraba su propia cerveza, hincha de los Red Sox y con un marcado interés por Eagles, el grupo de música de California. Purcell enseñaba historia y estaba casado con una mujer llamada Susie que parecía muy implicada en la política local. Era un ridículo que compartía demasiadas cosas en Facebook, sobre todo sobre su perra beagle, Josephine, y sobre sus hijos, pero no publicaba nada en absoluto sobre ningún escrito en el que estuviera trabajando, ni mencionaba a ningún amigo escritor ni a ningún escritor a quien estuviera leyendo o a quien hubiera admirado en el pasado. De hecho, de no haber sido por la referencia al Ripley College en su formación académica, por Facebook no se sabría siquiera si Martin Purcell leía ficción, y mucho menos si aspiraba a escribirla.

Purcell tenía la desgarradora cifra de 438 amigos en Facebook. ¿Quiénes de entre ellos podían ser personas con las que Jake se hubiera cruzado en el máster en Bellas Artes de los Simposios de Ripley de baja residencia de 2012 o 2013? Jake volvió a la hoja de cálculo de Ruth Steuben y buscó referencias cruzadas de media docena de nombres; luego empezó a bajar por los agujeros de conejo de Ripley. Pero, en realidad, no tenía ni idea de qué estaba buscando.

Julian Zigler, abogado de West Hartford que se dedicaba principalmente a derecho inmobiliario y trabajaba en un bufete con sesenta abogados sonrientes, la inmensa mayoría hombres, la inmensa mayoría blancos. Rostro completamente desconocido.

Eric Jin-Jay Chang, residente de hematología en el Hospital Brigham and Women's.

Paul Brubacker, «escritorzuelo» de Billings, Montana. (¡El tipo de Victor Hugo!)

Pat d'Arcy, artista de Baltimore, otra cara que Jake habría jurado no haber visto nunca. Hacía seis semanas, Pat d'Arcy había publicado un relato muy breve en una página web de microrrelatos de ficción llamada «Particiones». Uno de los muchos mensajes de felicitación era de Martin Purcell:

¡Pat! ¡Una historia estupenda! ¡Estoy muy orgulloso de ti! ¿La has publicado en la página de los Simposios?

La página de los Simposios.

Resultó ser una página de exalumnos no oficial, a través de la cual los graduados de baja residencia de media docena de años habían estado compartiendo obra, información y chismes desde 2010. Jake se fue remontando en las publicaciones: concursos de poesía, noticias de un alentador rechazo de la *Revista Literaria del Oeste de Texas*, el anuncio de la aceptación de una primera novela por parte de una editorial híbrida de Boston, fotos de bodas, una reunión de poetas en Brattleboro de 2011, una lectura en una galería de arte de Lewiston, Maine. Entonces, en octubre de 2013, empezaba a aparecer en los mensajes el nombre de Evan.

Solo «Evan», claro está. Jake supuso que ese era el motivo por el que la página de alumnos no había aparecido en sus búsquedas iniciales de «Evan Parker». Naturalmente, el Evan en cuestión solo habría requerido el nombre de pila, al menos para cualquiera que le hubiera conocido. Evan, el triunfante salvador del abridor. Evan, el chico que se sentaba a la mesa del seminario con los brazos cruzados con fuerza sobre el pecho. Todo el mundo recordaría a un gilipollas como aquel.

Chicos, no me lo puedo creer. Evan murió el lunes pasado. Lamento muchísimo tener que compartir esta noticia.

(Esto, no era de extrañar, había sido publicado por Martin Purcell, Ripley 2011-2012.)

¡Madre mía! ¿Qué?

¡Mierda!

109

Hostia, es terrible. ¿Qué sabes, Martin?

Teníamos que encontrarnos en su taberna el domingo pasado; yo bajaba desde Burlington. Pero no me contestó. Pensé que se había escaqueado u olvidado, o algo así. Al cabo de unos días lo llamé y recibí un aviso de teléfono apagado. Y tuve un mal presentimiento, así que busqué en Google y apareció de inmediato. Sabía que había tenido problemas en el pasado, pero Evan llevaba tiempo sobrio.

Ostras, tío, pobre chaval.

¡Es el tercer amigo que pierdo por sobredosis! A ver, ¿cuándo van a llamarlo por su nombre? Es UNA EPIDEMIA.

«Bueno», pensó Jake. Aquello ciertamente confirmaba su suposición sobre lo que significaban «inesperadamente», «luchas» y «demonios».

Le vibró el teléfono.

Crab Pot Seattle, había escrito Anna. Había una foto de una maraña de patas de cangrejo y mazorcas de maíz cortadas. Al fondo, una ventana y un puerto.

Jake volvió a su portátil y buscó en Google las palabras «Evan + Parker + taberna», y apareció un artículo del *Rutland Herald*: la Taberna Parker, un lugar de apariencia no muy elegante en la State Street de Rutland, había cambiado de manos tras la muerte de quien había sido su propietario durante muchos años, Evan Parker, de West Rutland. Jake se quedó mirando aquella construcción, un edificio victoriano deteriorado, del tipo que se encontraría en la mayoría de las calles principales de la mayoría de las ciudades de Nueva Inglaterra. En su momento probablemente hubiera sido la hermosa casa de alguien, pero ahora tenía sobre la puerta principal un neón verde en el que se leía «TABERNA PARKER. COMIDA Y LICOR», y lo que parecía un letrero pintado a mano que anunciaba «*Happy Hour* de 13 a 18 h».

En su teléfono, una única palabra:

¿Hola?

¡Mmm!, respondió Jake.

Suficiente para dos, escribió ella de inmediato.

En el artículo del *Rutland Herald* decía que los nuevos propietarios, Jerry y Donna Hastings, de West Rutland, tenían la esperanza de preservar el interior tradicional del bar, la selección ecléctica de cervezas de barril y, sobre todo, el ambiente cálido y acogedor como lugar de encuentro, tanto para los vecinos como para los visitantes. Preguntados acerca de su decisión de mantener el nombre del bar, «Taberna Parker», Jerry Hastings respondía que había sido por respeto: la familia del difunto propietario se remontaba cinco generaciones en el centro de Vermont y, antes de su trágica y prematura muerte, Evan Parker había trabajado durante años para hacer que la taberna tuviera el éxito que tenía.

¡Pues vale! —escribió Anna—. Está claro que no tienes ganas de hablar ahora. ¡No hay problema! O tal vez estés conversando con tu musa.

Volvió a coger el teléfono.

Nada de musas. Nada de «inspiración». Ni una pizca de espiritualidad.

Vaya. ¿Qué ha pasado con aquello de que «todo el mundo tiene una voz única y una historia que solo ellos pueden contar»?

Se fue a vivir con el Yeti, el Sasquatch y el monstruo del lago Ness a la Atlántida. Pero la verdad es que ahora estoy trabajando. ¿Podemos hablar más tarde? Llevaré el Merlot.

¿Cómo sabrás cuál?

Te lo preguntaré, claro está.

Volvió a la hoja de cálculo de Ruth Steuben para buscar el correo electrónico de Martin Purcell, abrió Gmail y escribió:

Hola, Martin, soy Jake Bonner, de Ripley. Perdona por escribirte así sin más, pero me preguntaba si podría llamarte para hablar sobre un tema. Avísame cuando te vaya bien charlar, o no dudes en llamarme cuando quieras. Saludos, Jake.

Y añadió su número de teléfono.

El tipo llamó de inmediato.

—Vaya —dijo en cuanto Jake contestó—. No puedo creer que me hayas escrito. Esto no es una recaudación de fondos de Ripley, ni nada por el estilo, ¿verdad? Porque ahora mismo no puedo.

—No, no —dijo Jake—. Nada de eso. Mira, seguramente nos conocemos, pero no tengo mis archivos de Ripley conmigo, así que no estoy seguro de si estabas en mi clase o no.

—Ojalá hubiera estado en tu clase. Me pusieron en la clase de un tío que solo quería que escribiéramos sobre el lugar. El lugar, el lugar, el lugar. Era en plan: cada brizna de hierba había de tener su propia historia de fondo. Ese era su rollo.

Debía de estar hablando de Bruce O'Reilly, el profesor retirado de Colby y novelista profundamente centrado en Maine con quien Jake se había tomado una cerveza al año en The Ripley Inn. Hacía años que no pensaba en Bruce O'Reilly.

—¡Qué mal! Es mejor que los alumnos vayan rotando. Así todo el mundo trabaja con todo el mundo.

También hacía años que no pensaba en absoluto en la enseñanza institucionalizada de la escritura creativa. No la había echado de menos.

—He de decirte que me encantó tu libro. Tío, aquel giro era la hostia.

No dijo «aquel giro» con ningún sentido en especial, notó Jake con intenso alivio. Nada de: «Y tengo una idea bastante clara de dónde salió».

—Bueno, es muy amable de tu parte. Pero la razón por la que me he puesto en contacto contigo es que acabo de enterarme de que un alumno mío falleció. Y vi tu publicación al respecto en la página de Facebook de Ripley. Así que he pensado que...

—Te refieres a Evan, ¿verdad? —preguntó Martin Purcell.

—Sí. Evan Parker. Fue alumno mío.

—Ya, lo sé. —Jake oyó a Martin Purcell reír entre dientes allí arriba en el norte de Vermont—. Lamento decirlo, pero no era fan tuyo. Aunque yo no me lo tomaría como algo demasiado personal. Evan no creía que nadie de Ripley fuera lo bastante bueno para ser su profesor.

Jake se tomó un momento para repasar esta oración lentamente.

—Ya veo —dijo.

—Ya aquella primera noche de residencia, en cuestión de un par de horas, yo sabía que Evan no iba a sacar mucho provecho del programa. Cuando vas a aprender algo, ha de despertarte la curiosidad, y él no la tenía. Pero aun así era un tipo genial con el que pasar el rato. Era encantador y muy divertido.

—Y tú mantuviste el contacto con él, claro.

—Pues sí. A veces venía a Burlington, a un concierto o así. Fuimos juntos a ver a los Eagles. Creo que también subió a ver a Foo Fighters. Y otras veces bajaba yo. Tenía una taberna en Rutland, ¿sabes?

—Pues la verdad es que no. ¿Te importaría contarme más cosas? Me siento fatal por haberme enterado tan tarde. De haberlo sabido cuando sucedió, habría escrito a su familia.

—Mira, espera un momento —dijo Martin Purcell—. Voy a decirle a mi mujer que estoy al teléfono. Vuelvo enseguida.

Jake esperó.

—Espero no interrumpirte en nada importante —dijo Jake cuando Purcell regresó.

—Para nada. Le he dicho que tengo a un novelista famoso al teléfono. Eso supera la charla con nuestra hija quinceañera sobre la fiesta a la que no queremos que vaya. —Se detuvo para reírse de su propio ingenio. Jake se obligó a unírsele.

—Así pues, ¿sabes algo sobre la familia de Evan? Supongo que es demasiado tarde para enviarles una nota de pésame.

—Bueno, aunque no lo fuera, no sé a quién se la enviarías. Sus padres murieron hace mucho tiempo. Tenía una hermana que también falleció, antes que él. —Se calló un momento—. Oye, perdona si esto suena grosero, pero nunca tuve la impresión de que… congeniarais demasiado. Yo soy profesor, así que empatizo con cualquiera que tenga que lidiar con un estudiante difícil, pero no habría querido ser profesor de Evan. En todas las clases hay un alumno que se despatarra en la silla y se te queda mirando en plan: «¿Quién coño te crees que eres?».

—Y «¿Qué te hace pensar que me puedes enseñar una mierda?».

—Exacto.

Jake había ido tomando notas: padres y hermana fallecidos.

Ya sabía todo eso por la necrológica.

—Sí, sin duda el de esa clase en concreto era Evan. Pero yo estaba acostumbrado a tener a Evans. En mi primer año de enseñanza, mi respuesta a «¿Quién coño te crees que eres?» habría sido «No soy nadie. ¿Quién eres tú?».

Oyó reír a Martin.

—Dickinson.

—Sí. Y me habría ido de clase.

—A llorar al baño.

—Bueno. —Jake frunció el ceño.

—Me refería a mí. Me habría ido a llorar al baño. El primer año de profesor en prácticas te has de endurecer. Pero la mayoría de esos chavales, en realidad, no son más que fanfarrones. Y tienen unas vidas privadas de lo más miserables. Algunas veces es de quienes te preocupas más porque no se entienden ni confían en sí mismos, en absoluto. Pero ese no era el caso de Evan. He visto mucha falsa fanfarronería, pero ese tampoco era el caso de Evan. Tenía una fe absoluta en su capacidad para escribir un gran libro. O tal vez sea más exacto decir que pensaba que escribir un gran libro no era tan difícil, y que por qué no había de ser capaz de hacerlo. La mayoría de nosotros no éramos así.

Aquí Jake notó un pie, endémico entre los escritores, para preguntar por la obra de Martin.

—Para ser sincero, no he avanzado mucho desde que acabé el máster.

—Sí. Cada día es un desafío.

—A ti parece que te va bien —dijo Martin con un tonillo.

—No con el libro que estoy escribiendo ahora.

Se sorprendió al oírse a sí mismo decirlo. Le sorprendía haber sugerido a Martin Purcell, de Burlington, Vermont, un completo desconocido, más vulnerabilidad de la que había sugerido a su propia editora o a su agente.

—Vaya, lamento oír eso.

—No, no pasa nada, solo necesito obligarme. Eh, ¿sabes en qué punto de su libro estaba Evan? ¿Hizo mucho después de la residencia? Creo que estaba al principio, al menos por las páginas que vi.

Durante los segundos más largos de la vida de Jake, Martin no dijo nada. Al final se disculpó.

—Estoy intentando recordar si alguna vez habló de eso. No creo que nunca me explicara cómo lo llevaba. Pero si había vuelto a consumir, y parece que así era, la verdad es que dudo que se sentara a la mesa a escribir páginas.

—Bueno, ¿cuántas páginas crees que tenía?

De nuevo, aquella incómoda pausa.

—¿Estás pensando en hacer algo por él? Quiero decir, ¿por su obra? Porque es increíblemente amable por tu parte. Sobre todo teniendo en cuenta que no era precisamente un servil seguidor tuyo; ya sabes a qué me refiero.

Jake respiró hondo. Por supuesto, no tenía derecho a la aprobación, pero supuso que sería mejor que la aceptara.

—Solo había pensado que, bueno, tal vez hubiera una historia completa que pudiera enviar a alguna parte. Tú no tendrás ninguna página, supongo...

—No. Pero bueno, yo no diría que estemos hablando de que Nabokov haya dejado una novela inacabada. Me parece que puedes relegar a la historia la ficción no escrita de Evan Parker sin sentirte demasiado culpable.

—¿Perdona? —dijo Jake con voz entrecortada.

—En tanto que profesor suyo.

—Ah, sí.

—Porque recuerdo haber pensado, y eso que el chaval me caía bien, que tenía que estar bastante equivocado por cómo hablaba de su libro. Como si fuera *El resplandor*, *Las uvas de la ira* y *Moby Dick*, todo en uno, y del gran éxito que iba a ser. Me mostró un par de páginas sobre una chica que odiaba a su madre, o quizás fuera la madre quien la odiaba, y estaban bien, pero bueno, no era precisamente *Perdida*. Me limité a mirarle con cara de: «Vale, tío, lo que tú digas». No sé, me pareció que era absurdamente egocéntrico. Aunque probablemente tú hayas topado con mucha gente así. Tío —dijo Martin Purcell—, hablo como un gilipollas. Y ya te digo que el chaval me era simpático. Es muy amable por tu parte querer ayudarle.

—Solo quería hacer algo bueno —dijo Jake, desviando el tema lo mejor que pudo—. Y como no hay ninguna familia...

—Bueno, puede que haya una sobrina. Creo que leí sobre ella en la necrológica.

«Yo también», no dijo Jake. De hecho, a Martin Purcell no le había sacado nada que no supiera ya por aquella escueta necrológica.

—Muy bien —dijo Jake—. Oye, gracias por hablar conmigo.

—Eh, gracias por llamar. Y...

—¿Qué? —preguntó Jake.

—Bueno, si no te lo pregunto, me voy a dar de cabezazos contra la pared, así que...

—¿El qué? —inquirió Jake, pese a saber perfectamente de qué se trataba.

—Me preguntaba... Sé que estás ocupado, pero ¿estarías dispuesto a mirarte algo de lo que he escrito? Me encantaría tener tu opinión sincera. Significaría mucho para mí.

Jake cerró los ojos.

—Claro —dijo.

115

CUNA

de Jacob Finch Bonner

Macmillan, Nueva York, 2017, páginas 23-25

Querían saber quién era, por supuesto. Al parecer aún más que «¿Qué coño pensaba que estaba haciendo?» y obviamente mucho más que «¿En qué le habían fallado como padres?». Cualesquiera que fueran los detalles, aquello claramente no era su culpa, y no iba a ser problema de ellos. Pero «quién era» no era una información que Samantha tuviera ganas de revelar, por lo que sus opciones eran: uno, ocultarla y, dos, mentir descaradamente. Como norma general, mentir le daba igual, pero el problema de mentir, al menos sobre aquel tema en concreto, era que había pruebas —habría que no haber visto nunca a Jerry Springer para no estar al corriente de las pruebas—, y si nombraba a cualquiera (es decir, a cualquier otra persona) podría acabar demostrándose que no era el susodicho, lo cual a su vez habría revelado la mentira e iniciado de nuevo toda la secuencia: «¿Quién es?».

Así que optó por ocultar la información.

—Mirad, no es importante.

—Nuestra hija de quince años está embarazada y no importa quién la ha dejado así.

«Básicamente», pensó Samantha.

—Como has dicho, es mi problema.

—Sí que lo es —dijo su padre. No parecía tan enfadado como su madre. Estaba más cerrado en banda, como de costumbre.

—Y así, ¿qué? ¿Cuál es el plan? —preguntó su madre—. Llevan años diciéndonos lo lista que eres. Y vas y haces esto.

No podía mirarlos a la maldita cara, así que subió la escalera, cerró la puerta de su dormitorio de un portazo y tiró la mochila al suelo, junto al viejo escritorio. Su habitación estaba en la parte de atrás, con vistas a la ladera que bajaba hasta el Porter Creek, un riachuelo que era angosto y rocoso en aquella zona del bosque y ancho y rocoso al norte y al sur. La casa era vieja, de más de cien años. Había sido la casa de su padre y de los padres de este y, antes de eso, la casa de sus tatarabuelos. Imaginaba que eso suponía que un día sería suya, pero eso nunca le había importado antes y no le importaba ahora, ya que no pensaba vivir allí ni un minuto más de lo necesario. De hecho, ese había sido siempre el plan y continuaba siéndolo. En cuanto resolviera el problema, terminaría sus créditos y conseguiría su beca para la universidad.

«Quién era» se trataba de Daniel Weybridge, que no era otro que el jefe de su madre en la residencia de estudiantes y, de hecho, el propietario de la residencia de estudiantes, como su padre antes que él, porque aquel establecimiento había estado «¡Dirigido por la misma familia durante tres generaciones!», así lo decía en el letrero de la residencia, en el material de oficina, incluso en los posavasos de papel que había en todas las habitaciones. Daniel Weybridge estaba casado y era padre de tres niños que no paraban de brincar, que sin duda serían los siguientes propietarios de la residencia de estudiantes. También se había hecho la vasectomía, o eso había prometido, el puto mentiroso. No, no le había dicho que estaba embarazada y no pensaba hacerlo. No merecía saberlo.

La historia con Daniel Weybridge era que la había perseguido durante al menos un año que ella supiera, y probablemente más que eso, desde antes de que ella le prestara atención. Muchas veces se había escabullido para pasar junto a él por un pasillo de la residencia, o del instituto, cuando Weybridge aparecía para ver a uno de sus tres preciosos hijos jugar a lo que fuera que jugaran, y notaba el calor de él cuando se cruzaban y cómo él fijaba su atención en su cuerpo de quince años. Evidentemente, él había sido bien sigiloso y no había hecho un ataque directo. Primero le dedicó su atención, después pasó a los cumplidos y a pequeños indicios de genuina admiración adulta: «Samantha se ha saltado un curso, ¡qué extraordinario!» «Samantha ha ganado algún premio, ¡qué chica tan lista! ¡Está destinada a llegar lejos!» Le dolía admitir que aquellas tácticas habían surtido efecto. Daniel Weybridge, después de todo, era lo que en su mundo se consideraba una persona sofisticada. Por un lado, había ido a la escuela de

117

hostelería de Cornell, que pertenecía a la Ivy League, y leía los periódicos de la ciudad, no solo el *Observer-Dispatch* de Utica. Una vez, en el vestíbulo del hotel, mientras ella esperaba a que su madre terminara, ambos mantuvieron una conversación sorprendentemente matizada sobre *La letra escarlata*, que Samantha estaba leyendo para la clase de Lengua de octavo curso, y Daniel Weybridge señaló un punto que de hecho ella utilizó en su trabajo de clase. Un trabajo en el que, convenientemente, sacó un 10.

Así que cuando finalmente se dio cuenta de que allí se estaba jugando un partido más importante, y de que quien lo jugaba era el jefe de su madre, a Samantha la cogió más por sorpresa de lo que debería haberlo hecho. Entonces lo miró todo con una nueva perspectiva.

Para entonces estaba en décimo curso, aunque era un año más joven que el menor de su clase. La mayoría de sus compañeros —todos los chicos, si les hacías caso, salvo quizás los más tímidos y atrasados— estaban ocupados desflorando a la mayoría de las chicas y, sin contar la reputación destrozada de aquellas dos señoritas que ya habían abandonado el colegio, nadie parecía especialmente preocupado por ello. Momentos como aquellos ponían de manifiesto la diferencia de edad y, aunque Samantha había estado encantada de saltarse sexto curso, no le gustaba demasiado la sensación de ser más joven que el resto de sus compañeros. Además, el acto en cuestión no tenía nada de especialmente significativo, y mucho menos de romántico, del mismo modo que lo que quería Daniel Weybridge o cómo estaba tratando de conseguirlo no tenía nada de especialmente oscuro.

Aun así, todo había sido decisión suya. Lo que estaba en juego no parecía tan importante. Si ella no hacía nada, Daniel Weybridge probablemente continuaría halagándola y coqueteando con ella hasta el día en que se fuera de casa, y cuando llegara ese día, se limitaría a encogerse de hombros y a dirigir su atención hacia la hija de la siguiente ama de llaves, o hacia la propia ama de llaves. Pero cuanto más pensaba en ello, más le gustaba la idea. Desde un punto de vista práctico, sentía repulsión por todos los chicos con los que iba al colegio, mientras que Daniel Weybridge era atractivo. También era adulto y padre de varios hijos, lo que significaba que obviamente sabría lo que se hacía en lo referente al acto mismo. Además, a diferencia de los chicos de su curso, que eran congénitamente incapaces de mantener la boca cerrada, ni que decir tiene que Daniel Weybridge no se lo iba a explicar a nadie. Y finalmente, cuando dejó que la llevara a la Suite Fennimore (ni una hora después de que su propia madre la hubiera limpiado), hizo hincapié en que se había hecho la vasectomía después del tercer varón, cosa que, básicamente, cerró el trato.

Así las cosas, en el fondo quizás no fuera tan lista como todos la habían creído siempre, y mucho menos tan lista como ella se había creído. No tenía ni idea de cómo deshacerse de su problema. Ni siquiera sabía cuánto tiempo le quedaba para resolverlo. Pero sabía que no sería suficiente.

13

Lánzate

—Ya me conoces, no me gusta ser la típica agente insistente, pero…

De hecho, Matilda era la típica agente insistente con cada célula de su ser, justamente el motivo por el que Jake había soñado durante años con que fuera su agente. Al acabar *Cuna*, después del período de escritura más frenético que había experimentado jamás, había sido con Matilda Salter, y únicamente con ella, con quien había contactado a través de la carta de presentación más cuidadosamente escrita de su vida:

> Aunque tuve representante para *La invención de la maravilla*, y siempre estaré orgulloso de que la novela fuera «Nueva y Destacada» en el suplemento literario de *The New York Times*, ahora regreso con un tipo de libro muy diferente: guiado por la trama, intrigante y sinuoso, con una protagonista femenina fuerte y compleja. Me gustaría empezar de cero con una agente que entienda perfectamente hasta dónde puede llegar un libro como este, y que sea capaz de manejar la atención de los mercados extranjeros y los intereses cinematográficos.

Matilda, o más probablemente su ayudante, había respondido invitándole a enviarle el manuscrito, y después de eso las cosas habían avanzado a una velocidad satisfactoria. Para Jake todo había sido profundamente redentor, por no decir emocionante; los autores de Matilda eran una lista de estrellas ganadoras del Pulitzer y el Premio Nacional del Libro, ocupantes permanentes de las mejores librerías de los aeropuertos (y también de todas las otras librerías de los aeropuertos), los preferidos literarios de los entendidos y estrellas de antaño que nunca necesitaron escribir una palabra más.

—¿Pero? —dijo ahora.

—Pero he recibido una llamada de Wendy. Ella y los de Macmillan se preguntan si vas a cumplir el plazo de entrega del nuevo libro. No quieren presionarte. Es más importante hacerlo bien que hacerlo rápido. Sin embargo, lo mejor de todo sería bien y rápido.

—Sí —dijo Jake tristemente.

—Porque ya sabes, cariño, que ahora mismo parece que no pueda llegar a suceder, pero en algún momento tendrá que pasar. Quizás sea solo porque ya no quede nadie en el país sin haber leído *Cuna*. El caso es que llegará el momento en que toda esa gente querrá leer otro libro. Y nosotros solo queremos que ese libro sea tuyo.

Jake asintió con la cabeza, como si Matilda pudiera verlo.

—Ya lo sé. Estoy trabajando, no te preocupes.

—Uy, no estoy preocupada. Solo preguntaba. ¿Has visto que vamos a volver a reimprimir?

—Eh…, sí. Eso está bien.

—Está mejor que bien. —Matilda hizo una pausa y Jake oyó que se separaba del teléfono para decirle algo a su ayudante. Después regresó—. Bueno, cariño. Tengo que coger esta llamada. No todo el mundo está tan contento con su editor como tú.

Él le dio las gracias y colgaron. Y entonces, durante otros veinte minutos, se quedó donde estaba, en el viejo sofá: con los ojos cerrados y el terror recorriéndolo por dentro como una meditación inversa diseñada para erradicar la serenidad. Luego se levantó y fue a la cocina.

El antiguo propietario de su nuevo piso había llevado a cabo una reforma estéril, con encimeras de granito gris y unos fogones de acero reluciente adecuados para alguien con unas habilidades culinarias cinco veces superiores a las suyas. Hasta el momento, de hecho, no había cocinado nada (a menos que recalentar contara como cocinar) y en la nevera tan solo tenía un surtido de recipientes de comida para llevar, algunos de ellos vacíos. Sus esfuerzos por amueblar el piso se habían apagado poco después de trasladar lo que ya poseía, y cualquier intención de ocuparse de las necesidades más obvias —un cabecero para la cama, un sofá nuevo, unas cortinas para la ventana del dormitorio— se había esfumado tras la llegada a su vida de TalentosoTom.

Incapaz de recordar lo que le había llevado a su propia cocina, se sirvió un vaso de agua y regresó al sofá. En el breve espacio de tiempo que había estado fuera, Anna le había enviado dos mensajes de texto.

Hola, tú.

Y unos minutos más tarde:

¿Estás ahí?

¡Hola! —respondió—. Perdona. Estaba al teléfono. ¿Qué haces?

Miro Expedia —escribió—. Hay vuelos a Nueva York sorprendentemente baratos.

Bueno es saberlo. He estado pensando en ir ahí. Dicen que las luces de neón brillan mucho.

Durante un momento, nada. Y después:

Me encantaría ver un espectáculo de Broadway.

Jake sonrió.

De hecho, no te dejan irte de la ciudad sin ver uno. Me temo que no tendrás elección.

Al parecer tenía unos días de vacaciones que se podía tomar cuando quisiera.

Pero, en serio —escribió Anna—, ¿qué te parece que vaya a verte? Quiero estar segura de que esto no es solo cosa mía, de que no me lanzo a ti desde la otra punta del país.

122

Jake bebió un sorbo de agua.

Me parece que: lánzate. Por favor. Me encantaría tenerte aquí, aunque sea un par de días.

¿Y puedes estarte ese tiempo sin trabajar?

De hecho, no podía.

Sí, claro.

Lo organizaron todo para que Anna llegara a finales de mes y se quedara una semana, y cuando dejaron de enviarse mensajes, Jake se puso al ordenador y encargó un cabecero para la cama y un par de cortinas para la habitación. La verdad es que no fue difícil, en absoluto.

14

Como salida de una novela

$\mathcal{A}$nna llegó un viernes de finales de noviembre y Jake bajó a recibir su taxi. Todavía había barreras policiales delante de su edificio del West Village y cuando ella bajó del coche, él vio que las miraba con bastante nerviosismo.

—Anoche hubo un rodaje —explicó—. De *Ley y orden*.

—Ah, qué alivio. He pensado: acabo de llegar a Nueva York ¿y ya estoy en la escena de un crimen? —Tras un instante, se abrazaron con torpeza. Después volvieron a abrazarse, ya con menos torpeza.

Se había cortado el pelo unos cuatro dedos y aquel pequeño cambio entrañaba un toque de transformación: del grunge de Seattle a una versión del chic de Gotham. Llevaba una gabardina, unos vaqueros negros y un jersey gris un par de tonos más claro que su cabello cano, y una perla irregular colgada de una cadenita al cuello. Tras semanas preguntándose cómo se sentiría cuando volviera a verla, se tranquilizó profundamente. Anna era hermosa. Y estaba allí.

La llevó a un restaurante brasileño que le gustaba y después ella quiso dar un paseo. Bajaron hasta donde había estado el World Trade Center y después se dirigieron al este hasta South Street Seaport. Jake guiaba solo por un vago sentido de la orientación: no se conocía los barrios, lo cual a ella le pareció graciosísimo. En Chinatown, pararon en un bar de postres y se partieron una cosa hecha de granizado hawaiano que tenía unos ocho ingredientes más, incluido un baño de oro real. Él se ofreció a pagarle un hotel.

Ella se rio de él.

De nuevo en el piso, Jake hizo el gesto de llevar una manta y una almohada a aquel sofá patético.

—Es para mí —sugirió cuando Anna se le acercó—. O sea, no quiero dar nada por sentado.

—Eres adorable —dijo ella antes de conducirle a su propia habitación, donde al menos ahora había cortinas en la ventana. Menos mal.

Al día siguiente no salieron de casa.

El día después se las ingeniaron para salir a comer al RedFarm, pero volvieron a casa en cuanto acabaron y también se quedaron allí el resto del día.

Una o dos veces, Jake se disculpó por monopolizar el tiempo de Anna en la ciudad. Seguro que ella esperaba de su visita a Nueva York algo más que aquella intimidad y, por lo que él había podido comprobar, aquel placer mutuo.

—Esto es justamente lo que esperaba de mi visita —dijo Anna.

Pero a la mañana siguiente le dejó trabajar y se fue a recorrer la ciudad, y así fue como se desarrolló el resto de la semana. Jake hacía todo lo posible por entregarse al trabajo unas cuantas horas cuando Anna se iba, y bien entrada la tarde se reunía con ella dondequiera que estuviera: el Museo de la Ciudad de Nueva York, el Lincoln Center, Bloomingdale's. La joven no acababa de decidirse por qué espectáculo de Broadway ir a ver y su última noche en la ciudad acabaron en una cosa rara donde todo el mundo corría por un gran almacén a oscuras con una máscara puesta, y se suponía que aquello se basaba en *Macbeth*.

—¿Qué te ha parecido? —preguntó Jake cuando salieron a la noche de Chelsea. El avión de Anna salía temprano por la mañana y él ya temía el momento de la partida.

—Bueno, ¡no se parecía mucho a *Oklahoma*!

Bajaron caminando hasta el últimamente fabuloso Meatpacking District y miraron restaurantes hasta que encontraron uno tranquilo.

—¿Te gusta esto? —observó Jake cuando el camarero les hubo tomado nota.

—Tiene buena pinta.

—No, no digo este sitio. Digo Nueva York.

—Me temo que sí. Este lugar… podría enamorarme de un sitio así.

—Bueno —dijo Jake—, si te soy sincero, no me parece mal.

Anna no dijo nada. El camarero les llevó el vino a la mesa.

—Así que la mujer que conociste un día durante una hora y que vive en la otra punta del país viene a visitarte un par de días y empieza a soltar indirectas sobre lo mucho que le gusta Nueva York, ¿y tú no te asustas ni siquiera un poquito?

Jake se encogió de hombros.

—Hay muchas cosas que me asustan. Pero, curiosamente, esa no. Todavía me estoy haciendo a la idea de que te guste lo bastante como para coger un avión.

—Así que das por sentado que cogí un avión porque me gustabas y no, por ejemplo, porque conseguí un vuelo barato y siempre había querido correr por un almacén con una máscara puesta, fingiendo tener veintidós años y no la edad que tengo.

—Podrías pasar por veintidós sin problema —dijo él al momento.

—Pero ¿por qué iba a querer hacerlo? Todo eso de esta noche ha sido el traje nuevo del emperador.

Jake echó la cabeza atrás y rio.

—Vale. Acabas de utilizar tu carta de *millennial* guay. Y lo sabes.

—No podría importarme menos. No creo que fuera joven ni cuando lo era de verdad, y eso no fue ayer.

Llegó el camarero. Habían pedido lo mismo: pollo asado y verduras. Al mirar ambos platos, Jake se preguntó si en realidad no irían a comer las dos mitades del mismo pájaro.

—¿Y por qué no eras joven ni cuando lo eras de verdad? —preguntó.

—Uy, es una historia larga y atormentada. Como salida de una novela.

—Ojalá me la contaras —dijo él, y la miró—. ¿Te cuesta hablar de ello?

—No, no es que me cueste, pero aun así ya es un gran paso que lo esté haciendo.

—Vale —dijo él, asintiendo—. Me siento muy honrado.

Se tomó un momento antes de empezar a comer y beber.

—En resumidas cuentas, mi hermana y yo acabamos en Idaho, en el pueblo donde se crio nuestra madre. Éramos bastante jóvenes, así que no recordábamos mucho de ella. Por desgracia se suicidó. Se tiró con el coche a un lago.

Jake soltó el aire.

—Vaya, lo siento mucho. Es terrible.

—Y después de eso vino a cuidarnos la hermana de nuestra madre, pero era muy rara. Nunca dominó el arte de cuidar de sí misma, mucho menos de otra persona, y menos todavía de dos niñas pequeñas. Creo que eso lo entendimos tanto mi hermana como yo, pero lo manejamos de formas diferentes. Después de que empezáramos el instituto, yo notaba que ambas se alejaban cada vez más de mí. Mi hermana y mi tía —aclaró—. Mi hermana prácticamente dejó de ir al colegio y yo prácticamente dejé de ir a casa. Y cuando mi maestra, la señorita Royce, descubrió lo que estaba pasando en mi casa, me preguntó si me gustaría vivir con ella y le dije que sí.

—Pero... ¿no hubo ningún tipo de intervención? ¿De los servicios sociales? ¿De la policía?

—El *sheriff* vino un par de veces a hablar con mi tía, pero nunca conectó del todo con ella. Creo que mi tía realmente quería ser capaz de criarnos, pero la sobrepasaba. —Anna hizo una pausa—. No le guardo ningún rencor en absoluto. Hay gente que sabe pintar o cantar, y otra que no. Ella era una persona que simplemente no podía estar en el mundo del mismo modo que la mayoría de nosotros podemos. Pero deseo de veras... —Sacudió la cabeza y cogió la copa.

—¿Qué?

—Bueno, traté de hacer que mi hermana viniera conmigo, pero se negó. Quería quedarse con nuestra tía. Y luego, un día, las dos se fueron del pueblo sin más.

Jake esperó. Mientras lo hacía, se sentía cada vez más incómodo.

—¿Y?

—¿Y? Nada. No tengo ni idea de dónde están. Podrían estar en cualquier sitio. O en ninguna parte. Podrían estar en este restaurante. —Miró a su alrededor—. Bueno, no están. Pero así sucedió. Yo me quedé y ellas se fueron. Acabé el instituto y fui a la universidad. Mi maestra, me acostumbré a llamarla mi madre adoptiva, aunque nunca hubo ningún proceso formal..., murió. Me dejó algo de dinero, lo cual estuvo bien. Pero de mi hermana, no tengo ni idea.

—¿Alguna vez has intentado encontrarla? —preguntó Jake.

Anna negó con la cabeza.

—No. Creo que nuestra tía había llevado una vida bastante marginal antes de venir a cuidarnos. O a intentar cuidarnos. Creo que, si todavía siguen juntas, no pagarán alquiler ni utilizarán cajeros automáticos, y mucho menos estarán en Facebook. Pero aun así yo estoy en Facebook y también en Instagram, principalmente por esa razón. Si quieren encontrarme, estoy a unos pocos clics de cualquier orde-

126

nador público de cualquier biblioteca del país. Si me localizan, recibiré una alerta a través de mi correo electrónico. Trato de no pensar en ello nunca, pero aun así… cada vez que enciendo el ordenador o el teléfono hay una parte de mí que se pregunta: ¿será hoy el día? No puedes imaginarte lo que es esperar un mensaje que te cambiará drásticamente la vida.

De hecho, Jake podía imaginárselo a la perfección, pero no lo dijo.

—¿Todo esto te hizo…, bueno…, te hizo deprimirte? ¿De adolescente?

Anna no pareció tomarse la pregunta muy en serio.

—Supongo. La mayoría de los adolescentes se deprimen, ¿no? Dudo que de joven fuera tan introspectiva. Y, francamente, por aquel entonces tampoco era muy ambiciosa, así que no tuve la sensación de que me estuvieran apartando de algo que quería de veras. Y entonces, una mañana, en otoño de mi último año, cogí una solicitud del despacho del asesor académico de mi colegio para la Universidad de Washington. Tenía unos pinos en la portada y pensé… qué buena pinta, ¿sabes? Parecía un hogar. Así que la cumplimenté allí mismo, en el despacho, en su ordenador. Tres semanas después me llegó la carta.

El camarero regresó y recogió los platos. Ambos rechazaron el postre, pero pidieron más vino.

—¿Sabes? —dijo Jake—, si lo piensas, eres una persona asombrosamente equilibrada.

—Uy, bueno. —Puso los ojos en blanco—. Me escondí en una isla durante casi diez años. Llegué a los treinta y tantos sin haber tenido nunca novio formal. Durante los últimos tres me he dedicado a hacer que un imbécil rematado parezca medio convincente y medio informado en el aire. ¿Te parece que eso es asombrosamente equilibrado?

Él le sonrió.

—¿Teniendo en cuenta lo que has pasado? Me parece que eres una especie de Wonder Woman.

—Wonder Woman era una ficción. Creo que preferiría ser una persona real normal y corriente.

Anna nunca podría ser normal y corriente, pensó él. El mero hecho de que ella, aquella mujer encantadora de cabello cano salida de los bosques del noroeste, estuviera perfectamente presente allí, en un restaurante vibrante de la zona más bulliciosa de la ciudad, simplemente desafiaba las normas: era como un rayo caído del cielo. Pero lo

127

que más le asombraba, se percató, era el hecho de que estuviera tan absolutamente en paz con todo. Hasta donde le alcanzaba la memoria, se había torturado por los libros que escribía, después por los que no escribía, por la gente que pasaba ante él en la cola, por el miedo profundo y espantoso a no ser lo bastante bueno, o bueno en absoluto, en lo único en lo que siempre había querido ser bueno, por no mencionar el hecho de que a su alrededor la gente de su edad se conocía, se emparejaba, se prometía lealtad mutua e incluso daban lugar juntos a bebés completamente nuevos, mientras que él hasta la fecha apenas había encontrado una mujer que le gustara lo bastante desde su ruptura con la poeta Alice Logan. Ahora todo eso se había acabado: de repente, se había acabado, sosegadamente.

—En primer lugar —dijo Jake—, hacer que tu jefe parezca más inteligente de lo que es..., en eso consiste el trabajo de la mayoría de la gente. Y Whidbey Island me parece un lugar bastante agradable para pasar casi diez años. Y en cuanto a lo de no haber tenido novio formal, evidentemente me estabas esperando a mí.

Anna no le había mirado mientras él hablaba. Tenía la vista baja, centrada en sus propias manos y en la copa que sostenían. Ahora, sin embargo, levantó la vista y, pasado un instante, sonrió.

—Puede que sí —dijo—. Puede que, al leer tu novela, pensara: «Bueno, a esta mente podría soportar conocerla». Puede que cuando fui a tu acto en Seattle y te vi, pensara: «Si mirara a esta persona desde el otro lado de la mesa del desayuno, no me sentiría desdichada».

—¡Mesa de desayuno! —Jake sonrió.

—Y puede que cuando me puse en contacto con tu publicista, no solo estuviera pensando en que deberíamos intentar llevar a auténticos escritores al programa. Puede que estuviera pensando: «Bueno, la verdad es que no sería desagradable poder llegar a conocer a Jake Bonner».

—Bueno, bueno... Ya ha salido la verdad.

Incluso bajo la luz insuficiente del restaurante, pudo ver que ella estaba avergonzada.

—Mira, está bien. Me alegro de que lo hicieras. Me alegro muchísimo.

Anna asintió, pero sin mirarle a los ojos.

—¿Y estás seguro de que esto no te está asustando en absoluto...? Actué de un modo poco profesional porque me colgué de un autor famoso.

Jake se encogió de hombros.

—Una vez ideé un plan para sentarme junto a Peter Carey en el metro porque tenía la fantasía de que podría entablar una conversación con el mayor novelista australiano vivo, y empezaríamos a almorzar juntos cada domingo para discutir el estado de la ficción, y después él le daría a su agente la novela que yo estaba escribiendo... ¿Ves por dónde voy?

—Bueno, ¿y lo hiciste?

Jake tomó un sorbo de vino.

—¿Si hice qué?

—Sentarte a su lado.

Él asintió.

—Sí. Pero no me atreví a decir una palabra. De todos modos, se bajó como dos paradas después. Ni conversación, ni almuerzo, ni presentación a su agente. Solo un seguidor más en el metro. Podría haberse tratado de nosotros dos, si tú hubieras sido tan gallina como yo. Pero tú sí que fuiste en busca de lo que querías. Igual que cogiste aquella solicitud y la cumplimentaste. Admiro eso.

Anna no dijo nada. Parecía abrumada.

—Como dijo tu antiguo profesor, nadie puede tener tu vida, ¿no?

Ella rio.

—Nadie más puede vivir tu vida.

—Suena como aquel pábulo que solíamos servir en el máster en Bellas Artes: «Solo tú puedes contar tu historia singular con tu voz única».

—¿Y no es cierto?

—Es completamente falso. De todos modos, si vives tu vida, más poder tienes. No puedo pensar en nadie a quien le debas algo. Tu madre adoptiva murió. Tu hermana y tu tía se salieron de la ecuación por voluntad propia, al menos de momento. Te mereces toda la felicidad que te llegue.

Ella se inclinó sobre la mesa y le tomó la mano.

—Estoy totalmente de acuerdo —dijo.

129

CUNA

de Jacob Finch Bonner

Macmillan, Nueva York, 2017, páginas 36-38

*S*u decisión fue que quería abortar. Debería haberlo hecho directamente, dado que sus padres parecían querer añadir un miembro a la familia tan poco como ella. Pero hubo una desafortunada complicación, a saber, que su madre y su padre eran cristianos, y no cristianos del tipo «Jesús es amor», sino de los de «En el infierno hay una habitación especial esperándote». Además, las leyes del estado de Nueva York les daban poder de veto sobre Samantha (que no era muy cristiana de ningún tipo, a pesar de los centenares de mañanas de domingo que había pasado en los bancos de la Hermandad del Tabernáculo de Norwich) y sobre el blastocisto que había unos centímetros por debajo de su ombligo. ¿Consideraban a dicho blastocisto un amado nieto, o al menos un amado hijo de Dios? Samantha sospechaba que no. Por el contrario, intuía que de lo que se trataba allí era de darle algún tipo de «lección» sobre el precio que había de pagar por su pecado, algo parecido a «Darás a luz a tus hijos con dolor». Todo habría sido mucho más sencillo si hubieran accedido a llevarla a la clínica de Ítaca.

Tampoco había formado parte de su plan abandonar el colegio, pero el embarazo tomó la decisión por sí solo. Resultó que Samantha no fue una de las chicas que pudieron continuar, asistir al baile de graduación, lanzar la jabalina en el noveno mes y en general pasar por los cuestionarios, exámenes, deberes y trabajos finales, solo saliendo al pasillo de vez en cuando para vomitar en el lavabo de chicas. No, en el cuarto mes le diagnosticaron tendencia a hipertensión arterial, le ordenaron guardar cama por el bien de la salud de su bebé y la obligaron a renunciar sumariamente a su posición como alumna de décimo curso sin una sola queja de ninguno de sus padres. Y tampoco ninguno de sus profesores movió un dedo para ayudarla a terminar el curso.

Durante los cinco meses inhumanos que quedaban, gestó con incomodidad —sobre todo en horizontal, en la cama de su infancia, una vieja cama con dosel que había sido de su abuelo materno, o de su abuela paterna—, y aceptó a regañadientes la comida que su madre le subía a la habitación. Leyó los libros que había en casa —primero los suyos y después los de su madre, de la librería cristiana de las afueras de Oneonta—, pero Samantha ya notaba una alteración en el *hardware* de su cerebro: las oraciones se plegaban sobre sí mismas, lo que significaba que se desvanecían a medio párrafo, como si el inquilino no solicitado hubiera revuelto incluso aquella parte de su cuerpo. Sus padres habían renunciado a intentar indagar el nombre del fecundador; tal vez hubieran decidido que Samantha no lo sabía. (¿Con cuántos chicos creían que se había acostado? Probablemente con todos.) Su padre ya no le hablaba, aunque Samantha tardó algo de tiempo en darse cuenta de ello, dado que el hombre nunca había sido muy hablador. Su madre continuaba hablando, o mejor dicho chillando, a diario. Samantha no sabía de dónde sacaba la energía para hacerlo.

Pero al menos habría un punto final para todo aquello, ya que aquella cosa, aquel calvario, sería finito. Es decir: acabaría. ¿Y por qué?

No quería ser una madre de dieciséis años más de lo que había querido ser una embarazada de quince y, al menos en eso, se atrevía a pensar que sus padres creían exactamente lo mismo. Por lo tanto, al final darían al bebé en adopción y entonces ella, la huésped gestacional, regresaría al instituto, aunque en compañía de aquellos aburridos compañeros de clase a los que había pasado en sexto curso: un año más lejos de su objetivo de ir a la universidad y alejarse de Earlsville, pero al menos de nuevo encarrilada.

Ah, la ingenuidad de la juventud. ¿O había osado creer que sus padres tal vez reconocerían un día que durante aquellos quince años había convivido con ellos un ser humano sensible, con sus propios planes, prioridades y aspiraciones? Se obcecó en las posibilidades e incluso dio el paso de ponerse en contacto con uno de aquellos «consejeros sobre el aborto» (que en realidad no era un «consejero sobre el aborto», como ella bien sabía) que anunciaban en la contraportada del *Observer-Dispatch*: «¡Un hogar cristiano lleno de amor para tu bebé!». Pero su madre ni siquiera miró el panfleto que le enviaron.

131

El precio que había de pagar por su pecado resultó tener una caducidad de toda la eternidad.

«¡Un momento! —les gritó—. Yo no quiero este bebé y vosotros tampoco. Dejemos que lo tenga alguien que sí lo quiera. ¿Qué problema hay?»

El problema, al parecer, era que Dios quería que fuera así. Él la había puesto a prueba, ella había fallado y, en consecuencia, aquello era lo que se suponía que iba a pasar.

Era enloquecedor, exasperante. Peor: ilógico.

Pero tenía quince años. Así que eso era lo que iba a pasar.

15

¿Por qué habría ella de cambiar de idea?

*A*fortunadamente, la cuenta de Twitter había estado inactiva desde sus inicios, pero de repente, a mediados de diciembre, empezaron los tuits, no con una explosión sino con un gemido al vacío:

@JacobFinchBonner no es el autor de #Cuna.

Jake observó con alivio cómo aquello no captaba en absoluto la atención de la gente, probablemente porque no había nadie con quien interactuar. En las seis semanas que llevaba en la red social, el usuario de Twitter conocido como @TalentosoTom todavía tenía como foto de perfil un huevo, no había biografía y no había revelado de dónde era. Había conseguido atraer solo a dos seguidores, ambos probablemente bots de puntos del Lejano Oriente, pero la falta de público no parecía disuadirlo en absoluto. Durante las semanas siguientes hubo un goteo constante de pequeñas declaraciones cáusticas:

@JacobFinchBonner es un ladrón.
@JacobFinchBonner es un plagiador.

Anna volvió a Seattle para arreglar algunas cosas. Cuando regresó, Jake la llevó a Long Island para el tradicional Hanukkah de los Bonner con los hermanos de su padre y sus hijos. Nunca antes había llevado a un invitado a aquella celebración, y sus primos le dispensaron cierta cantidad de atención irrisoria, pero el salmón asado en plancha con el que Anna contribuyó a la comida fue recibido con una gratitud anonadada.

Técnicamente, ella todavía no se había despedido por completo de su vida anterior —si bien había realquilado el piso del oeste de Seattle y trasladado sus muebles a un guardamuebles—, pero enseguida encontró un trabajo en un estudio de *podcast* en Midtown y otro como productora de un programa de Sirius sobre las industrias tecnológicas. Pese a haberse criado en un pequeño pueblo de Idaho, no tardó nada en coger el ritmo con el que el neoyorquino medio corría por las calles, y a los pocos días de regresar a la ciudad parecía haberse convertido en una gothamita estresada más, constantemente apresurada y con un nivel de referencia de estrés ambiental que probablemente habría alarmado a cualquiera de fuera de los cinco distritos. Pero era feliz. Feliz a más no poder, expresivamente feliz. Comenzaba cada día envolviendo a Jake con su cuerpo y besándole el cuello. Aprendió lo que le gustaba comer y se hizo cargo perfectamente de la tarea de alimentarlos a ambos (un gran alivio, ya que Jake nunca había aprendido a nutrirse adecuadamente). Se zambulló en la vida cultural de la ciudad y arrastró a Jake con ella, y era rara la noche en que estaban en casa y no en una obra de teatro o en un concierto, o husmeando por Flushing en busca de algún puesto de *dumplings* sobre el que había leído.

Es mejor que el editor de @JacobFinchBonner se prepare para reembolsar todos los ejemplares de #Cuna.

Alguien ha de decirle a @Oprah que tiene entre manos a otro autor impostor.

Anna quería un gato. Por lo visto llevaba años queriendo uno. Fueron a la gatera y adoptaron uno desenfadado, todo negro salvo por una única pezuña blanca, que hizo un recorrido rápido por el piso, se apostó junto a una silla en la que a Jake le había gustado leer en su día, y se instaló a largo plazo. (Sería conocido como Whidbey, por Whidbey Island.) Anna quería ver un espectáculo de Broadway; esta vez uno de verdad. Jake consiguió entradas para *Hamilton* a través de un cliente de Matilda que tenía contactos y una suscripción a la compañía Roundabout. Quería hacer recorridos gastronómicos por el Lower East Side, paseos históricos guiados por Tribeca, almuerzos de gospel en Harlem, todas las cosas a las que los neoyorquinos nativos (o al menos «establecidos») tendían a poner mala cara, prefiriendo mantener una ignorancia engreída sobre su ciudad. Anna comenzó a acompañarlo, ya que su propio trabajo se lo permitía, cuando hacía lecturas o charlas (Boston, Montclair, Vassar College), y una vez se quedaron un par de días en Florida tras su participación en la Feria del Libro de Miami.

Comenzó a notar una diferencia básica entre ambos, que consistía en que ella percibía el acercamiento de un desconocido con abierta curiosidad, mientras que él lo hacía con pavor (esto ya le pasaba antes de convertirse en un «escritor famoso» —un oxímoron donde los haya, o eso solía decir a los entrevistadores para transmitir modestia—, y había sido evidente incluso cuando había llevado alrededor un halo de fracaso personal, como un *hula hoop* radioactivo). Empezaron a entrar en sus vidas personas nuevas, y por primera vez en años Jake conversaba con gente que no eran escritores ni pertenecían al mundo editorial, ni siquiera eran ávidos lectores de ficción, y esas conversaciones iban mucho más allá de quién había comprado el libro de quién y por cuánto, qué segunda novela de quién era una decepción de ventas, qué editor estaba fuera tras haber gastado demasiado en un novelista sobrevalorado y qué blogs se habían puesto de qué parte en una acusación de «proposiciones no deseadas» en un congreso de verano para escritores. Resultó que había una impresionante variedad de temas sobre los que conversar más allá del mundo de la escritura: política, cosas que comer, gente interesante y lo que habían hecho en el mundo, y las épocas doradas de la comedia, la televisión, las *food trucks* y el activismo que estaban teniendo lugar a su alrededor, y de las cuales hasta aquel momento solo había sido consciente desde la periferia.

Cuando los amigos escritores de Jake empezaron a ver a Anna una segunda o tercera vez, este se dio cuenta de que la saludaban con calidez, a veces la buscaban con un beso o un abrazo incluso antes de acudir a él. Anna recordaba sus nombres, los nombres de sus parejas, los nombres de sus mascotas (y la especie), sus trabajos y sus quejas sobre sus trabajos, y preguntaba sobre todo, mientras Jake observaba, con una sonrisa tensa, y se preguntaba cómo había averiguado tanto sobre ellos en tan poco tiempo.

Pues porque había preguntado, se le ocurrió ya tarde.

Con la madre y el padre de Jake establecieron un almuerzo mensual en la ciudad, siguiendo la crítica de Adam Platt de un restaurante de *dim sum* situado bajo el puente de Manhattan, que luego

135

se convirtió en su destino habitual. Ahora, con Anna, veía a sus padres más que cuando estaba soltero y teóricamente libre de las trabas que suponían el horario y los compromisos de otra persona. Conforme iban pasando los meses de invierno, la vio forjarse una profunda familiaridad con ambos: el trabajo de su madre en el instituto, las tribulaciones de su padre con un socio de su empresa, la triste saga de los vecinos de enfrente de dos puertas más abajo, cuyos gemelos adolescentes estaban en caída libre y arrastraban al resto de la familia con ellos. Anna quería ir de compras a las ventas de garaje con la madre de Jake (una actividad que él mismo se había esforzado por evitar desde que era niño) cuando llegara el buen tiempo, y compartía la predilección de su padre por Emmylou Harris (ante sus propios ojos ambos buscaron la programación de la gira de la cantante e hicieron planes para verla aquel verano en el Nassau Coliseum). En presencia de Anna, sus padres hablaban más sobre sí mismos, sobre su salud e incluso sobre lo que sentían acerca del éxito de Jake, cosa que nunca habían hecho cuando él estaba solo con ellos, y que le inquietaba por mucho que entendiera que era bueno para todos. Siempre había aceptado el simple hecho de que lo querían, pero era más una posición por defecto que una expresión de preferencia orgánica. Él era su hijo, ergo, y en consecuencia, cuando les dio unos motivos tan inequívocos para estar orgullosos, esa posición se vio comprensiblemente corroborada. Pero Anna, que no era su hija, y que no era una escritora superventas de talla mundial, les gustaba; no: la querían, por sí misma.

136

Un domingo de finales de enero, después de su habitual festín de *dim sum*, su padre lo llevó a un lado en Mott Street y le preguntó cuáles eran sus intenciones.

—¿No es el padre de la chica quien se supone que ha de preguntar eso?

—Bueno, puede que esté preguntando en nombre del padre de Anna.

—Ah. Qué curioso. Bueno, ¿cuáles deberían ser?

Su padre sacudió la cabeza.

—¿Lo dices en serio? Esa chica es fantástica. Es hermosa y amable, y está loca por ti. Si yo fuera su padre, te daría una patada en el trasero.

—¿Quieres decir que la agarre antes de que cambie de idea?

—Bueno, no —dijo su padre—. Más bien, ¿a qué estás esperando? ¿Por qué habría ella de cambiar de idea?

Jake no podía decir por qué, no en voz alta, y por supuesto no a su padre, pero pensaba en ello todos los días mientras @TalentosoTom continuaba arrojando desprecio al vacío. Jake se pasaba las mañanas moviéndose entre sus alertas de Google y torturándose con nuevas combinaciones de palabras que lanzar a Internet: «Evan + Parker + escritor», «Evan + Parker + Bonner», «Cuna + Bonner + ladrón», «Parker + Bonner + plagiar». Era como un obsesivo-compulsivo a merced de sus rituales de limpieza, o incapaz de salir de su piso hasta haber revisado la estufa exactamente veintiuna veces, y cada día tardaba más y más en sentirse suficientemente seguro, y luego suficientemente tranquilo, para trabajar en la nueva novela.

¿Quién cree que está bien que @JacobFinchBonner robe el libro de otro escritor?

¿Por qué @MacmillanBooks sigue vendiendo #Cuna, una novela que su autor le birló a otro escritor?

«¿Que por qué habría ella de cambiar de idea?»

Por esto, claro está.

Desde aquel día en Seattle y sobre todo desde que Anna había cruzado el país para quedarse con él en Nueva York, Jake se había estado preparando para el día en que su novia finalmente mencionara las publicaciones de Twitter, junto con un requerimiento del todo comprensible de saber por qué no le había hablado ya de ellas. Anna no era ninguna ludita, obviamente, ¡trabajaba en los medios de comunicación!, pero, pese a haber establecido sus avanzadillas de Facebook e Instagram como modo de que su hermana y su tía desaparecidas se pusieran en contacto con ella, aquellas dos cuentas se habían anquilosado bastante por la falta de uso. En su perfil de Facebook aparecían unos veinte amigos, un enlace a la página de la clase de Anna de la Universidad de Washington y su respaldo a Rick Larsen en su carrera al Congreso en 2016. La primera y única publicación de la cuenta de Instagram databa de 2015 y en ella aparecía, ay, qué cliché, un pino dibujado en la espuma de un café con leche. Una de sus ocupaciones en el estudio de *podcast* era administrar su cuenta de Instagram y publicar fotografías de los varios anfitriones e invitados que usaban las instalaciones, pero al parecer en su perfil personal no tenía ningún interés en perseguir «me gusta», comparticiones, retuits ni seguidores, y desde luego no estaba controlando los picos y los valles de la reputación de Jake en la red. Anna, estaba claro, prefería el mundo real y la interacción de la vida real cara a cara que tenía lugar en él: comer buena comida, beber buen vino, sudar sobre una esterilla de yoga en una sala llena de cuerpos físicos.

Aun así, siempre existía la incómoda posibilidad de que alguien, sabiendo que vivía con el autor de *Cuna*, pudiera mencionar una acusación o un ataque que hubiera visto en sus redes, o preguntar educadamente cómo lo llevaba Jake, teniendo en cuenta, ya sabes, «lo que estaba sucediendo». Cada día podía ser el día en que la infección de @TalentosoTom cruzara la membrana de su vida real y de su relación real. Cada noche podía ser la noche en que de repente ella dijera: «Eh, cariño, me han enviado un tuit muy extraño sobre ti». Hasta el momento no había ocurrido. Cuando Anna llegaba a casa del trabajo, o se reunía con él para cenar después de yoga, o pasaba el día paseando con él por la ciudad, su charla era sobre todo y sobre nada, pero era lo más relevante que había en la vida de Jake. Aparte de ella, por supuesto.

Cada mañana, cuando Anna se iba a trabajar, él se sentaba en su escritorio, paralizado, y clicaba adelante y atrás de Facebook a Twitter y a Instagram, y cada hora más o menos se buscaba a sí mismo en Google para ver si había salido algo, tomaba la temperatura de su propia alarma para ver si tenía miedo o solamente miedo de tener miedo. Cada repique que anunciaba un nuevo correo electrónico en su bandeja de entrada lo hacía saltar, igual que cada pitido de su alerta de Twitter y la campanilla que sonaba cuando alguien lo etiquetaba en Instagram.

Sé que soy la última persona del mundo en leer #Cuna @JacobFinch-Bonner, pero quiero agradecer a todos por NO DECIRME LO QUE PASA PORQUE HA SIDO EN PLAN: QUÉÉÉÉÉ????!

Recomendado por la madre de Sammy: #Pachenko (info?), #ElTrendelosHuérfanos, #Cuna. ¿Cuál leo primero?

He acabado Cuna de @jacobfinchbonner. Ha sido ahhh. Siguiente: #eljilguero (tío, es demasiado largaaaaaa).

Más de una vez se le pasó por la cabeza contratar a un profesional (o tal vez solo al hijo adolescente de alguien) para tratar de averiguar quién era el propietario de la cuenta de Twitter, o de TalentosoTom@gmail.com, o al menos de qué parte del mundo procedían aquellos mensajes, pero la idea de meter a otra persona en su infierno personal se le hacía imposible. Pensó en rellenar algún tipo de queja en Twitter, pero Twitter había permitido a un presidente sugerir que las senadoras le estaban haciendo mamadas a cambio de su apoyo: ¿realmente creía que la plataforma iba a mover un dedo para ayudarle? Al final del día era incapaz de obligarse a hacer nada de nada: ni directo, ni indirecto ni simplemente evasivo. En cambio, se aislaba una y otra vez en la idea sin fundamento de que, si continuaba ignorando aquel calvario, algún día, de alguna manera, dejaría de ser real y, cuando eso sucediera, él regresaría sin problemas a una versión de su vida en la que nadie —ni sus padres, ni su agente, ni sus editores, ni sus miles y miles de lectores, ni Anna— tenía motivo alguno para sospechar lo que había hecho. Cada mañana se despertaba con una idea totalmente irracional de que todo podía acabar, pero entonces una nueva mota de oscuridad aparecía en la pantalla de su ordenador y se descubría a sí mismo agachado ante una ola espantosa que se acercaba, esperando ahogarse.

139

16

Solo los escritores de más éxito

*E*ntonces, en febrero, Jake se percató de que la biografía de Twitter incluía un nuevo enlace a Facebook. Con una oleada de pavor que ahora ya conocía, clicó en el enlace:

Nombre: Tom Talento.
Trabaja en: La restauración de la justicia en la ficción.
Estudió en: Ripley College.
Vive en: Cualquier ciudad, Estados Unidos.
De: Rutland, Vermont.
Amigos: 0.

Su publicación inaugural era corta, decididamente nada agradable, e iba totalmente al grano:

¿Te sorprendió ese gran giro de *Cuna*? Pues aquí tienes otro: Jacob Finch Bonner le robó la novela a otro escritor.

Y por alguna razón que Jake nunca entendería, aquella fue la publicación que empezó, finalmente, a hacer metástasis.

Al principio, las respuestas fueron silenciosas, desdeñosas, incluso le regañaban:

Pero ¿qué coño...?
Tío, a mí me pareció que estaba sobrevalorada, pero no deberías acusar a nadie de esa manera.
Vaya, ¿celoso, perdedor?

Pero luego, al cabo de un par de días, la alerta de Twitter de Jake recogió un mensaje reenviado en la cuenta de un bloguero literario menor, quien agregó una pregunta propia:

¿Alguien sabe de qué va esto?

Respondieron dieciocho personas. Ninguna de ellas lo sabía. Y durante un par de días Jake fue capaz de mantener la desesperada esperanza de que aquello también pasaría. Luego, el lunes siguiente, le llamó su agente para preguntar si estaría libre aquella semana para celebrar una reunión con el equipo en Macmillan, y notó algo en su voz que le indicó que aquello no tenía que ver con la segunda vuelta de la gira de la edición en rústica, ni siquiera con la nueva novela, que ahora había sido programada para el otoño siguiente.

—¿Qué pasa? —preguntó, aunque ya sabía la respuesta.

Matilda tenía una forma muy característica de dar noticias malísimas, como si fueran una idea interesante que se le acabara de ocurrir.

—Ah, ¿sabes qué? Wendy ha mencionado que el Servicio de Atención al Lector ha recibido un mensaje raro de alguien que dice que no eres el autor de *Cuna*. Lo cual significa que verdaderamente lo has logrado. Solo los escritores de más éxito atraen a los pirados.

Jake fue incapaz de emitir ni un sonido. Miró el teléfono; estaba ante él, sobre la mesita del café, con el altavoz encendido. Por fin, consiguió emitir un estrangulado:

—¿Qué?

—Uy, no te preocupes. A todo el que consigue algo le llega esto. ¿Stephen King? ¿J. K. Rowling? ¡Incluso Ian McEwan! Una vez, un chalado acusó a Joyce Carol Oates de hacer volar un zepelín sobre su casa para fotografiar lo que estaba escribiendo en su ordenador.

—Eso es de locos. —Respiró hondo—. Pero… ¿qué decía el mensaje?

—Ah, algo muy específico como que tu historia no te pertenece. Solo quieren traer al departamento legal para hablar un poco del tema. Para ponernos de acuerdo.

Jake volvió a asentir.

—Vale, genial.

—¿Te va bien mañana a las diez?

—Vale.

141

Necesitó todas las fibras de su voluntad para no repetir inmediatamente su cuarentena del otoño anterior: teléfono desconectado, posición fetal, magdalenas y Jameson. Pero esta vez sabía que pronto tendría que presentarse en condiciones cuasirresponsables, y eso impedía la caída libre, o al menos la caída libre irreversible. A la mañana siguiente, cuando se encontró con Matilda en el vestíbulo de su venerable editorial, todavía se notaba alterado: atontado y maloliente, a pesar de haberse obligado a meterse en la ducha tan solo una hora antes. Subieron juntos en el ascensor a la decimocuarta planta y Jake, mientras seguían a la ayudante de su editora por el pasillo, no pudo evitar pensar en sus visitas anteriores a aquellas oficinas: para una celebración después de la subasta, para las intensas (¡pero aun así emocionantes!) sesiones editoriales, para el alucinante primer encuentro con los equipos de relaciones públicas y *marketing*, en el que había entendido por primera vez que *Cuna* iba a recibir todas las partículas del polvo mágico de las hadas de la publicación que les habían sido negadas a sus libros anteriores. Las visitas posteriores a aquella sede habían sido para celebrar otros hitos asombrosos: los primeros cien mil vendidos, la primera semana en la lista de superventas de *The New York Times*, la elección de Oprah. Todo bueno. Unas veces solo tranquilizadoramente bueno, otras tan bueno que te cambiaba la vida, pero siempre bueno. Hasta aquel día.

Lo de aquel día no era bueno.

Se sentaron en una de las salas de conferencias con la editora y el publicista de Jake y con el abogado interno, un hombre llamado Alessandro que anunció que acababa de llegar del gimnasio, algo que a Jake, absurdamente, le pareció una señal esperanzadora. Alessandro estaba completamente calvo y los fluorescentes del techo le hacían brillar la coronilla. A menos que... Jake se fijó mejor: ¿era sudor? No, no era sudor. El único que sudaba allí era él.

—Bueno, cariño —empezó Matilda—, como te dije, y lo digo en serio, no es para nada extraño que un trol te acuse de algo desagradable. Incluso a Stephen King le han acusado de plagio, ¿sabes?

Y a J. K. Rowling. Y a Joyce Carol Oates. Lo sabía.

—Y te habrás dado cuenta de que este tipo es anónimo.

—No me he dado cuenta —mintió Jake—, porque he intentado no pensar en ello.

—Bien, eso es bueno —dijo Wendy, su editora—. Queremos que pienses en el nuevo libro, no en esta ridiculez.

—Pero lo hemos hablado —dijo Matilda—, Wendy y yo, y el equipo, y hemos pensado que podría ser el momento de traer al señor Guarise...

—Alessandro, por favor —dijo el abogado.

—Para que nos acompañe en el proceso. Para ver si deberíamos dar algunos pasos.

Alessandro estaba repartiendo una hoja de cálculo, y Jake, para su horror total y absoluto, vio que se trataba de una exposición muy completa de las actividades en Internet de TalentosoTom hasta entonces: cada tuit y cada publicación de Facebook cuidadosamente fechados y espantosamente reproducidos, mostrados en orden de aparición.

—¿Qué estoy mirando? —preguntó Matilda, observando la página.

—Le he pedido a uno de mis pasantes que investigara un poco sobre este tipo. Lleva activo, al menos a pequeña escala, desde noviembre.

—¿Estabas al tanto de algo de esto? —preguntó Wendy.

Jake notó una oleada de malestar. Estaba claro que estaba a punto de contar la primera falsedad descarada de la reunión. Era inevitable y necesario, pero también insoportable.

—Ni idea.

—Bueno, menos mal.

La ayudante asomó la cabeza por la puerta y preguntó si alguien quería algo. Matilda pidió agua. Jake no se veía capaz de meterse garganta abajo ni siquiera agua sin derramarla por todas partes.

—Bien, escucha —dijo Wendy—. Sé que me perdonarás por preguntarlo, pero es el punto de partida y necesitamos oírtelo decir. En lo que respecta a esta mierda, y entiendo que lo que está diciendo es del todo vago e inespecífico, ¿tienes alguna idea de qué está hablando este idiota?

Jake los miró. Tenía la boca seca como el papel de lija. Deseó haber pedido el agua.

—Eh..., no. O sea, como has dicho... ¿Qué dice? ¿Que soy un ladrón? ¿De qué?

—Bueno, justamente —dijo Matilda.

—Utiliza la palabra «plagiador» en algunas publicaciones —dijo Alessandro amablemente.

—Sí, eso me encanta —dijo Jake con amargura.

—Pero *Cuna* no es un plagio —dijo Matilda.

143

—¡No! —casi gritó Jake—. Escribí cada palabra de *Cuna* yo mismo. En un portátil agonizante en Cobleskill, Nueva York. Invierno, primavera y verano de 2016.

—Bien. Y no es que haya de llegar el caso, pero supongo que tienes borradores, notas y cosas por el estilo...

—Sí —dijo Jake, pero temblaba al decirlo.

—Me sorprende el hecho de que se refiera a sí mismo como «TalentosoTom» —dijo Wendy—. ¿Deberíamos inferir que es escritor?

—Uno talentoso —dijo Matilda, derrochando sarcasmo.

—Cuando lo leí —dijo el publicista, que se llamaba Roland—, pensé automáticamente..., bueno, en Ripley.

Jake, pillado desprevenido, notó que le subía el calor a la cara.

—¿Quién es ese? —preguntó el abogado.

—Tom Ripley. De *El talento de Mr. Ripley.* ¿Conoces el libro?

—Vi la película —dijo Alessandro, y Jake, lentamente, dejó escapar un suspiro. Aparentemente, nadie en la habitación parecía asociar «Ripley» con un máster en Bellas Artes de tercera donde él había dado clases durante un par de años.

144

—A mí me parece un poco espeluznante, la verdad —continuó Roland—. Incluso mientras te llama plagiador, dice: «Soy capaz de hacer cosas mucho peores que esa».

—Bueno, pero solo dice plagiador a veces —dijo Wendy—. Otras te acusa de haber robado solo la historia. «La historia no te pertenece.» ¿Qué significa eso?

—La gente no es consciente de que no se pueden proteger los derechos de autor de una trama —dijo Alessandro finalmente—. Ni siquiera se pueden proteger los derechos de autor de un título, y eso sería mucho más fácil de argumentar.

—Si se pudieran proteger los derechos de autor de una trama, no habría novelas —dijo Wendy—. Imagina que una sola persona poseyera los derechos de «Chico conoce a chica, chico pierde a chica, chico consigue a chica». O de «Héroe criado en la oscuridad descubre que es increíblemente importante para una lucha épica por el poder». A ver, ¡es absurdo!

—Bueno, para ser justos, esta es una trama muy característica. Creo que tú misma, Wendy, dijiste que nunca te habías encontrado con nada igual, ya no solo en obras que te propusieran, sino tampoco en tu propia experiencia como lectora.

Wendy asintió.

—Eso es cierto.

—¿Y tú, Jake?

Otra respiración mareada, otra mentira.

—No. Nunca me lo he encontrado en nada que haya leído.

—¡Y me parece que lo recordarías! —dijo Matilda—. Si en algún momento hubiera entrado en mi despacho un manuscrito con esta trama, yo habría respondido como lo hice cuando Jake nos envió el suyo. Pero, aunque no hubiera sido yo la agente a la que el escritor hubiera elegido enviárselo, cualquier agente se habría entusiasmado con un libro con esa trama. Y al final yo habría acabado oyendo hablar de él igual que el resto de nosotros, lo que solo puede significar que ese libro no existe.

—Quizás no esté escrito —se oyó decir Jake.

Los demás lo miraron.

—¿Qué quieres decir? —preguntó Alessandro.

—Bueno, supongo que es posible que algún escritor haya tenido la misma idea para una novela, pero que no la haya llegado a escribir.

—Oh, ¡qué pena! —exclamó Matilda, levantando las manos—. ¿Vamos a dar crédito a todos los de ahí fuera que tengan una idea para una novela y no se hayan decidido a escribirla? ¿Sabéis cuánta gente viene y me dice que tiene una gran trama para una novela?

—Me hago una idea —dijo Wendy con un suspiro.

—¿Y sabéis lo que les digo? Les digo: «¡Estupendo! Cuando la hayas escrito, me la envías a la oficina». Y adivinad cuántos de ellos lo han hecho.

«Voy con cero», pensó Jake.

—¡Ni uno! ¡En los casi veinte años que llevo como agente! Así que pongamos que ahí fuera hubiera alguien a quien se le hubiera ocurrido la misma trama. ¡Por suponer! Solo que no se decidió a escribir realmente su maldita novela, ¡y ahora está molesto porque otra persona, un verdadero escritor, sí lo ha hecho! Y probablemente mucho mejor de lo que jamás podría haberlo hecho él. Pues, la vida es dura. La próxima vez ponte manos a la obra.

—Matilda. —Wendy suspiró de nuevo. (A pesar de la frustración del momento, eran viejas amigas.)—. Estoy completamente de acuerdo. Por eso estamos aquí, para proteger a Jake.

—Pero no podemos evitar que la gente diga chorradas en Internet

145

—dijo Jake con valentía—. Si se pudiera, Internet no existiría. ¿No deberíamos ignorarlo sin más?

El abogado se encogió de hombros.

—Hasta ahora lo hemos ignorado, y el tipo no parece que vaya a detenerse. Quizás no ignorarlo funcione mejor.

—Bueno, ¿y cómo se hace eso? —preguntó Jake. Le salió en un tono un poco áspero, como si estuviera enfadado. ¡Por supuesto que estaba enfadado!—. Es decir, no queremos azuzar al oso, ¿verdad?

—Si es que es un oso. Francamente, muchas veces esos tipos, más que osos, son ciervos delante de los faros: les iluminas un poco y salen huyendo. Un fracasado puede envalentonarse por estar detrás del teclado, pero si afirma o insinúa una exposición de hechos cuya falsedad sea demostrable, no una simple opinión, entonces es difamación. No quieren que se publique su nombre y sin duda no quieren que les demanden. No volvemos a tener noticias suyas.

Jake notó un leve latido de esperanza.

—¿Cómo lo haríais?

—Escribiríamos algo que sonara oficial en los comentarios. Difamación, violación de la intimidad, descripción engañosa… Todo ello bases viables para una demanda judicial. Al mismo tiempo, contactamos con las páginas webs anfitrionas y los servicios proveedores de Internet y les pedimos que eliminen las publicaciones voluntariamente.

—¿Y lo harán? —preguntó Jake con impaciencia.

Alessandro negó con la cabeza.

—Por lo general, no. La Ley de Decencia en las Telecomunicaciones de 1996 dice que no se les puede responsabilizar por difamaciones realizadas por terceros. Técnicamente se los considera portadores de la libertad de expresión de otras personas, por lo que están a salvo. Pero todos tienen estándares de contenido y ninguno quiere ir a la quiebra defendiendo a un pobre diablo anónimo que probablemente no pague ni un centavo por sus servicios, así que a veces tenemos suerte y la cosa queda ahí. Nos gusta tener al anfitrión de nuestro lado si podemos porque, aunque consigamos que eliminen las publicaciones, querremos limpiar los metadatos. Ahora mismo, si buscas en Google «Jacob Finch Bonner» más la palabra «ladrón», esto aparece en los primeros resultados. Si buscas en Google el nombre de Jake y «plagio», lo mismo. Las técnicas de optimización de motores de búsqueda pueden mitigar algo de eso, pero es mucho más fácil si el anfitrión nos ayuda.

—Pero espera —dijo Roland, el publicista—. ¿Cómo puedes sugerir siquiera que le vas a demandar si no sabes quién es?

—Presentamos una demanda contra Fulano de Tal. Eso nos da poder de citación. También podemos servirnos de los proveedores de Internet para intentar obtener la información de registro del tipo o, mejor aún, su dirección IP. Si es un ordenador compartido, como una biblioteca, no estaremos de suerte, pero aun así puede ser información útil. Si esto viene de la quinta hostia, tal vez resulte que Jake conoce a alguien que vive en la quinta hostia. Tal vez le robaste la novia en la universidad o algo.

Jake intentó asentir. En su vida le había robado la novia a nadie.

—Y si es un ordenador de trabajo, será la mejor noticia de todas, porque entonces podemos modificar la queja no solo para añadir el nombre de la persona, sino también el nombre de su jefe, y esa es la palanca más potente. Ese tío es lo bastante valiente cuando nadie sabe que es él, pero si cree que vamos a demandar a sus jefes, podéis estar seguros de que cerrará la boca y se largará.

—¡Desde luego yo lo haría! —dijo Roland alegremente.

—Bueno, eso es... alentador —dijo Matilda—. Porque no sería justo que Jake tuviera que lidiar con esto. Ninguno de nosotros, pero especialmente Jake. Y sé que esto le ha tenido preocupado. No ha dicho nada, pero yo lo sé.

Por un momento, Jake pensó que se iba a poner a llorar. Sacudió la cabeza rápidamente, como si estuviera en desacuerdo, aunque dudó que le creyeran.

—¡Ay, no! —dijo Wendy—. ¡Estamos en ello, Jake!

—Bien —dijo el abogado—. Voy a ponerme con lo mío. Ese sonido que estáis a punto de oír es un ciervo delante de los faros que huye hacia el bosque.

—Vale —dijo Jake con un entusiasmo descaradamente falso.

—Cariño —dijo su agente—, como he dicho, es patético, pero es cuestión de honor. Cualquiera que logre algo en esta vida tiene a alguien ahí fuera que se muere por hacerle caer. No has hecho absolutamente nada malo. No debes pensar en esto como en tu problema.

Pero sí que lo había hecho. Y sí que lo era. Ahí estaba lo malo.

147

CUNA

de Jacob Finch Bonner

Macmillan, Nueva York, 2017, páginas 43-44

x

*E*l padre de Samantha la llevó en coche hasta la puerta principal del hospital. La madre la acompañó hasta el vestíbulo, pero se negó a ir más allá. Era todo como en un episodio de *ABC After-School Special*, salvo por la cantidad ingente de dolor físico que la joven estaba experimentando. Esperaba que le dieran calmantes, pero la forma en que las enfermeras en particular parecían atender su parto tenía un aspecto claramente punitivo. Al final no consiguió que le pusieran nada hasta que alguien le dijo que ya era demasiado tarde, momento en el que tampoco le dieron nada. Para empeorar las cosas, y empeorarlas difícilmente era lo que necesitaba, la madre de uno de sus compañeros de clase estaba de parto al mismo tiempo, lo que significaba que el chaval, un luchador con acné rabioso, estaba allí mismo, entrando y saliendo de la habitación de su madre, paseando por el pasillo y fisgoneando con fascinación en dirección a Samantha cada vez que pasaba por su puerta abierta.

Fue un día largo e interesante, enfatizado por las humillaciones, la agonía y las atenciones nuevas y fascinantes de las trabajadoras sociales del hospital, que parecían especialmente interesadas en cómo rellenaría el apartado de los formularios relativo al padre de la criatura.

—¿Puedo poner Bill Clinton? —preguntó entre contracciones.

—No si no es verdad —dijo la mujer, que ni siquiera sonrió. No era de Earlville. Parecía de una zona adinerada. Cooperstown, quizás.

—Y piensas quedarte en la residencia familiar cuando nazca la criatura.

Era una afirmación. ¿Podía ser una pregunta?

—¿Tengo que hacerlo? Es decir, ¿podría marcharme?

La mujer soltó el portapapeles.

—¿Puedo preguntar por qué querrías marcharte de tu residencia familiar?

—Es solo que mis padres no apoyan mis objetivos.

—¿Y cuáles son tus objetivos?

«Entregar este bebé a alguien y acabar el instituto.» Pero no lo dijo, porque la siguiente contracción la golpeó como una roca, luego empezó a pitar algo en el monitor y entraron dos enfermeras, y después de eso ya no recordaba mucho. Cuando dejó de dolerle se estaba despertando en mitad de la noche, y junto a su cama había algo que parecía un acuario portátil, dentro del cual había una criatura roja y arrugada que estaba llorando. Por lo visto era su hija, Maria.

149

17

Un lamentable efecto secundario del éxito

$\mathcal{A}$proximadamente una semana después de su reunión, los abogados que representaban a la editorial de Jake insertaron el siguiente aviso en la sección de comentarios, después de varias de las apariciones conocidas de TalentosoTom:

A la persona que publica aquí y en otros lugares como TalentosoTom:

Soy un abogado que representa los intereses de Macmillan Publishing y de su autor, Jacob Finch Bonner. La propagación maliciosa por su parte de información inexacta y de la sugerencia infundada de malas acciones por parte del autor son indeseables. Según las leyes del estado de Nueva York, es ilegal hacer afirmaciones deliberadas con la intención de dañar la reputación de una persona sin tener pruebas objetivas. Sirva el presente aviso como solicitud previa a demanda de que cese y desista inmediatamente de todos los ataques verbales en todas las plataformas de redes sociales, páginas web y toda forma de comunicación. De no hacerlo, dará lugar a una demanda contra usted, contra esta plataforma de redes sociales o página web y contra cualquier parte responsable relacionada o implicada. Hemos contactado por separado con los representantes de esta plataforma de redes sociales.

Atentamente, D. Alessandro F. Guarise

Durante unos días hubo un bendito silencio, y el temido rastreo diario de su alerta de Google para Jacob + Finch + Bonner no produjo nada más que críticas de lectores, chismes sobre el reparto de la película de Spielberg y un «avistamiento» de sí mismo hecho por la revista *Page Six* en una recaudación de fondos de PEN, donde encajaba la mano a un periodista de Uzbekistán exiliado.

Luego, un jueves por la mañana, todo se fue a la mierda: TalentosoTom publicó un comunicado propio, que envió, de nuevo por correo electrónico, al Servicio de Atención al Lector de Macmillan, pero que también publicó en Twitter, Facebook e incluso en una nueva cuenta de Instagram, acompañado de un montón de etiquetas útiles para atraer la atención de los blogs literarios, los órganos reguladores del sector y los reporteros específicos de *The New York Times* y *The Wall Street Journal* que cubrían el mundo editorial:

> Lamento informar a los muchos lectores de Jacob Finch Bonner, el «autor» de la novela *Cuna*, que no es el legítimo propietario de la historia que escribió. Bonner no debería ser recompensado por su robo. Es una vergüenza y merece denuncia y reprobación.

Hasta aquí la teoría del ciervo delante de los faros.

Y el día fue avanzando. Fue un día horrible.

En cuestión de un momento, el formulario de contacto de su página web de autor le empezó a reenviar peticiones de comentarios de media docena de blogs literarios, una petición de entrevista de *The Rumpus*, y un envío desagradable aunque ilógico de alguien llamado Joe: Sabía que tu libro era una mierda. Ahora sé por qué. *The Millions* tuiteó algo sobre él a media tarde y *Page-Turner* le pisaba los talones.

Matilda, por ejemplo, se mantenía optimista, o eso se esforzaba por transmitir. Todo aquello era un lamentable efecto secundario del éxito, volvió a decir, y el mundo, el mundo de los escritores en concreto, estaba lleno de gente amargada que creía que alguien le debía algo. La lógica de aquello era algo como:

Si podías escribir una oración, merecías considerarte escritor.

Si tenías una «idea» para una «novela», merecías considerarte novelista.

Si realmente acababas un manuscrito, merecías que alguien te lo publicara.

Si alguien te lo publicaba, merecías que te enviaran a una gira por veinte ciudades y que tu libro apareciera en anuncios a toda página en el suplemento literario de The New York Times.

Y si, en cualquier punto de esta escala de derechos, una de las cosas arriba mencionadas que merecías no se materializaba, la culpa de ello debía recaer en cualquier punto en el que te hubieran obstaculizado injustamente:

Tu vida diaria, por no darte la oportunidad de escribir.

Los escritores «profesionales» o ya «consolidados», que habían llegado allí más rápido gracias a ventajas sin especificar.

Los agentes y editores, que solo podían proteger la reputación de los autores que ya tenían y sacarle brillo manteniendo fuera a los nuevos autores.

Todo el complejo de la industria editorial, que (siguiendo algún algoritmo malvado de los beneficios) se obstinaba en unos cuantos autores-marca y silenciaba de manera efectiva a todos los demás.

—En resumen —dijo Matilda y, al no dársele bien lo de tranquilizar al personal, sus palabras sonaron tensas y falsas—, no te preocupes por esto, por favor. Además, vas a recibir muchísima simpatía de tus compañeros y de personas cuya opinión te importa de verdad. Tú espera.

Jake esperó. Por supuesto, Matilda tenía razón.

152

Recibió un correo electrónico de ánimo de Wendy y otro de su contacto en la oficina de Steven Spielberg en la Costa Oeste, y otros más de algunos de los escritores con los que en su día había salido en Nueva York (los que habían logrado entrar en el famoso máster en Bellas Artes antes que él). Tuvo noticias de Bruce O'Reilly, de Maine (Tío, ¿qué chorradas dice ese imbécil?), y de varios clientes a quienes había dado clases privadas. Tuvo noticias de Alice Logan, de Hopkins, quien amablemente enumeró una serie de escándalos por plagio en el campo de la poesía y mencionó que ella y su nuevo esposo estaban esperando un hijo. Tuvo noticias de sus padres, que estaban ofendidos en su nombre, y de varios de sus compañeros de clase del máster en Bellas Artes, uno de los cuales contraatacó con su propia acosadora: Decidió que mi segunda novela era un libro de códigos sobre nuestra relación. Que no existía, dicho sea de paso. No te preocupes, se acaban yendo.

Hacia las cuatro de la tarde tuvo noticias de Martin Purcell, de Vermont.

Alguien lo ha publicado en nuestro grupo de Facebook de Ripley —le escribió en un correo electrónico—. ¿Tienes idea de quién está diciendo estas cosas?

«¿Quizás tú?», pensó Jake. Pero naturalmente no lo dijo.

CUNA

de Jacob Finch Bonner

Macmillan, Nueva York, 2017, páginas 71-73

Casi exactamente dos años después, el padre de Samantha sufrió un colapso en el aparcamiento de la oficina central de mantenimiento de la Universidad Colgate y murió antes de que llegara la ambulancia. Tras esto, el mayor cambio en la vida de Samantha fue un declive abrupto en la seguridad económica y el hecho de que su madre empezó a obsesionarse con una mujer con la que su padre se había acostado, al parecer durante años. (El motivo por el que había esperado a que su marido estuviera muerto para revelar todo aquello no tenía sentido, al menos no para Samantha. Ahora ya era demasiado tarde para hacer nada al respecto, ¿no?) Por otro lado, Samantha se quedó con el coche de su difunto padre, un Subaru. Eso fue de gran ayuda.

Para entonces, su hija Maria hacía todo lo normal para su edad, como caminar y hablar, y una o dos cosas que Samantha no consideraba normales, como decir el nombre de las letras dondequiera que fuera y fingir no oírla a ella cuando hablaba. Desde sus primeros días de vida había sido una niña descontenta, fanfarrona, que rechazaba a la gente (sobre todo a Samantha, pero también a sus dos abuelos y al pediatra). A su debido tiempo, empezó en la guardería como una niña arisca que se sentaba en un rincón rodeada de libros y se negaba a jugar en paralelo (no hablemos ya de juegos cooperativos), que interrumpía a la maestra con comentarios cuando llegaba la hora del cuento, que se negaba a comer nada que no fuera gelatina y queso crema en las rebanadas de los extremos del pan de molde de supermercado.

Para entonces, todos los excompañeros de décimo curso de Samantha habían salido del gimnasio decorado con papel crepé graduados y con sus diplomas enrollados en la mano, y se habían dispersado: unos cuantos a la universidad, otros a trabajar, los demás al viento. Si se encontraba con alguno de ellos en el supermercado o en el desfile del Cuatro de Julio por la ruta 20, sentía una oleada de furia tal que le subía hasta la boca y le quemaba la lengua, y tenía que apretar los dientes cuando entablaba una conversación cortés. Un año después de que aquellos compañeros de clase continuaran su camino, sus compañeros de clase originales, los que ella había saltado en sexto, también se graduaron, y toda aquella ira pareció irse con ellos. Lo que quedó después de eso fue una especie de ligera decepción, y a medida que fueron pasando los años perdió incluso la facultad de recordar por qué estaba decepcionada. Su propia madre estaba en casa cada vez menos; Dan Weybridge, en la bondad de su corazón o tal vez por algún sentido enconado de responsabilidad paterna, le había aumentado las horas en la residencia de estudiantes «¡Propiedad de la misma familia desde hacía tres generaciones!», y ella se había unido también a un grupo de su iglesia que viajaba a clínicas de salud de la mujer para atosigar a las pacientes y al personal. Samantha pasaba la mayor parte de su tiempo con la única compañía de su hija, y el cuidado de un bebé, después de una criatura que gatea, después de una criatura pequeña se expandió hasta llenar cada rincón, cada momento de sus días. Atendía a Maria como una autómata: le daba de comer, la bañaba, la vestía y la desnudaba, y perdía terreno a cada día que pasaba.

18

Las mentiras de otro día

$\mathcal{H}$abía días en que conseguía trabajar una hora o dos en la novela nueva, pero muchos más en los que no. Por lo general, después de que Anna se marchara de casa por la mañana, Jake se quedaba en el nuevo sofá cubierto con un kilim que Anna había elegido para reemplazar a su andrajoso predecesor, pivotando entre el teléfono (Twitter, Instagram) y el portátil (Google, Facebook), comprobando y volviendo a comprobar si había nuevas publicaciones y rastreando los malévolos rebotes de los mensajes que ya había visto, atrapado, torturado, del todo incapaz de encontrar la salida.

Cuando el grupo de Macmillan volvió a reunirse al cabo de un par de semanas, esta vez por conferencia telefónica, había cierta inquietud por la respuesta que TalentosoTom había tenido ante el cese y desista, así como una escasez general de otras ideas que probar. Por otro lado, el publicista Roland informó de que parecía que las páginas web y los blogs literarios habían dejado de hacer caso a la historia, principalmente porque sin ningún detalle no tenían mucho que escribir, y también porque, francamente, el anunciante anónimo parecía el tipo de persona que sale de la nada cuando alguien escribe un superventas tremendo. (Las circunstancias de Jake también recibieron la ayuda de una guerra maravillosamente oportuna entre un matrimonio de escritores de novelas de Williamsburg que se había separado, cuyos libros —el primero de ella, el tercero de él— se habían publicado con pocas semanas de diferencia, y juntos formaban una acusación mutuamente punitiva de su fracasado matrimonio, aunque con malvados diferentes.)

—Desde luego desearía haber obtenido mejores resultados —dijo el abogado—, pero siempre existe la posibilidad de que este fuera su último adiós. Ahora sabe que le vigilan. Antes no tenía que ir con tanto cuidado. Puede que decida que no vale la pena.

—Estoy convencida de que así será —dijo Wendy. A Jake le dio la sensación de que se esforzaba por parecer optimista—. Y, de todos modos, está a punto de salir un nuevo libro de Jacob Finch Bonner. Entonces, ¿qué hará ese cabronazo? ¿Acusar a Jake de robar todos los libros que escriba? Lo mejor para todo este disparate es poner en producción la nueva novela lo antes posible.

Todos estuvieron de acuerdo en eso, y nadie más que Jake, que no había sido capaz de escribir una palabra desde que se había materializado *online* lo que en privado él había considerado como el mensaje de «lamento informarle». Pero tras colgar el teléfono se recompuso. Aquella gente estaba de su lado. Aunque hubieran conocido la historia completa de dónde había salido *Cuna*, ¡probablemente seguirían estando de su lado! Después de todo, la gente que trabajaba con escritores era plenamente consciente de las formas innumerables, y con frecuencia estrafalarias, en que una obra de ficción podía arraigar en la imaginación de un autor: fragmentos de conversaciones oídas, partes de la mitología adaptadas, confesiones de Craigslist, rumores oídos en la reunión del instituto. Tal vez los consumidores de ahí fuera pensaran que las novelas aparecían tras una visita de la musa, quizás esas mismas personas creyeran que los bebés aparecían tras una visita de la cigüeña, ¿y qué? Los escritores, los editores, la gente que lo pensaba durante más de un nanosegundo entendía cómo empezaban realmente los libros, y al final esa era la única gente que le importaba de verdad. ¡Basta! Era hora de reducir el ruido y acabar su borrador.

Y, para su propia sorpresa, de hecho consiguió hacerlo.

Menos de un mes después, apretó el botón de «Enviar» para remitir un buen primer borrador de su nueva novela.

Una semana después de eso, tan solo con solicitudes de revisiones menores, Wendy lo aceptó formalmente.

El nuevo libro trataba de un fiscal que en una ocasión, en un momento vulnerable al principio de su carrera, había aceptado un soborno para sabotear uno de sus propios casos, un asunto en apariencia insignificante en el que había involucrados un control de tráfico y una botella abierta de rosado de la que se estaba disfrutando en el asiento trasero. Sin embargo, esa pequeña decisión vuelve para afligir al personaje en sus éxitos posteriores y su satisfacción consigo mismo, y conlleva un daño inesperado para él y su familia. La novela carecía del giro de trama de *Cuna*, pero tenía una serie de correcciones de rumbo que habían mantenido a Wendy y a su equipo de Macmillan haciendo suposiciones, y aunque Jake sabía que aquel trabajo no podría repetir el fenómeno que había sido *Cuna* (era revelador que nadie, ni Wendy ni sus subordinados, hubiera sugerido que fuera a hacerlo), el libro no dejaba de parecer una continuación viable. Wendy estaba contenta con él. Matilda estaba contenta porque Wendy lo estaba. Y ambas estaban contentas con Jake.

Jake no estaba contento consigo mismo, claro está, pero eso había sido una constante en su vida, siempre, no solo durante los largos años de fracasos profesionales, sino durante los dos últimos años de éxito vertiginoso, en los que simplemente había cambiado una forma de temor y autocastigo por otra. Cada mañana se despertaba ante la presencia cálida y táctil de Anna, y luego, casi al instante, ante aquella otra presencia: espectral y no deseada, que le recordaba que quizás aquel día hubiera un nuevo mensaje, perfectamente capaz de destruir todo su mundo. Luego, durante las horas que seguían, esperaba a que sucediera aquello tan espantoso, lo que le obligara a explicarse ante Anna, ante Matilda, ante Wendy, a sentarse en el lugar designado a James Frey en el sofá de Oprah Winfrey, a «abogar por Steven Spielberg, por favor», a rescindir su puesto en la Junta Asesora de Escritores de PEN, a bajar la cabeza mientras caminaba por la calle, desesperado por que no le reconocieran. Cada noche se hundía en el agotamiento del subterfugio: las mentiras de otro día se enrollaban a su alrededor y lo arrastraban hacia el insomnio.

—Me pregunto —le dijo Anna una noche del mes de mayo— si estás…, bueno…, si estás bien.

—¿Cómo? Claro que estoy bien.

Era preocupante llamar la atención aquella noche en concreto, el día en que se cumplían seis meses de la llegada de Anna a Nueva York. Habían vuelto al restaurante brasileño al que la había llevado aquella primera noche y les acababan de traer las caipiriñas.

—Bueno, estás preocupado, eso está claro. Cuando llego a casa por la noche, me da la sensación de que estás haciendo un esfuerzo.

—Hacer un esfuerzo no es necesariamente malo —dijo Jake, optando por un tono ligero.

—Quiero decir un esfuerzo por alegrarte de verme.

Empezó a alarmarse un poco.

—Vaya. Pues te equivocas. Siempre me alegro de verte. Es solo, bueno, que estoy un poco hasta el cuello. Wendy me ha pedido unas revisiones, creo que ya te lo dije. —Eso no era falso, por supuesto, pero se trataba de unas revisiones menores que no le llevarían más de un par de semanas.

—A lo mejor te puedo ayudar.

Jake la miró. Parecía hablar en serio.

—Camino por una senda solitaria —dijo, tratando todavía de hacer broma sobre el tema—. A ver, no solo yo: todos los escritores.

—Si todos los escritores camináis por la misma senda solitaria, tan solitaria no será.

Ahora era imposible no escuchar la reprimenda. Anna nunca había sido el tipo de persona que aporreara la puerta y exigiera acceso a sus pensamientos y preocupaciones. De hecho, desde el momento en que se habían conocido le había ofrecido silenciosamente muchas de las cosas que él ya sabía que le faltaban —compañerismo, afecto, muebles de más categoría y una dieta mucho mejor—, sin hacerle ni una sola vez aquella pregunta fatal y desmoralizadora: «¿Qué estás pensando?». Ahora, sin embargo, incluso Anna parecía estar llegando a los límites de su buena voluntad.

O tal vez hubiera puesto por fin el nombre de Jake en un motor de búsqueda durante algún momento ocioso en el trabajo o hubiera ido a tomar un café después de yoga con alguna conocida que le hubiera dicho: «Oye, ¿tú no vives con Jacob Finch Bonner? Qué rollo lo que le están haciendo».

Hasta entonces todavía no había sucedido, pero cuando finalmente sucediera, porque tenía que suceder en algún momento, ¿aceptaría Anna alguna de las versiones consoladoras de Matilda («sí, soy yo: ¡acusado de plagio! Supongo que ahora sí que he llegado a lo más alto») o alguna excusa incómoda de que le había querido evitar el trauma de pasar por aquello?

Lo pensó: no, no las aceptaría. Y entonces vería realmente quién era, no solo una persona que había sido acusada de algo horrible, sino que le había ocultado la acusación. Durante todo el tiempo que había durado su relación. Y eso sería todo: Anna, aquella mujer hermosa y cariñosa, regresaría al extremo más lejano del continente, y allí se quedaría.

Así que continuaría sin contárselo y justificando no contárselo: ¿cómo iba a entenderlo? No era lo mismo que si ella fuera escritora.

—Tienes razón —le dijo Jake—. Debería intentar no ser tan «artista». Es solo que ahora mismo me siento un poco...

—Sí. Ya lo has dicho. Hasta el cuello.

—Significa...

—Ya sé lo que significa.

Llegó el camarero con la *fraldinha* de Jake y los mejillones de Anna. Cuando se hubo ido, ella prosiguió:

—Lo que yo digo es que, sea lo que sea eso que te está haciendo estar tan hasta el cuello, podrías plantearte compartirlo conmigo.

Jake frunció el ceño. La respuesta, por supuesto, era: «Ni de puta coña». Pero había varios motivos buenísimos para no decir eso.

Levantó su copa con la esperanza de reconducir la situación hacia un camino más de aniversario.

—Me gustaría darte las gracias.

—¿Por qué? —preguntó ella, algo recelosa.

—Ya sabes. Por dejarlo todo y mudarte a Nueva York. Por ser tan valiente.

—Bueno —dijo ella—, tuve un presentimiento bastante bueno desde el principio.

—Mientras te fijabas en mí en el Seattle Arts and Lectures —bromeó él—. Organizándolo todo taimadamente para que fuera a tu emisora de radio.

—¿Desearías que no lo hubiera hecho?

—¡No! Es solo que me cuesta aceptar la idea de que yo mereciera tanto esfuerzo.

—Bueno —dijo Anna, sonriendo—, lo merecías. Es más, lo mereces. Aunque «camines por una senda solitaria».

—Sé que a veces puedo ser un poco deprimente.

—No se trata de que seas deprimente. Se trata de que no estés deprimido. Puedo cuidar de mis propios estados de ánimo, pero llevo un tiempo preocupada por los tuyos.

Durante un momento muy incómodo, Jake se preguntó si estaba a punto de llorar. Como de costumbre, ella lo salvó.

—Cariño, mi intención no es entrometerme, pero para mí es evidente que pasa algo. Lo único que pregunto es si puedo ayudar. O, en caso de que no, si puedo al menos compartirlo contigo.

—No, no pasa nada —dijo Jake, y cogió el tenedor y el cuchillo, como si así lo demostrara—. Es adorable que te preocupes, pero de verdad, tengo una vida genial.

Anna negó con la cabeza. Ni siquiera fingía querer comer.

—Deberías tener una vida genial. Estás sano. Tienes una buena familia. Tienes seguridad económica. ¡Y mira, tienes éxito en lo único que siempre habías querido hacer! Piensa en los escritores que no han logrado lo que tú.

Ya lo hacía. Pensaba en ellos todo el tiempo, y no de buena manera.

—¿Qué sentido tiene todo eso si no eres feliz? —preguntó Anna.

—Pero es que lo soy —insistió él.

Ella negó con la cabeza. Jake tuvo un pensamiento repentino y terrible de que ella estaba diciendo algo importante. Algo parecido a: «Vine hasta aquí por alguien a quien creí una persona vital, creativa, agradecida, y me he encontrado con una criatura taciturna que mina su propia felicidad constantemente. Así que me vuelvo por donde vine». El corazón le iba a mil. ¿Y si realmente se volvía a Seattle? En Nueva York estaban juntos, y él era un tonto por no apreciar lo que obviamente tenía: éxito, salud y a Anna.

—A ver, lo siento si parece que no valoro... todas las cosas maravillosas.

—Y a las personas.

—Sí —asintió con vehemencia—. Porque me daría mucha rabia que...

—¿Qué? —preguntó ella, mirándolo.

—Me daría mucha rabia... no expresar bien lo agradecido que estoy...

Ella negó con su cabeza plateada.

—Agradecido —repitió con desdén.

—Mi vida... —empezó a decir Jake, tropezando con el matorral aparentemente desconocido de su propia lengua—. Mi vida... es muchísimo mejor contigo en ella.

—Ah. Bueno, no lo pongo en duda, desde un punto de vista práctico. Pero he de admitir que esperaba algo más —dijo Anna, que ya no le miraba—. Es decir, tengo la sensación de que supe mis propios sentimientos inmediatamente. Lo admito: dejar Seattle fue una locura, pero ya llevamos viviendo juntos seis meses. Tal vez no todo el mundo sepa cómo se siente tan rápido como yo, pero creo que ahora ya ha pasado suficiente tiempo. Y bueno, si tú todavía no sabes lo que quieres que suceda, tal vez eso sea la respuesta. Si quieres que te diga la verdad, yo estoy hasta el cuello por esto.

Jake se la quedó mirando y le invadió una sensación de malestar. Habían pasado ocho meses desde que se habían conocido, seis de ellos viviendo juntos como pareja, descubriendo la ciudad, adoptando un gato, conociendo a su familia y amigos y ampliando su círculo compartido…, pero ¿qué pasaba con él? ¿Estaba tan distraído por una mierda malintencionada de Internet como para perder a aquella persona completamente real, que le había cambiado la vida de arriba abajo y que tenía al otro lado de la mesa? Aquella cena no era, como él había supuesto, un reconocimiento rutinario de su aniversario de seis meses: para Anna era el final de un período de prueba privado. Y Jake lo estaba echando todo a perder. O ya lo había hecho. O seguramente lo echaría todo a perder si no… ¿qué?

Le pidió que se casara con él.

Hicieron falta unos pocos segundos para que Anna empezara a sonreír, unos pocos segundos más para que él sonriera también, un minuto como máximo para que la idea de casarse con Anna Williams de Idaho, Seattle, Whidbey Island, de nuevo Seattle y ahora Nueva York perdiera toda falta de familiaridad y se convirtiera en algo emocionante, alegre y sobre todo decidido. Y después se cogieron de las manos por encima de los platos todavía humeantes.

—Vaya —dijo Anna.

—Vaya —coincidió Jake—. No tengo anillo.

—Bueno, no pasa nada. Podemos comprar un anillo.

—Claro que sí.

Una hora más tarde, tras haber despachado varias caipiriñas más y no haber vuelto ni una sola vez al tema de conversación anterior, se fueron del restaurante como una pareja ebria y muy comprometida.

19

El único lugar al que poder ir

*A*nna no quería nada elaborado, y ninguno de los dos veía motivo para esperar. Fueron al distrito de los diamantes y eligió algo llamado un anillo «estate» (que es como decir «de segunda mano» pero en bonito, aunque la verdad es que en su dedo sí que quedaba precioso), y menos de una semana después estaban en el ayuntamiento, esperando con las demás parejas sentados en los duros bancos. Después de que una funcionaria con gafas llamada Rayna los declarara marido y mujer, caminaron unas cuantas manzanas hasta Chinatown para lo que haría las veces de banquete de bodas. (Del lado de Jake: sus padres, un par de primos y dos o tres de sus amigos de Wesleyan y del máster en Bellas Artes. Del de Anna: una compañera de trabajo del estudio de *podcast* y un par de las mujeres que había conocido en yoga.) Ocuparon dos mesas redondas en la parte trasera de un restaurante de Mott Street, cada una de ellas con una bandeja giratoria de platos en el centro. Jake y Anna llevaron champán.

A la semana siguiente, Matilda los llevó al nuevo Café Union Square para celebrarlo, y cuando Jake llegó unos minutos tarde, se encontró a su agente y a su nueva esposa con las cabezas juntas, chismorreando tras unos margaritas con el borde de sal rosada como si hiciera años que se conocían.

—Ay, Dios mío —oyó decir a una de ellas al sentarse junto a Anna en el reservado. Ni siquiera sabía con seguridad cuál de las dos había hablado.

—¿Qué?

—¡Jake! —dijo su agente con un tono de reprobación sin precedentes—, no me habías dicho que tu esposa hubiera trabajado para Randy Johnson.

—Eh…, no —confirmó él—. ¿Por?

—¡Randy Johnson! La banda sonora de mi adolescencia. ¡Ya sabes que me crie en Bellevue!

¿Lo sabía? La verdad era que no.

—Una vez lo conocí —continuó Matilda—. Fui a su programa con una amiga, porque estábamos organizando una carrera popular por una buena causa. De hecho, la buena causa probablemente fuera conseguir entrar en colegios de la Ivy League, pero eso no importa. Mi padre nos llevó en coche a la emisora. Dudo que sea la misma en la que está ahora.

—Seguramente fuera la KAZK —dijo Anna.

—Sí, puede que sí. El caso es que nos tiró la caña a las dos, una detrás de la otra. ¡En antena! ¡Teníamos dieciséis años!

—Su fama de baboso es bien conocida —apuntó Anna.

—¡Mi padre estaba allí mismo, en el estudio! —Levantó las manos, de manicura perfecta, en señal de conmoción. Tenía el pelo rubio mantequilla, muy bien cuidado, y de arriba abajo daba la impresión de ser una mujer de Manhattan ocupada, realizada y bien remunerada. Y así era. A su lado, Anna, con su trenza plateada, las uñas sin pintar y un jersey informal, parecía bastante más joven e inmensamente menos sofisticada.

—Seguramente hoy en día no lo haría —dijo Anna—. Esperaría hasta que el padre estuviera en el baño.

—A ver, ¿cómo es que el Me Too todavía no ha sacado a la luz las miserias de ese tío?

—Bueno, algo ha salido, creo. De hecho, lo sé. Ya cuando yo trabajaba allí hubo algún problema con una becaria. Pero ella lo negó y él se escabulló. En cualquier caso, es una institución. Perdona, Jake. Tienes que disculparnos. Estamos aquí parloteando…

—Acabo de conocer a tu esposa —dijo Matilda— y ya quiero pasar el resto de mi vida parloteando con ella.

—Qué amable eres —dijo Anna—. A mí siempre me habían dicho que eras una persona muy sensata.

—¡Uy, y lo soy! —dijo Matilda, mientras Jake le pedía al camarero lo que fuera que estuvieran tomando—. Pero solo en la oficina. Ese es mi secreto. Me llamarían el Chacal, pero el apodo ya está cogido. No es que me encante pelear de por sí, pero sí que me encanta pelear por mis clientes. Porque amo a mis clientes. Y, en este caso, me complace decir que también amo a sus nuevos cónyuges. —Alzó su copa hacia los dos—. Estoy encantada, Anna. No sé de dónde has salido, pero me alegro de que estés aquí.

Ambas brindaron y Jake levantó el agua para unirse a ellas.

—Ha salido de Idaho —dijo amablemente—. De un pueblecito…

—Sí, bueno, aburridísimo —dijo Anna, y le tocó la pierna por debajo de la mesa—. Ojalá me hubiera criado en Seattle, como tú. En cuanto llegué allí para ir a la universidad, fue en plan… oh, sí. Tanta tecnología, y la energía que conlleva.

—Y la comida.

—Y el café.

—Por no mencionar la música, si te gustaba —dijo Matilda—. A mí no me gustaba. Nunca pude lucir una camisa de franela, pero causaba auténtica sensación.

—Y el agua. Y los ferris. Y las puestas de sol sobre el puerto.

Se miraron, claramente compartiendo un momento arrebatado.

—Háblame de ti, Anna —dijo la agente de Jake.

Y durante la mayor parte de la velada hablaron sobre sus años en Whidbey, y luego en la emisora de radio, donde se había propuesto conseguir algo de contenido cultural —literatura, artes escénicas, ideas— para el estudio maloliente de Randy Johnson. Hablaron de los libros que le gustaba leer a Anna y de los vinos que prefería, y de lo que ya había logrado en sus primeros meses en Nueva York. A Jake no le sorprendió en absoluto descubrir que Matilda seguía al menos dos de los *podcasts* que Anna ayudaba a producir, y vio que su esposa sacaba el teléfono para grabar los nombres de otros varios que debería escuchar, así como la información de contacto de otro cliente de Matilda, que había estado soltando indirectas sobre un *podcast* propio e iba a necesitar la ayuda de un productor muy inteligente y de voluntad muy fuerte.

—Me pondré en contacto con él mañana —confirmó Anna—. Llevo leyendo sus libros desde la universidad. Qué emoción.

—Tendría una suerte increíble si te consiguiera. Y tú no tolerarás sus machoexplicaciones.

Anna sonrió.

—Gracias a Randy Johnson, rey de los machoexplicadores, no lo haré.

No era desagradable escucharlas, pero también era nuevo. Aquella cena era la primera vez desde que había conocido a Matilda, hacía tres años, en que el tema de conversación único, o al menos desproporcionadamente dominante, no era Jacob Finch Bonner. Solo cuando llegó el momento del postre, Matilda pareció recordar que él estaba allí, y lo hizo notar preguntando cuándo estarían acabadas las revisiones de la nueva novela.

—Pronto —dijo Jake, deseando al instante que volvieran a hablar sobre Seattle.

—Se está dejando la piel —dijo Anna—. Te lo aseguro. Cada día cuando llego a casa está estresadísimo.

—Bueno, no me sorprende, teniéndolo todo en cuenta —dijo Matilda.

Anna se volvió hacia él con expresión extrañada.

—Segundas novelas —dijo él, cortante—. Es decir, cuartas novelas, técnicamente, pero como nadie había oído hablar de mí antes de *Cuna*, es como si fuera mi segundo acto. Es aterrador.

—No, no —dijo Matilda, aceptando sin decir palabra el café que le ofrecía el camarero—. No pienses en eso. Si pudiera hacer que mis clientes dejaran de preocuparse por sus carreras, escribirían el doble de libros y serían mucho más felices en general. No creerías la cantidad de terapia que hay en estas relaciones —dijo, dirigiéndose a Anna, como si Jake, el sujeto de la teórica terapia, no estuviera allí en la mesa con ellas—. ¡No tengo licencia! Hice Introducción a la Psicología en Princeton, y no es broma, hasta ahí llegó mi formación. ¡Pero al parecer soy responsable de muchos egos frágiles! A ver, tu marido no, pero hay algunos que… si me envían algo para que lo lea y tardo unos días en ponerme en contacto con ellos, porque son quinientas páginas o es fin de semana o resulta que tengo otros clientes que están en medio de subastas o ganando el Premio Nacional del Libro o abandonando a sus parejas y huyendo con sus ayudantes de investigación, ¡Dios no lo quiera!…, me llaman por teléfono a punto de cortarse las venas. Por supuesto —dijo, tal vez al escucharse a sí misma—, adoro a mis clientes. A todos y a cada uno de ellos, incluso a los más duros, pero hay gente que se pone las cosas muy difíciles. ¿Por qué?

Anna asintió sabiamente.

—Sé lo duros que debieron de ser los comienzos, por Jake. Antes de que tú entraras en escena y *Cuna* se convirtiera en un éxito como

165

el que es. Se necesita valor para seguir adelante. Estoy muy orgullosa de él.

—Gracias, cariño —dijo Jake. Sintió como si las estuviera interrum-
piendo.

—Yo también estoy orgullosa de él. Sobre todo estos últimos meses.

De nuevo, Anna se volvió hacia él con expresión confusa.

—Oh, va todo bien —se oyó decir él—. Ya pasará.

—Ya te lo dije —dijo Matilda.

—Terminaré el libro. Y luego escribiré otro.

—¡Y otro! —anunció ella.

—Porque eso es lo que hacen los escritores, ¿verdad?

—Eso es lo que haces tú. ¡Y gracias a Dios!

Cuando salieron del restaurante, Jake se dio cuenta de que Matilda
daba a Anna un abrazo aún más largo que el que le dio a él, pero estaba tan aliviado por haber conseguido impedir que TalentosoTom in-
vadiera la cena que era imposible ver la noche como nada que no fuera
una victoria. Era evidente que a su agente le gustaba mucho su nueva
esposa, y no era la única a quien le sucedía.

Desde el punto de vista práctico, la vida de Jake después del matrimonio no había cambiado mucho. Anna había optado por una mo-
dificación modificada y se había convertido oficialmente en Anna
Williams-Bonner, tras rellenar los veinte o treinta formularios necesarios y hacer varias colas en varias agencias para conseguir un carné
de conducir y un pasaporte nuevos. Unieron cuentas bancarias, tarje-
tas de crédito y pólizas de seguro médico y fueron a ver a un abogado
para hacer testamento. Anna despachó los últimos muebles de la época de la universidad y posteriores de Jake —una butaca reclinable de
piel sintética, un póster de Phish enmarcado, una alfombra gruesa
de Bed Bath & Beyond que había comprado hacia 2002—, y volvió a
pintar la sala. Se fueron de breve luna de miel a Nueva Orleans, donde por la noche se hartaban de ostras y escuchaban jazz (que le gustaba a Anna), blues (que le gustaba a Jake) y zydeco (que no les gustó a
ninguno de los dos).

La noche que regresaron a la ciudad, Anna fue a llevar una caja de
bombones a una vecina que le había dado de comer al gato en su ausencia, y Jake entró en el piso y dejó caer un montón de correo sobre la
encimera de la cocina. Lo vio de inmediato: un sobre normal y corriente que resbaló sobre la encimera de granito entre el ejemplar de

Anna de *Real Simple* y el suyo de *Poets & Writers* y que, sin embargo, le provocó el mayor escalofrío de su vida.

En la parte delantera, centrada, su dirección. Más exactamente, la dirección de Anna y suya.

Y en la esquina superior izquierda, el nombre «Talentoso Tom».

Se lo quedó mirando un momento largo y horrible.

Entonces lo agarró de un manotazo y salió corriendo hacia el baño, donde abrió el grifo del lavabo y cerró la puerta tras él. Abrió el sobre y con manos temblorosas sacó la única hoja de papel que había en su interior.

> Tú sabes lo que hiciste. Yo sé lo que hiciste. ¿Estás listo para que todo el mundo sepa lo que hiciste? Espero que sí, porque me estoy preparando para contárselo al mundo. Que te lo pases bien en tu carrera después de eso.

De modo, pensó mientras escuchaba el estruendo de su propia respiración por encima del agua corriente, que lo peor quería decir aquello. Aquella persona había traspasado la pantalla y había entrado en el mundo real y táctil, y ahora Jake sostenía en las manos un objeto que también había sostenido TalentosoTom. Aquello le provocaba un horror nuevo e intenso, como si el papel mismo contuviera toda la malicia, toda la crueldad que Jake no se merecía. El peso acumulado de todo ello le dejó sin aliento e incapaz de moverse, y se quedó donde estaba tanto rato que Anna se acercó a la puerta del baño a preguntarle si se encontraba bien.

No se encontraba bien.

Al final metió la hoja de papel en un bolsillo de su neceser, se quitó la ropa y se metió en la ducha. Intentó pensar detenidamente con las habilidades cognitivas que le quedaran, pero le resultó imposible incluso tras pasarse media hora bajo el chorro de agua más caliente que pudo soportar. Tampoco le fue posible los días siguientes, en los que añadió la recogida furtiva del correo a su ya obsesivo seguimiento de Internet. Simplemente no podía pensar en cómo avanzar, y eso, irónicamente, fue lo que le hizo darse cuenta de que el único lugar al que poder ir era hacia atrás.

Ripley era lo que conocía. Ripley era todo de cuanto podía estar seguro. En Ripley había pasado algo relevante para la crisis que es-

167

taba sufriendo ahora, eso estaba claro, y era comprensible; la cama-radería intensificada del máster en Bellas Artes —¡incluso (¿quizás especialmente?) del programa de baja residencia!— actuaba poderosa-mente sobre las personas que no podían presentarse como escritores en su vida cotidiana, tal vez ni siquiera ante sus propios amigos y familiares. Reunidos en un campus universitario que de otro modo habría estado vacío, de repente se encontraban, quizás por primera vez, envueltos por su tribu y eran capaces de hablar de ¡historia!, ¡trama!, ¡personaje!, con personas a las que acababan de conocer y a quienes solo tratarían durante un breve e intenso período de tiempo. Tal vez Evan Parker hubiera declinado compartir su trama infalible con los demás estudiantes en la tan promocionada «seguridad» del taller aca-démico de Jake, pero era muy posible que alguien del programa hubie-ra conseguido ponerse en contacto con él, puede que tomando una copa en el Ripley Inn, puede que tras una comida en la cafetería. O puede que después, en casa de Evan Parker o en la casa de la otra persona, o por correo electrónico, con páginas del manuscrito real enviadas de acá para allá con el fin de hacer una «crítica».

168 Quienquiera que fuera TalentosoTom, su comprensión obvia (aun-que defectuosa) de lo que había sucedido entre Jake y su antiguo alum-no significaba que él también estaba relacionado con aquella comuni-dad, o que al menos se había cruzado con alguien que lo estaba. Y, sin embargo, Jake había dejado caducar su investigación sobre Martin Purcell de Burlington, Vermont. Ahora aquel imbécil había contacta-do con él en casa, no a través de una plataforma de redes sociales, ni si-quiera a través de su propia página web o de la editorial, sino en su domicilio real, físico. Que compartía con su esposa. Aquello estaba exasperantemente, profundamente cerca. Aquello marcaba una inten-sificación sin precedentes de la campaña de @TalentosoTom. Aquello era inaceptable.

Por supuesto la defensa, que nunca es la mejor estrategia, ya no era una opción, no después de aquello. Tenía que volver a lo que cono-cía con certeza, Ripley, y empezar de nuevo a partir de allí.

No se había molestado en abrir el gran sobre que contenía las pá-ginas del manuscrito de Martin Purcell cuando le había llegado en otoño. Desde entonces había estado acumulando polvo en una caja de-bajo de su cama, mezclado con otros manuscritos (enviados por ami-gos reales en busca de sus «opiniones») y galeradas (enviadas por los

editores en busca de notas publicitarias en las sobrecubiertas). Jake
tiró de la caja y empezó a rebuscar en ella. Cuando encontró el sobre
de Purcell, lo abrió por un extremo y extrajo la carta de presentación:

> Querido Jake (si se me permite):
> ¡Te estoy increíblemente agradecido por haber accedido a revisar es-
> tos relatos! ¡Muchísimas gracias! Si alguna vez tienes tiempo, estaría
> encantado de discutir sobre ellos contigo. Ningún comentario que hagas
> será demasiado pequeño... ¡ni demasiado grande! Me he planteado es-
> tos relatos como una novela compuesta de relatos cortos, pero tal vez sea
> porque la idea de escribir una «novela» es enorme y aterradora. ¡No sé
> cómo lo hacéis los novelistas!
> En cualquier caso, no dudes en enviarme un correo electrónico o lla-
> marme cuando hayas terminado, y gracias de nuevo.
>
> Martin Purcell
> MPurcell@SBurlHS.edu

Allí debía de haber sesenta páginas, pensó Jake, y suponía que
tendría que leerlas. Regresó a la sala de estar, se sentó en el sofá cubierto con un kilim y abrió el portátil. El gato, Whidbey, lo siguió, se
desenroscó a lo largo del muslo izquierdo de Jake y comenzó a ronronear.

¡Hola, Martin! He leído lo tuyo. Vaya, excelente trabajo. Mucho para
discutir.

Al cabo de un par de minutos, Purcell respondió:

¡Estupendo! ¡Solo tienes que decir cuándo!

Era media tarde y el sol había girado por Greenwich Avenue en su
camino hacia el oeste. Se suponía que debía irse pronto para encontrarse con Anna en un japonés que les gustaba, cerca de su estudio.

Escribió:

De hecho, voy a ir a Vermont dentro de un par de días. ¿Por qué no nos
encontramos allí? Quizás sea más fácil repasar las páginas en persona.

¿Estás de broma? ¿Para qué vienes a Vermont?

Pues mira, para saber más de ti. (Jake no lo escribió.)

Para una conferencia. Pero estaba pensando en quedarme un día o
dos. Tengo trabajo que hacer. ¡Y echo de menos Vermont!

No echaba de menos Vermont en absoluto.

¿Dónde es la conferencia? ¡Iré!

169

Uf, iría, ¿verdad? ¿Dónde era la conferencia ficticia?

De hecho es un acto privado, en casa de alguien. En Dorset.

Dorset era una de las ciudades más ostentosas del estado. Justo el tipo de lugar donde alguien llevaría a un escritor famoso para un acto privado.

Vaya, qué lástima.

Pero ¿por qué no nos encontramos en Rutland? Si no te parece demasiado lejos para ir.

Sabía que no se lo parecería. Incluso sin la perspectiva de disfrutar de una consulta privada gratuita sobre el manuscrito con un autor superventas, hacía mucho que Jake había observado que los habitantes de Vermont parecían dispuestos a conducir por todo su estado a la primera de cambio.

Para nada. Quedamos a las siete.

Acordaron encontrarse el jueves por la tarde en el Birdseye Diner.

Aquello había estado muy bien por su parte, escribió Martin, y Jake dijo que no, que no era así, y no era mentira, ni siquiera una exageración. Martin Purcell era su mejor forma de entrar en el lugar que de alguna manera había creado a TalentosoTom: fin de la historia.

Además, ya iba siendo hora de ver de cerca la ciudad que había dado a luz a Evan Parker. Y tanto que era hora.

170

CUNA

de Jacob Finch Bonner

Macmillan, Nueva York, 2017, página 98

*L*a madre de Samantha no se fiaba de los médicos, así que asumió que uno de ellos trataría de persuadirla de que el bulto que le crecía en el pecho derecho era cáncer. Para cuando Samantha vio el bulto, ya le sobresalía por encima del tirante del sujetador y la cosa, por supuesto, había ido demasiado lejos. Maria, que entonces tenía diez años y estaba en quinto, intentó persuadir a su abuela de que aceptara la radiación y la quimioterapia que el oncólogo del Community Memorial de Hamilton le sugería, una opción de tierra quemada, pero a la madre de Samantha la quimioterapia le pareció desagradable, y tras el segundo ciclo anunció que se la jugaría con Dios. Dios le dio otros cuatro meses, y Samantha esperaba que estuviera satisfecha.

Una semana después del funeral, se mudó al antiguo dormitorio de sus padres, el más bonito, y puso a Maria en la habitación que ella dejaba libre, la habitación de la cama con dosel donde ella había soñado con escapar y donde había pasado el embarazo enfurruñada, en el otro extremo del pasillo. Eso marcó bastante el tono de los años que les quedaban por pasar juntas. Para entonces, Samantha tenía un trabajo de media jornada procesando facturas para una sucursal de la Bassett Healthcare Network, y tras hacer un curso de formación en un ordenador de la empresa que instaló en una pequeña habitación al lado de la cocina, pudo trabajar desde casa. Desde los seis años, Maria se levantaba sola por la mañana, y desde los ocho se preparaba los cereales del desayuno y el almuerzo para llevar. A los nueve ella ya se hacía la cena, se ocupaba de la lista de la compra y recordaba a Samantha que pagara los impuestos. A los once, sus profesores llamaron a Samantha para una reunión porque querían adelantar a Maria un curso. Ella les dijo que de ninguna manera. No pensaba darles el gusto a ninguna de aquellas personas.

20

Nadie viene a Rutland

Jake optó por matar dos pájaros de una sola mentira y le dijo a Anna que se iba a Vermont unos días para participar en un acto privado y acabar las revisiones que quería Wendy. Como es natural, ella quiso acompañarle.

—¡Me encantaría ver Vermont! —dijo—. Nunca he estado en Nueva Inglaterra.

Por un momento se planteó que lo acompañase, pero evidentemente era una idea nefasta.

—Creo que, si me refugio en algún lugar, rendiré más en lo que tengo que hacer. Si estás tú, querré pasar tiempo contigo. Y... eso quiero hacerlo cuando le haya entregado algo a Wendy. Para poder disfrutarlo y no tener la sensación de que debería estar haciendo otra cosa.

Ella asintió. Parecía entenderlo. Jake tenía la esperanza de que lo hiciera.

Jake condujo hacia el norte por el oeste de Connecticut por la ruta 7, se detuvo a comer en Mánchester y llegó a su pensión de Rutland sobre las cinco. Allí, en su cama con dosel dura como una piedra, finalmente se familiarizó con los relatos de Martin Purcell, que eran flácidos y sin sentido, poblados por personajes fáciles de olvidar. Purcell tenía un interés especial por los jóvenes que oscilaban entre la adolescencia y la edad adulta, lo cual tal vez no era sorprendente dado su trabajo como profesor de secundaria, pero parecía incapaz de mirar más allá de lo superficial. Un personaje tenía una herida que le impedía terminar una prometedora temporada de pista. Otro suspendía un examen, con lo que ponía en peligro su beca universitaria. Una pareja joven en apariencia fiel —fiel para ser adolescentes, al menos—

se quedaba embarazada y el chico abandonaba a su novia al instante. (Jake reflexionó sobre la afirmación de Purcell de que aquello era, o estaba destinado a ser, una «novela de relatos», justo el concepto que él mismo había utilizado para su segundo libro, *Reverberaciones*. Jake no había engañado a nadie entonces, y Purcell no estaba engañando a nadie ahora.) Al final se le ocurrieron unas cuantas cosas importantes que decir y una sugerencia bastante obvia sobre cómo avanzar, concentrarse en la pareja joven y dejar que los personajes de las otras historias pasaran a un segundo plano, y luego fue a la cafetería a encontrarse con Martin Purcell.

En Vermont, la gente de dinero vivía en lugares como Woodstock, Mánchester, Charlotte, Dorset y Middlebury, no en Rutland, y a pesar de que Rutland era mucho más grande que la mayoría de las otras ciudades, daba la sensación de ser un restaurante medio empobrecido donde se sirve al cliente en su coche, con muchas de sus grandes casas antiguas reconvertidas en fiadores judiciales, «asesores» sobre el aborto y agencias de bienestar, intercaladas con centros comerciales, boleras y la estación de autobuses. La pensión de Jake estaba a menos de un kilómetro del Birdseye Diner, pero él hizo el trayecto de tres minutos en coche. En cuanto entró por la puerta, un hombre se levantó de un reservado del medio del local y le saludó con la mano. Jake le devolvió el saludo.

—No estaba seguro de que recordaras qué aspecto tengo —dijo Martin Purcell.

—Eh, te reconozco —mintió Jake, deslizándose en el reservado—. Aunque, bueno, mientras venía conduciendo pensaba que debería haber intentado buscar una foto tuya en Internet, solo para asegurarme de no sentarme con otra persona.

—En la mayoría de las fotos mías que hay en Internet estoy de pie detrás de unos empollones de robótica. Entreno al equipo de mi colegio. Hemos sido campeones estatales seis veces en los últimos diez años.

Jake trató de improvisar algo de emoción para acompañar su felicitación.

—Has sido muy amable viniendo hasta aquí —dijo.

—¡Eh, y tú has sido muy amable echando un vistazo a mis cosas! —dijo Purcell. Estaba entusiasmado—. Todavía estoy en estado de *shock*. Se lo dije a mi mujer y me parece que no se creyó que hubieras accedido a hacer esto por mí.

—Ah, no hay problema. Echo de menos enseñar. —Eso también era mentira.

El Birdseye era un ejemplar clásico de cafetería, con baldosas de color negro y aguamarina formando una cuadrícula y una barra y taburetes de acero inoxidable brillante. Jake pidió una hamburguesa y un batido de chocolate. Purcell quiso la sopa de pollo.

—¿Sabes? La verdad es que me sorprendió que quisieras reunirte en Rutland. Nadie viene a Rutland. Todo el mundo está de paso por aquí.

—Menos la gente que vive aquí, supongo.

—Sí. A quienquiera que fuera el genio urbanista que decidió que una de las carreteras más transitadas del estado tenía que pasar por la calle principal, deberían haberlo alquitranado y emplumado. —Purcell se encogió de hombros—. Quizás en aquel momento pareciera una buena idea, no sé.

—Bueno, eres profesor de historia, ¿no? Seguramente ves las cosas desde un enfoque más retrospectivo.

El tipo frunció el ceño.

—¿Te conté que era profesor de historia? La mayoría de la gente, al saber que escribo relatos, suponen que enseño inglés. Pero te contaré un oscuro secreto: no me encanta leer ficción de otras personas.

«Eso no es ningún secreto para mí», pensó Jake.

—¿No? ¿Prefieres leer historia?

—Prefiero leer historia y escribir ficción.

—Pues Ripley debió de ser todo un reto para ti. Por lo de leer el trabajo de tus compañeros de clase.

La camarera trajo el batido de Jake en un vaso de cristal lleno y otro metálico a medio llenar. Sabía increíble y fue directo al fondo de su estómago.

—Ah, no mucho. Creo que cuando te metes en una situación como esa te adaptas. Si voy a pedir a la gente de mi taller que lean mi trabajo con detenimiento y generosidad, he de hacer lo mismo por ellos.

Jake decidió que aquel momento era tan bueno como cualquier otro.

—Lamentablemente, tuve un alumno que no sentía lo mismo. Un alumno que murió.

Para consternación de Jake, Purcell suspiró al oír aquello.

—Me preguntaba cuánto tardaríamos en hablar de Evan Parker.

Jake dio marcha atrás inmediatamente, aunque no demasiado convincentemente.

—Bueno, recuerdo que mencionaste que era de esta zona. Rutland, ¿verdad?

—Correcto —respondió Purcell.

—Supongo que hoy le he tenido presente. Tenía algún tipo de negocio aquí, creo... ¿Un bar o algo así?

—Una taberna —dijo Purcell.

La camarera regresó y dejó sus platos sobre la mesa con ademán ostentoso. Su hamburguesa era descomunal, con tantas patatas fritas apiladas que al aterrizar el plato cayeron sobre la mesa. La sopa de Purcell, pese a que la cobraban como un entrante, también iba en un cuenco de tamaño de plato principal.

—No hay duda de que por aquí arriba sabéis comer —observó Jake cuando la camarera se hubo ido.

—Hay que sobrevivir a los inviernos —dijo Purcell mientras cogía la cuchara.

Por un momento la conversación pasó a un segundo plano.

176

—Es bonito que mantuvierais el contacto. Después de Ripley, quiero decir. Esto está bastante aislado.

—Bueno, tampoco es que Vermont sea el Yukon —dijo Purcell, con una aspereza evidente.

—No, quiero decir... para nosotros como escritores. Estamos tan solos en lo que hacemos que, cuando pruebas esa camaradería, quieres aferrarte a ella.

Purcell asintió con efusividad.

—Eso era justo lo que esperaba encontrar en Ripley. Tal vez incluso más que los profesores, buscaba esa conexión con otras personas que hacían lo que yo quería hacer. De modo que sí, mantuve el contacto con algunos de mis compañeros, incluido Evan. Él y yo nos enviamos cosas durante un par de meses, hasta que murió.

Al oír eso, Jake hizo una mueca para sus adentros, aunque no estaba claro si era por pensar en aquellas «cosas» que iban y venían entre ambos escritores o en aquel «él y yo».

—Todos necesitamos un lector. Todo escritor lo necesita.

—Ya lo sé. Por eso te estoy tan agradecido...

Pero Jake no quería ir por ahí. Al menos hasta que no tuviera más remedio.

—Entonces, ¿le enviaste los mismos relatos que me has enviado a mí? ¿Y él también te envió su trabajo? Siempre me he preguntado qué pasó con aquella novela en la que estaba trabajando.

Era un riesgo, por supuesto. Estaba bastante seguro de que si Purcell hubiera leído la obra en desarrollo de Evan Parker, a aquellas alturas ya habría mencionado sus puntos en común con *Cuna*. Pero, después de todo, eso era lo que había conseguido averiguar hasta el momento.

—Bueno, yo le envié lo mío, eso seguro. Cuando murió tenía un par de mis relatos que me iba a devolver con las correcciones, pero sobre su trabajo no soltaba prenda. Solo vi un par de páginas. Una mujer que vivía en una casa vieja con su hija y trabajaba en una línea de videntes: eso es lo que recuerdo. Seguramente tú viste mucho más que yo de aquella novela.

Jake asintió.

—Cuando se trataba de su proyecto, se mostraba muy reticente ya incluso en el taller. Esas mismas páginas que mencionas fueron todo cuanto me entregó. Desde luego es todo lo que llegué a ver —dijo intencionadamente.

Purcell escarbaba en el fondo de su cuenco en busca del pollo.

—¿Crees que tenía otros amigos en el máster con quienes hablara?

El profesor levantó la vista y aguantó la mirada de Jake durante demasiado tiempo.

—¿Te refieres a si le enseñaba su trabajo a alguien más?

—No, no específicamente. Solo pensaba que, bueno, es una pena que obtuviera tan poco del máster. Le habría ayudado tener un buen lector y, si no quería mi ayuda, tal vez se puso en contacto con alguno de los otros profesores. ¿Bruce O'Reilly?

—¡Ja! ¡Cada brizna de hierba tiene su propia historia!

—O el otro profesor de ficción, Frank Ricardo. Aquel año era nuevo.

—Uy, Ricardo. A Evan le parecía que aquel tipo era patético. Es imposible que acudiera a ninguno de ellos dos.

—Bueno, entonces puede que a otro alumno...

—Mira, no te ofendas, porque obviamente no estoy discutiendo con tu éxito; si relacionarte con compañeros escritores te ayudó, genial. Estoy totalmente a favor de ello o no habría querido ir a Ripley

177

y no te habría pedido que leyeras lo mío. Pero a Evan nunca le interesó lo de la comunidad de escritores. Era un gran tipo con el que ir a un concierto o salir a cenar. Pero ¿los aspectos delicados de la escritura? ¿Todo eso de nuestras voces únicas y las historias que solo nosotros podríamos contar? No tenía nada que ver con él.

—Vale —dijo Jake, asintiendo. Se estaba dando cuenta, con un innegable malestar extremo, de que Evan Parker y él habían compartido algo más allá de la trama de *Cuna*.

—¿Y todo eso del oficio de escribir y el proceso de escritura? Nunca hablaba del tema. Te lo digo: Evan no compartía, ni páginas ni sentimientos. Como dice la canción: «Era una roca. Era una isla».

Era un gran alivio escucharlo, aunque, por supuesto, Jake no podía decirlo. En lugar de eso, dijo:

—Es un poco triste.

El profesor se encogió de hombros.

—No me parecía triste. Sencillamente, era así.

—Pero... ¿no dijiste que había muerto toda su familia? ¿Sus padres y su hermana? Y era un chico tan joven... Es horrible.

—Sin duda. Los padres murieron hace mucho tiempo, y la hermana después, no estoy seguro de cuándo. Una tragedia.

—Sí —coincidió Jake.

—Y esa sobrina, la que se mencionaba en la necrológica, dudo que ni siquiera se presentara en el funeral. No conocí a nadie allí que dijera ser pariente de Evan. Los únicos que se levantaron y hablaron fueron sus empleados y sus clientes. Y yo.

—Qué pena —dijo Jake, apartando la mitad de la hamburguesa que no se había comido.

—Bueno, es imposible que tuvieran una relación cercana. Él nunca me la mencionó siquiera. Y a la hermana muerta, tío, la odiaba.

Jake se lo quedó mirando.

—«Odiar» es una palabra un poco fuerte.

—Decía que su hermana era capaz de cualquier cosa. No creo que lo dijera en el buen sentido.

—Ah. ¿Y en qué sentido lo decía?

Pero ahora el tipo lo miraba con sincera sospecha. Una cosa era pasar un ratito hablando de un conocido común, sobre todo uno que había muerto recientemente y bastante cerca. Pero ¿aquello? ¿Podía ser que Jake Bonner, el novelista superventas de *The New York Times*, no

178

hubiera venido a Rutland con el único propósito de hablar sobre los relatos de un perfecto desconocido? ¿Qué otro motivo podía haber?

—No tengo ni idea —dijo Purcell finalmente.

—Ah, claro. Oye, perdón por tanta pregunta. Es que hoy me ha venido a la cabeza, ya te lo he dicho.

—Bueno.

Y Jake pensó que sería mejor dejarlo allí.

—De todos modos, me gustaría hablar de tus relatos. Son muy potentes y tengo un par de ideas sobre cómo hacerlos avanzar. Es decir, si te parece bien que las comparta contigo.

Naturalmente, Purcell pareció encantado con aquel cambio de dirección. Jake pasó los siguientes setenta y cinco minutos pagando las consecuencias. También insistió en pagar la cuenta.

21

Buah, qué pena

*T*ras despedirse en el aparcamiento, observó cómo Martin Purcell se subía a su coche y se dirigía hacia el norte, de regreso a Burlington. Luego esperó dentro de su coche unos minutos, para mayor seguridad.

La Taberna Parker estaba justo al lado de la ruta 4, a medio camino entre Rutland y West Rutland, y su neón de TABERNA PARKER. COMIDA Y LICOR se veía desde muy lejos por la calle. Cuando Jake entró en el aparcamiento, vio el otro letrero que recordaba del artículo del *Rutland Herald*, uno pintado a mano donde se leía: «*Happy hour* de 13 a 18 h». El aparcamiento estaba muy lleno y tardó unos minutos en encontrar un hueco.

Jake no era muy aficionado a las tabernas, pero tenía una idea elemental de cómo comportarse en aquellas circunstancias. Entró, se sentó a la barra y pidió una Coors, luego sacó el teléfono y le echó un vistazo, para no parecer demasiado ansioso. Había elegido un taburete sin nadie a los lados, pero no pasó mucho tiempo antes de que se le pusiera al lado un tipo y le saludara con un gesto de cabeza.

—Hola.

—Hola.

—¿Quiere comer algo? —le preguntó el camarero de la barra la siguiente vez que se le acercó.

—No, gracias. Pero puede que otra Coors sí.

—Muy bien.

Entró un grupo de cuatro mujeres, todas ellas en la treintena, supuso. El chico de la izquierda de Jake se había girado hacia el otro lado y sin duda estaba echando un ojo a las mujeres, que se habían sentado a una mesa. Otra mujer se le sentó a la derecha. Oyó su pedido y, al cabo de un momento, la oyó decir un taco.

—Perdón.

Jake se volvió hacia ella. Tenía más o menos su edad y era corpulenta.

—¿Disculpa?

—He dicho que lo siento. Por decir un taco.

—Ah. Está bien. —Estaba más que bien. Le eximía de tener que iniciar la conversación—. ¿Por qué has dicho el taco?

La mujer levantó su teléfono. La foto de la pantalla mostraba a dos chicas angelicales con las mejillas juntas, ambas sonriendo, pero la barra verde ácido de un mensaje de texto les cortaba la parte superior de la cabeza. «Que te den por culo», decía.

—Son adorables —dijo Jake, fingiendo no haber visto el mensaje.

—Bueno, lo eran cuando se tomó la foto. Ahora están en el instituto. De todos modos, supongo que debería dar gracias por eso. Su hermano mayor dejó los estudios al acabar décimo curso. Está en Troy haciendo dios sabe qué.

Jake no tenía idea de cómo responder a aquello, pero no iba a rechazar la clara proposición de una vecina tan desenfrenada.

Llegó la bebida de la mujer, aunque en realidad Jake no la había oído pedirla. Era algo claramente tropical, con una rodaja de piña y un paragüitas de papel.

—Gracias, bombón —dijo al camarero. Después dio buena cuenta de media bebida de un solo trago largo. Jake se figuró que aquello no le debía de estar haciendo ningún bien. Así fortalecida, la mujer se volvió hacia Jake y se presentó.

—Soy Sally.

—Jake. ¿Qué tipo de bebida es esa?

—Ah, algo que preparan especialmente para mí. Este local es de mi cuñado.

«Punto», pensó Jake. No había hecho nada para merecerlo, pero lo aceptaría.

—¿Tu cuñado se llama Parker?

La mujer lo miró como si acabara de insultarla. Tenía el pelo largo y de un amarillo sospechosamente brillante, tan fino que se le veían trozos de cuero cabelludo.

—Parker era el nombre del tipo que lo tenía antes. Pero murió.

—Vaya, qué lástima.

Ella se encogió de hombros.

—No era santo de mi devoción. Me crie aquí. Ambos lo hicimos.

Jake se desvió para hacerle algunas de las preguntas que a todas luces ella quería que le hiciera. Se enteró de que Sally se había mudado a Rutland de niña, desde Nuevo Hampshire. Dos hermanas, una muerta. Ella criaba a los hijos de su difunta hermana, explicó a Jake.

—Debe de ser duro.

—No. Son buenos chicos. Pero están echados a perder, gracias a su madre. —Levantó el vaso vacío, medio saludando medio haciéndole una señal al camarero.

—¿Así que te criaste con el antiguo dueño de este lugar?

—Evan Parker. Iba un par de cursos por delante de mí en el colegio. Salió con mi hermana.

Jake tuvo cuidado de no reaccionar.

—¿De verdad? Qué pequeño es el mundo.

—Qué pequeña es esta ciudad. Además, salió con casi todas. Si es que «salir» es la palabra. No estoy segura de que no sea el padre de mi sobrino, si quieres que te diga la verdad. Tampoco es que importe.

—Vaya, eso es…

—Ese era su sitio detrás de la barra —dijo, levantando el vaso ya medio vacío e inclinándolo hacia el otro extremo de la sala—. Conocía a todo el que entraba.

—Bueno, el dueño de un bar tiene que ser sociable. Forma parte del trabajo: escuchar los problemas de la gente.

Ella le sonrió, pero distaba mucho de ser una sonrisa feliz.

—¿Evan Parker? ¿Escuchar los problemas de alguien? A Evan Parker le importaban una mierda los problemas de los demás.

—¿Ah, sí?

—Eso es así —respondió Sally en tono burlón. Jake se dio cuenta de que arrastraba un poquitín las palabras. Se le pasó por la cabeza que la bebida tropical no era lo primero que se tomaba aquella noche—. Sí, sí, sí. Pero bueno, ¿a ti qué te importa?

—Eh… Bueno, acabo de cenar con un viejo amigo. Los dos somos escritores, y mi amigo me ha dicho que el antiguo dueño de este bar también era escritor. Y que estaba escribiendo una novela.

Sally echó la cabeza hacia atrás y se rio, con tanta fuerza que se detuvieron un par de conversaciones a su alrededor y la gente se volvió a mirar.

—Como si aquel gilipollas pudiera escribir una novela —dijo finalmente, agitando la cabeza, declinando más diversión.

—Pareces sorprendida.

—Vamos, seguramente ni siquiera leyó una novela en su vida. No fue a la universidad. Espera, tal vez fuera al colegio universitario. —Se inclinó hacia delante sobre la barra y miró hacia el fondo—. Oye, Jerry —gritó—. ¿Parker fue a la universidad?

Un hombre corpulento de barba oscura levantó la vista de la conversación que estaba manteniendo.

—¿Evan Parker? Al Colegio Universitario de Rutland, creo —gritó.

—¿Ese es tu cuñado?

Sally asintió.

—Bueno, a lo mejor fue a clase de escritura o algo de eso y decidió probar. Cualquiera puede ser escritor, ¿sabes?

—Seguro. Yo misma estoy escribiendo *Moby Dick*. ¿Qué me dices de ti?

Jake se rio.

—Decididamente, no estoy escribiendo *Moby Dick*.

Notó que ahora Sally arrastraba las palabras aún más. Había pronunciado «Dick» como «diick» y «yo misma» como «yomeshma».

—Si estaba escribiendo una novela, me pregunto de qué debía de tratar... —dijo Jake al cabo de un momento.

—De entrar a hurtadillas en las habitaciones de las chicas por la noche, probablemente —dijo ella con los ojos medio cerrados.

Jake decidió intentarlo un poco más antes de perderla por completo.

—Debiste de conocer a toda su familia, si os criasteis juntos.

Ella asintió con tristeza.

—Sí. Los padres murieron cuando íbamos al instituto.

—¿Murieron los dos? —preguntó Jake, como si no lo supiera de antemano.

—Juntos. En la casa. Espera. —Volvió a inclinarse hacia delante sobre la barra—. ¡Oye, Jerry! —gritó.

Al fondo, el cuñado levantó la vista.

—Los padres de Evan Parker murieron, ¿verdad?

Jake, que podría haber prescindido de tanto grito del nombre de

183

Parker, sintió alivio al ver que el cuñado levantaba la mano. Al instante acabó la conversación que tenía y se dirigió hacia donde estaba sentada su ebria cuñada.

—Jerry Hastings —dijo, y le tendió la mano a Jake.

—Jake —dijo él.

—¿Preguntas por Evan?

—No, de hecho no. Solo preguntaba de dónde eran los Parker. Los del nombre del local.

—Ah. Eran una familia antigua de por aquí. Habían sido los dueños de la cantera de West Rutland. Ciento cincuenta años para pasar de una mansión a una jeringuilla en el brazo. Eso es Vermont, supongo.

—¿A qué te refieres? —inquirió Jake, que sabía perfectamente a qué se refería.

Jerry sacudió la cabeza.

—No pretendo ser arrogante. Estuvo mucho tiempo en rehabilitación, pero es evidente que volvió a engancharse. A mucha gente le sorprendió. A ver, con algunos drogadictos, cada día piensas: «¿Será hoy el día?». En cambio, hay otros que se levantan por la mañana y se van a trabajar, se ocupan de su negocio, así que cuando pasa es más inesperado. Pero me he enterado de que este lugar no iba tan bien. Y le contó a varias personas que estaba tratando de vender su casa para meter dinero en el negocio. —Se encogió de hombros.

—Ha oído decir que Parker estaba escribiendo una novela cuando murió —dijo Sally para informar a su cuñado.

—¿Ah, sí? ¿Una novela de ficción?

«Por desgracia no», pensó Jake. Ojalá la novela de Evan Parker hubiera sido de ficción, pero lamentablemente era bastante real.

—Me pregunto de qué trataba —Jake dijo en voz alta.

—¿Y a ti qué te importa? —preguntó Sally, que se había puesto algo más beligerante—. Si ni siquiera le conocías.

Jake levantó su cerveza.

—Tienes toda la razón.

—¿Qué preguntabas sobre los padres? —continuó Jerry—. Murieron.

—Ya sé que murieron —respondió Sally con un sarcasmo exuberante—. ¿No fue una fuga de gas en la casa o algo así?

—No fue una fuga de gas. Fue monóxido de carbono. De la caldera —contestó, mientras por encima de la cabeza de Sally le hacía un dis-

184

creto gesto al camarero con la mano que significaba, si Jake lo interpretó correctamente, «a esta no le sirvas más»—. ¿Sabes de qué casa hablo? —preguntó a Jake.

—¿Cómo va a saberlo? —dijo Sally, poniendo los ojos en blanco—. ¿Habías visto a este tío antes de esta noche?

—No soy de aquí —confirmó Jake.

—Bien. Bueno, es una casa grande de West Rutland. Tendrá como unos cien años. Está muy cerca de la cantera de Marble Street.

—Al otro lado del Agway —dijo Sally, obviamente olvidando lo que ella misma acababa de señalar.

—Vale —dijo Jake.

—Todavía estábamos en el instituto. Espera, tal vez Evan ya hubiera acabado, pero la hermana estaba en tu clase, ¿no?

Sally asintió.

—Zorra —dijo con toda claridad.

Jake intentó con todas sus fuerzas reprimir su reacción natural.

Pero Jerry se estaba riendo.

—Aquella chica no te gustaba.

—Era un mal bicho.

—Entonces, un momento —dijo Jake—, los padres murieron en su casa, pero ¿la hija no?

—Zorra —volvió a decir Sally.

Esta vez Jake no pudo evitar quedársela mirando. ¿Acaso no estaban hablando de una persona joven cuyos padres habían muerto cuando ella estaba en el instituto? ¿Y en la casa familiar? ¿Que también sería la casa de ella?

—Lo dicho —insistió el cuñado, sonriendo a Jake—. Que no le gustaba la chica.

—No le gustaba a nadie —dijo Sally. Ahora sonaba abatida. Tal vez le hubiera llegado que le habían cerrado el grifo en la barra.

—También murió —explicó Jerry a Jake—. La hermana de Parker. Hace unos años.

—Quemada —añadió Sally.

Jake no estaba seguro de haberlo oído bien y le pidió que lo repitiera.

—He dicho que murió quemada.

—Ah —dijo Jake—. Vaya.

—Es lo que oí.

185

—Es espantoso.

Y lo era, claro que lo era, pero aun así Jake no pudo reunir más que una empatía humana básica hacia aquellos miembros secundarios de la familia de Evan Parker, no solo porque en realidad a él no le importaba ninguna de aquellas personas, sino porque ninguno de los hechos a debate —la muerte prematura y al parecer espeluznante de una hermana, una intoxicación por monóxido de carbono en una vieja casa décadas atrás, incluso, al fin y al cabo, la sobredosis del propio Evan Parker— tenía ninguna relación real con sus propias preocupaciones, tan urgentes y apremiantes. Además, nada de aquello era información nueva precisamente. En la necrológica de Evan Parker que había encontrado en Internet decía que «tanto sus padres como su hermana ya habían fallecido»; lo había leído hacía años en su propio escritorio de Cobleskill, Nueva York, antes de escribir una sola palabra de *Cuna*.

De hecho, estaba más que a punto para irse de la Taberna Parker. Estaba agotado, un poquitín borracho, y nada de lo que Jerry o Sally le habían contado había contribuido a mejorar ni su situación ni ningún aspecto de su vida. Aparte de eso, en aquel momento ambos tenían las cabezas juntas y parecían estar discutiendo algún asunto privado, animadamente y con clara antipatía mutua. Jake intentó volver al último tema que habían compartido —la hermana de Evan Parker, el mal bicho—, tan solo para poder decir algo vagamente relevante antes de marcharse, pero todo le parecía muy distante y del todo intrascendente. Así que empezó a ponerse en pie poco a poco, sacó la cartera y puso un billete de veinte dólares sobre el mostrador.

—En fin…, es una pena, ¿no? —dijo a la nuca de Sally—. Toda la familia muerta.

—Menos la hija de la hermana —la oyó decir.

—¿Cómo?

—Has dicho: «Buah, qué pena, toda la familia muerta».

Tenía dudas de haber utilizado aquellas palabras exactas, pero en aquel momento no le pareció importante.

—La niña —dijo Sally muy exasperada—. Aunque era como si no estuviera. En cuanto pudo se fue de casa. ¿Quién podría culparla, con una madre como aquella? Dudo que ni siquiera esperara a graduarse en el instituto. ¡Con viento fresco!

Dicho esto, como para hacerse eco de aquel rechazo, Sally se dio la vuelta. Entonces Jake vio que el cuñado se había marchado y que ella había hecho un nuevo amigo en el taburete de al lado. «Espera», dijo, aunque en realidad no pudo haberlo dicho en voz alta porque ninguno de los dos pareció darse cuenta. Así que tuvo que volver a decirlo:

—Espera.

Sally se volvió para mirarlo. Dio la impresión de necesitar un momento para orientarse, o posiblemente para recordar quién era Jake.

—¿Cómo que espera? —dijo con auténtica hostilidad.

«Espera. El único pariente vivo de Evan Parker.» Eso.

—¿Dónde vive su sobrina? —consiguió decir Jake.

Ella le clavó una mirada de desprecio exagerado.

—¿Cómo coño voy a saberlo yo? —dijo ella. Y así sí que se acabó la conversación.

187

CUNA

de Jacob Finch Bonner

Macmillan, Nueva York, 2017, páginas 146-147

La creencia popular era que madre e hija eran iguales: ambas inteligentes, ambas resueltas, ambas muy decididas a no pasarse la vida en Earlville, Nueva York, y de paso, tan parecidas físicamente —estrechas y altas, de cabello oscuro y fino y una tendencia marcada a encorvarse— que Samantha se esforzaba por ver algo de Dan Weybridge en la niña. Pero al observar cómo crecía Maria —y Samantha observaba, eso era prácticamente todo cuanto hacía—, fueron quedando patentes algunas diferencias clave. Maria, en marcado contraste con la planificación ferviente de su madre para marcharse, parecía flotar hacia ese objetivo con poco esfuerzo y aún menos preocupación. Carecía incluso de la escasa tendencia de Samantha a calmar a los demás (y mucho menos capitular ante ellos), se negaba a pedir favores de cualquier tipo y no podría haberle importado menos que hubiera adultos en su vida (especialmente los de su vida escolar) que quisieran animarla y facilitarle el camino que seguir. Allí donde Samantha había sido diligente con los deberes y había procurado no equivocarse (¡con una excepción importante!), Maria entregaba los deberes cuando le daba la gana, dejaba colgadas las tareas si no le interesaban y menospreciaba a sus profesores cuando creía que habían entendido mal la materia (traducción: eran demasiado imbéciles para comprenderla).

Además, Maria era lesbiana, lo que significaba que en cualquier otra cosa que sucediera, ella difícilmente iba a cometer un error por omisión, como había hecho su madre.

Entre sus compañeros de clase había hijos de profesores de Colgate e hijos de graduados de Colgate que se habían establecido en la zona (sobre todo en la agricultura orgánica o en el arte), así como hijos de las familias más antiguas del condado (productores de leche, empleados del condado, ermitaños normales y corrientes del norte del estado), pero se dividían en otros dos grupos: los que estaban decididos a hacer del instituto la mejor época de sus vidas y los que esperaban continuar adelante hacia experiencias mucho más interesantes. Maria, todos lo tenían claro, solo estaba de paso. Andaba a la deriva entre las pandillas, sin preocuparse por no haberse enterado de una fiesta ni por alguna ruptura en el tejido social de su clase, aunque ella fuera una de las partes implicadas. En dos ocasiones se deshizo de todo su grupo de amistades, dejando a la gente desconcertada y herida. (Samantha era del todo ajena a aquellas actuaciones sociales, hasta que la madre de alguien la llamaba para quejarse.) Y una vez dejó de hablarle a una chica que llevaba años yendo a su casa, una ruptura tan obvia que incluso Samantha se dio cuenta de ella sin que nadie se lo dijera. Cuando le preguntó a Maria, ella simplemente contestó: «Es que ya no puedo más con una persona así».

A los trece años aprendió a conducir sola en el Subaru nuevo (el sustituto del de su abuelo, que finalmente había pasado a mejor vida), y de hecho fue conduciendo a las oficinas del Departamento de Vehículos Motorizados de Norwich para recoger su permiso de conducir provisional. A los quince años se enrolló con una chica mayor llamada Lara en la cabina de iluminación durante un ensayo de *Legalmente rubia*. Fue un alivio y fue emocionante. Y cuando Lara se graduó unos meses después y se mudó a Florida inmediatamente, Maria se pasó la mayor parte de aquel verano de bajón. O al menos hasta que conoció a Gab en la librería de Hamilton. Después de eso dejó de estar de bajón.

22

Hospitalidad

𝒜 última hora de la mañana siguiente, Jake condujo hacia el oeste por la ruta 4 con la cordillera de los Taconic delante y las Green Mountains en el retrovisor, con la intención de encontrar la casa donde había vivido la familia de Evan Parker. Sin la dirección exacta no estaba seguro de cuánto le iba a costar, pero al girar por la salida de West Rutland descubrió que la ciudad no daba para mucho; sin duda para mucho menos que la mayoría de las ciudades de Nueva Inglaterra, con sus clásicas plazas y parques verdes. Encontró Marble Street con facilidad, justo después del antiguo ayuntamiento de ladrillo, y pasó por tiendas de coches, supermercados y la propia cantera, que ahora era un centro artístico. Un kilómetro y medio más allá vio el Agway y redujo la velocidad. La casa, justo después a la derecha, resultó ser imposible de pasar por alto. Se detuvo y se inclinó hacia delante en su asiento para asimilarla.

Era una enorme casa de tres pisos de estilo italiano con una base de mármol, apartada de la calle y francamente imponente: grande, limpia, recién pintada de amarillo y rodeada de plantas sembradas intencionadamente, cosa que compensaba parte de la decadencia arquitectónica que había visto durante el fin de semana. Quien viviera allí en aquel momento había podado cuidadosamente los setos, y Jake vio el contorno de un jardín formal justo detrás del edificio. Estaba intentando adaptar el relativo esplendor de lo que tenía ante él a los infortunios económicos de Evan Parker cuando un Volvo verde aminoró la velocidad junto a su coche y giró por el camino de entrada a la casa. Jake cogió la llave y la puso en el contacto, pero la conductora ya se había bajado y le saludaba amigablemente con la mano. Era una mujer, aproximadamente de su misma edad, con una trenza larga y muy pelirroja que le caía por la espalda. A pesar del abrigo holgado que llevaba, era evidente que estaba como un palillo. Estaba gritando algo. Jake bajó la ventanilla.

—¿Perdón? —respondió él.

Ahora ella caminaba hacia su coche, y el neoyorquino que Jake llevaba dentro sintió vergüenza ajena: ¿quién corría un riesgo como aquel con un perfecto desconocido que estaba aparcado en la puerta de su casa? Evidentemente, un natural de Vermont. La mujer se acercó. Jake empezó a buscar alguna explicación de por qué estaba allí, pero no se le ocurrió nada, probablemente el motivo por el que acabó explicando una versión de la verdad.

—Lo siento mucho. Creo que conocí a una persona que vivió aquí.

—¿Ah, sí? Tenía que ser un Parker.

—Sí, lo era. Evan Parker.

—Claro —dijo la mujer, asintiendo—. Ya sabrá que falleció.

—Eso he oído. Bueno, siento molestarla. Iba conduciendo por la ciudad y he pensado en pasar a presentar mis respetos.

—No lo conocíamos —dijo la mujer—. Lamento su pérdida.

La ironía de aquello, de que le dieran el pésame por Evan Parker, casi le hizo confesar allí mismo. Pero emitió los ruidos necesarios.

—Gracias. La verdad es que fui profesor suyo.

—¿Ah, sí? —dijo de nuevo—. ¿En el instituto?

—No, no. En un taller de escritura. En… ¿Ripley? En el Reino del Noreste.

—A-ha —dijo, como una verdadera natural de Vermont.

—Me llamo Jake. Tiene una casa preciosa.

Ante esto, ella sonrió. Tenía los dientes inequívocamente grises, advirtió. Cigarrillos o tetraciclina.

—Estoy intentando que mi compañera vuelva a pintar la moldura. No me gusta ese verde. Creo que ha de ir más oscura.

Jake tardó un momento en comprender que quería que se pronunciara sobre el tema.

—Podrían ponerla más oscura —dijo finalmente. Parecía ser la respuesta correcta.

—¡Ya…! Mi compañera contrató al pintor un fin de semana que estuve fuera de la ciudad y me tomó el pelo —dijo, y sonrió. En otras palabras, no le guardaba mucho rencor—. Me llamo Betty. ¿Le gustaría verla por dentro?

191

—¿Cómo? ¿En serio?

—¿Por qué no? No es usted el asesino del hacha, ¿verdad?

A Jake se le subió la sangre a la cabeza. Por un brevísimo instante se preguntó si lo era.

—No, soy escritor. Eso es lo que enseñaba en Ripley.

—¿Sí? ¿Ha publicado algo?

Jake apagó el motor y bajó del coche lentamente.

—Un par de libros, sí. Escribí uno titulado... ¿*Cuna*?...

Abrió más los ojos.

—¿En serio? Lo he cogido en la biblioteca. Aún no lo he leído, pero voy a hacerlo.

Jake le tendió la mano y ella se la estrechó.

—Genial. Espero que le guste.

—Ay, mi hermana va a volverse loca. Me dijo que tenía que leerlo, que no vería venir el giro. Porque yo soy de esas que, viendo una película, a los cinco minutos te dice lo que va a pasar. Es como una maldición —explicó riendo.

—Sí que es una maldición —coincidió Jake—. Oiga, es muy amable invitándome a entrar. Sí que me encantaría verla. ¿Está segura?

—¡Pues claro! Ojalá no tuviera un ejemplar de la biblioteca. Si fuera mío me lo podría firmar.

—Tranquila. Le enviaré uno firmado cuando llegue a casa.

Ella le miró como si le hubiera prometido un Primer Folio de Shakespeare.

La siguió por el pulcro camino de entrada y a través de la gran puerta principal de madera. Nada más abrirla, Betty preparó el camino gritando:

—¿Sylvie? Traigo un invitado.

Jake oyó una radio en la parte de atrás de la casa. Betty se agachó para coger un enorme gato gris y se volvió.

—Deme un segundo —dijo a Jake, y se fue por el pasillo.

Él trataba de asimilarlo todo y registraba los detalles con avidez. Había una amplia escalera de madera que ascendía desde un gran pasillo central pintado de un rosa que revolvía bastante el estómago. A su derecha había un gran salón cuya puerta estaba abierta; a su izquierda, una sala de estar aún más formal a la que se accedía a través de un arco abierto. Las dimensiones y los detalles —molduras de corona con dentellón, zócalos altos— eran un alarde de riqueza muy intencionado, pero Betty y Sylvia prácticamente habían aporreado hasta la muerte cualquier rastro de majestuosidad con letreros populares. Todo lo que necesitas es amor... ¡y un gato! y la loca de los gatos colgaban en la pared de las escaleras, y sobre la repisa de la chimenea del salón se leía El amor es el amor. También había una cacofonía de alfombras de colores demasiado vivos que casi anulaba el suelo de madera, y demasiado de todo allá donde mirara Jake: mesas cubiertas de chismes y jarrones de flores demasiado sanas y brillantes para ser auténticas, y tantas sillas puestas en círculo que parecía como si esperaran a un grupo de personas, o se acabaran de marchar. Jake trató de imaginarse a su antiguo alumno allí: descendiendo por aquella escalera, siguiendo los pasos de Betty hacia la cocina que supuso al fondo del pasillo; pero no pudo hacerlo. Las mujeres habían colocado una barrera plagada de cursiladas entre lo que hubiera habido allí antes y lo que había ahora.

Betty regresó sin el gato, pero con una mujer negra corpulenta que llevaba un pañuelo batik en la cabeza.

—Esta es Sylvia, mi compañera —dijo.

—Madre mía —dijo Sylvia—. No me lo puedo creer. Un escritor famoso.

—Escritor famoso es un oxímoron —dijo Jake. Era su afirmación de referencia de modestia personal.

—Madre mía —volvió a decir Sylvia.

—Tienen una casa muy bonita. Por dentro y por fuera. ¿Cuánto hace que viven aquí?

—Solo un par de años —dijo Betty—. No se creería lo ruinosa que estaba cuando nos mudamos. Tuvimos que cambiarlo absolutamente todo, caray.

—Algunas cosas dos veces —dijo Sylvia—. Venga a la parte de atrás a tomar un café.

La cocina tenía sus propios complementos de señalización: La cocina de Sylvia (sazonada con amor) sobre los fogones, La felicidad es casera sobre la mesa, que a su vez estaba cubierta con una tela de un azul vivo decorada con gatos.

—¿Le gusta de avellana? Solo bebemos de ese.

Jake, que detestaba todos los cafés aromatizados, aseguró que sí.

—Sylvie, ¿dónde está ese libro de la biblioteca?

—No lo he visto —dijo Sylvia—. ¿Nata líquida?

—Sí, gracias.

Le acercó la taza, blanca con un dibujo de línea negra de un gato y las palabras «Momentos agatables».

—Hay dónuts —dijo Betty—. De allí vengo. ¿Conoce Jones' Donuts, en el pueblo?

—Pues no —respondió él—. No conozco nada del pueblo. La verdad es que solo pasaba por aquí. ¡No esperaba toda esta hospitalidad de Vermont!

—He de admitir —dijo Sylvia, que llegaba con un plato lleno de unos dónuts de azúcar descomunales— que he echado un vistazo a Google en mi móvil. Sin duda es usted quien dice ser. De lo contrario, estaría ahí atrás llamando a la policía. Por si pensaba que éramos todo hospitalidad y nada de sentido común.

—Ah, bueno —dijo Jake, asintiendo. Sintió alivio por no haber mentido en el coche y por que su reciente propensión a mentir no hubiera reemplazado por completo a su instinto de decir la verdad.

—No puedo creer que este lugar estuviera en ruinas. Tal como está ahora, nunca lo dirías.

—Ya, ¿verdad? Pero, créame, nos pasamos todo el primer año poniendo masilla, pintando y quitando papel de las paredes. Llevaba años sin un mantenimiento en condiciones, cosa que no debería habernos sorprendido. De hecho, en esta casa murió gente por culpa del mal mantenimiento.

—De la ausencia de mantenimiento —dijo Betty, que había regresado con su café.

—¿Qué quiere decir? ¿Como un fuego?

—No, una fuga de monóxido de carbono. De la caldera.

—¿En serio?

El enorme gato gris había seguido a Betty hasta la cocina y ahora saltó sobre su regazo y se acomodó.

—¿Le extraña? —preguntó ella, mirando a Jake—. En una casa tan antigua como esta parece lógico que haya muerto gente. Nacían en casa y morían en casa. Es como se hacían las cosas por aquel entonces.

—No me extraña —contestó Jake, y probó un sorbo de café. Estaba asqueroso.

—No me gusta decir esto —dijo Betty—, pero su antiguo alumno también murió aquí. Arriba, en uno de los dormitorios.

Jake asintió con aire grave.

—Oiga, tengo que preguntárselo —dijo Betty—: ¿cómo fue conocer a Oprah?

Les habló de Oprah. Eran grandes seguidoras suyas.

—¿Van a hacer una película de su libro?

Les habló también de eso. Solo entonces pudo intentar llevar de nuevo la conversación hacia Evan Parker, aunque ya mientras lo hacía dudaba de que el esfuerzo valiera la pena. Aquellas dos vivían en la casa Parker, pero ¿y qué? Tampoco le habían conocido.

—Así que mi antiguo alumno se crio aquí —dijo finalmente.

—Esa familia estuvo en esta casa desde la época en que se construyó. Eran los dueños de la cantera. Seguramente habrá pasado por ella, de camino hacia aquí.

—Creo que sí —asintió él—. Debió de ser una familia adinerada.

—En aquel entonces, seguro que sí —dijo Betty—. Pero no por mucho tiempo. Nos concedieron una pequeña subvención estatal para ayudarnos con la restauración. Solo tuvimos que acceder a incluirla en el recorrido de casas de Navidad cuando termináramos.

Jake miró a su alrededor. Desde que había entrado no había visto nada que fuera digno de la palabra «restauración».

—¡Suena divertido!

Sylvia emitió un sonido de insatisfacción.

—Claro —dijo Betty—, un centenar de desconocidos pisoteando tus habitaciones, dejando pisadas de nieve. Pero habíamos aceptado el dinero, así que mantuvimos nuestra parte del trato. Había mucha gente de West Rutland que se moría por ver el interior de esta casa, y no tenía nada que ver con el trabajo que habíamos hecho. La gente conocía esta casa de toda la vida. Y a la familia.

—Aquella familia no pudo tener peor suerte —dijo Sylvia.

Allí estaba de nuevo, aquella frase, solo que por aquel entonces a Jake ya no le sorprendía tanto. A aquellas alturas ya tenía la información relevante: los cuatro, Evan Parker, su hermana y sus padres, habían muerto, tres de ellos bajo aquel mismo techo. Supuso que merecían colectivamente la expresión «no poder tener peor suerte».

—No supe que había muerto hasta hace poco —dijo Jake—. De hecho, aún no sé cómo fue.

—Sobredosis —dijo Sylvia.

—Oh, no. No sabía que tuviera ese problema.

—Nadie lo sabía. O al menos que lo tuviera todavía.

195

—No debería decir esto —dijo Betty—, pero mi hermana estuvo en cierto grupo anónimo con Evan Parker. Se reunían en el sótano de la iglesia luterana de Rutland. Y él hacía tiempo que era miembro del grupo, ¿sabe lo que le quiero decir? —Calló un momento—. A mucha gente le sorprendió.

—Oímos que tenía problemas con el negocio —dijo Sylvia, encogiéndose de hombros—. Con ese tipo de presión, seguramente no sea de extrañar que se volviera a enganchar. Y ser el propietario de un bar estando sobrio no debía de ser divertido.

—Aun así, la gente lo hace —intervino Betty—. Lo consiguió durante años. Y después supongo que dejó de conseguirlo.

—Ajá.

Estuvieron un momento sin decir nada.

—¿Así que ustedes compraron la casa a la herencia de Evan?

—No exactamente. No tenía testamento, pero su hermana, la que había muerto antes, tenía una hija, que era la heredera. No era muy sentimental, que digamos.

—¿Ah, no? —dijo Jake.

—Debió de esperar una semana como mucho tras la muerte de su tío para ponerla en venta. Y tal como estaba la casa… —Sylvia sacudió la cabeza—. De no haber sido por esta, nadie se habría acercado a ella. Por suerte para ella, a Betty siempre le había encantado este lugar.

—De niña pensaba que la casa estaba embrujada —confirmó Betty.

—Le hicimos una oferta que no pudo rechazar. —Sylvia se levantó para echar a otro gato de la encimera de la cocina—. O eso supongo yo. Nunca la conocimos en persona. Solo tuvimos tratos con el abogado.

—No fue coser y cantar —dijo Betty—. Se suponía que aquel hombre iba a vaciar el sótano de porquería y a dejarlo en condiciones.

—Y el desván. Y la mitad de las habitaciones tenían cosas. No sé cuántas veces escribimos a aquel idiota, Gaylord.

—Don Gaylord —puntualizó Betty, poniendo los ojos en blanco.

—Qué tío… —dijo Sylvia, sonriendo—. Ponía el «don» en todo. Era en plan: vale, lo pillamos, fuiste a la Facultad de Derecho. ¿Tienes un problema de inseguridad?

—Al final le dijimos que lo íbamos a tirar todo a la basura si ella no venía y se lo llevaba. ¡Y ni mu! Así que eso hicimos.

—Esperen, ¿de modo que lo tiraron todo sin más?

Por un instante prometedor, se había permitido imaginar que en algún lugar, bajo aquel techo, había aún una caja con las páginas del manuscrito de Evan Parker. Pero la idea se desvaneció enseguida.

—Nos quedamos con la cama. Una hermosa cama antigua con dosel. Seguramente no la habríamos podido sacar de aquí de haber querido hacerlo.

—¡Que no queríamos! —exclamó Betty con satisfacción.

—Y había un par de alfombras bonitas que enviamos a limpiar. Probablemente por primera vez en un siglo. El resto lo metimos en un camión y enviamos la factura a don Gaylord. Apuesto a que le sorprenderá saber que nunca llegó a pagárnosla.

—A ver, si mi familia hubiera sido dueña de una casa durante ciento cincuenta años, yo la repasaría de arriba abajo. Aunque a ella no le importaran…, bueno, las «antigüedades», sería de esperar que quisiera sus cosas, las cosas con las que se había criado. Pero ¿tirarlo todo sin más, sin verlo?

—Un momento —dijo Jake—. ¿La sobrina también se crio aquí? ¿En esta casa?

197

Trataba de comprender el orden de los acontecimientos, pero por algún motivo todo parecía resistírsele. Los padres de Evan habían vivido y muerto allí, y después su hermana había vivido allí y criado a su propia hija allí, y luego, después de que su hermana muriera y su sobrina se marchara —fuera de allí, como había dicho Sally la parroquiana—, ¿Evan se había vuelto a instalar en la casa? Quizás fuera algo confuso, pero seguramente no muy sorprendente. Después de todo, aquella casa proporcionaba a Jake un trasfondo visual de la infancia irrelevante de Evan Parker y, suponía, de los últimos años de su vida. Pero no explicaba nada más.

Les dio las gracias y les pidió que escribieran su dirección para enviarles el ejemplar firmado.

—¿Quiere que envíe otro para su hermana?

—¿Está de coña? ¡Claro!

Caminó delante de ellas por el pasillo en dirección a la puerta principal y se detuvo para ponerse el abrigo. Entonces miró hacia arriba.

Alrededor del interior de la puerta principal había un toque de trompeta procedente del pasado lejano de la vieja casa: un friso de pintura descolorida que representaba una hilera de piñas. Piñas. Aquello lo atrapó y lo soltó, y después lo atrapó de nuevo y lo retuvo. Cinco por encima del marco superior. Al menos diez a cada lado que llegaban casi hasta el suelo. Las habían conservado en una franja de espacio negativo alrededor del cual se había repintado el resto de la pared en aquel rosa chicle.

—Dios —dijo en voz alta.

—Ya —dijo Sylvia, negando con la cabeza—. Es muy hortera. Betty no me dejó taparlas con pintura. Tuvimos una discusión tremenda.

—Es una plantilla —dijo Betty—. Una vez vi lo mismo en Sturbridge Village, justo igual. Piñas alrededor de la puerta y resiguiendo la parte superior de las paredes. Se remonta a cuando se construyó la casa, estoy segura.

—Llegamos a un acuerdo: tuve que dejar una tira sin pintar. Parece un disparate.

Sí que parecía un disparate. También era una de las pocas cosas que quedaban bajo aquel techo que podría haber sido digna de la palabra «restauración». En caso de que, de algún modo, la hubieran restaurado.

—Al final lo retocaré —dijo Sylvia—. Es que mira los colores. ¡Están tan apagados! Si tenemos que conservarlo, al menos puedo repintarlos. Francamente, cada vez que miro la puerta pienso: ¿por qué habría de poner alguien piñas en las paredes? ¡Esto es Vermont, no Hawái! ¿Por qué no una manzana o una mora? ¡Eso sí que crece aquí!

—Significa hospitalidad —se oyó decir Jake. No había sido capaz de apartar la vista de ellas, de aquella cadena descolorida, porque estaba tambaleándose. Todas aquellas piezas dispares giraban a su alrededor y se negaban a aterrizar.

—¿Qué?

—Hospitalidad. Es un símbolo. No sé por qué.

Lo había leído. Sabía exactamente dónde.

Durante un buen rato, ninguno de los tres dijo nada. ¿Qué había que decir? ¿Y por qué no se le había ocurrido, allá en su oficina del Richard Peng Hall, que el primer intento de novela de Parker probablemente describiría a las personas que mejor había conocido, en la casa que en su momento habían compartido? El mayor cliché de todos era que el primer libro de un escritor era autobiográfico: mi infancia, mi familia, mi horrible experiencia escolar. Su propia *La invención de la maravilla* era autobiográfica, pues claro que lo era y, sin embargo, Jake le había negado a Evan Parker incluso esa cortesía identitaria de la comunidad de los escritores. ¿Por qué?

El error, producto de su propia arrogancia, le había costado meses.

Aquello nunca había sido una apropiación, real o imaginaria, entre dos escritores. Aquello había sido un robo mucho más íntimo: no el de Jake, para nada, sino uno que había cometido el propio Evan Parker. Lo que Parker había robado era algo que debía de haber visto muy en la intimidad: la madre y la hija y lo que había sucedido entre ellas, justo allí, en aquella casa.

Por supuesto que estaba enfadada. Ni por un momento había querido que explicaran su historia, ni su pariente cercano ni mucho menos un perfecto desconocido. Eso, al fin, lo entendió.

199

CUNA

de Jacob Finch Bonner

Macmillan, Nueva York, 2017, páginas 178-180

*G*ab tenía padres: una madre «luchadora» y un padre que iba y venía. Tenía una hermana con fibrosis quística y un hermano con un autismo tan severo que a veces tenía que estar atado a la cama. En otras palabras, tenía una vida familiar tan desesperada y triste que incluso las circunstancias domésticas de Maria debían de parecerle salidas de una comedia familiar. Era un año menor que Maria, alérgica a las nueces y estaba obligada a llevar un EpiPen a todas partes, era aburrida como la carta de ajuste y se dirigía exactamente a ninguna parte.

Al menos Maria empezó a ser una compañía algo más agradable cuando Gab se convirtió en una habitual. Samantha se vanagloriaba de no ser una puritana, ni una fanática religiosa como sus padres, ni una gilipollas controladora en general, así que tendía a ver el advenimiento de la relación de su hija como algo con un impacto positivo en aquellos últimos años. Todo había pasado tan deprisa que a veces, cuando se despertaba por la mañana en la vieja cama de sus padres, en la casa de su infancia, pensaba en ella misma como en la persona que contaba los días para marcharse, y luego se encontraba a Maria y a Gab a la mesa de la cocina, comiendo los restos de pizza de *pepperoni* de la noche anterior y recordaba que era una madre de casi treinta y dos años que estaba a punto de decir *sayonara* para siempre a la única hija que probablemente tendría. Hoy estaba allí y mañana se habría ido como si nada de aquello hubiera sucedido nunca, y se catapultó atrás en el tiempo, diez años, trece años, dieciséis años, a aquella misma mesa de la cocina con su madre y su padre y sus propias esperanzas perdidas, y a la clase donde en su día había vomitado sobre sus problemas, y a la habitación limpísima de la residencia de estudiantes donde Daniel Weybridge le había prometido que no la podía dejar embarazada, ni aunque quisiera.

Una mañana de la primavera de lo que debería haber sido el penúltimo año de instituto de Maria, Samantha recibió una llamada del señor Fortis, justamente, haciéndole saber que tenía que ir a firmar un permiso para que su hija pudiera graduarse antes. Aquello era desconcertante, pero aquella tarde fue y encontró al viejo profesor de Matemáticas, nombrado subdirector años antes, más encorvado, más gris y tan confundido que no la reconoció como a una persona a quien hubiera conocido, y mucho menos como a una exalumna, y mucho menos como a una exalumna inteligente a quien no había apoyado cuando ella se había visto obligada a abandonar la escuela. Y fue por aquel hombre por quien tuvo que enterarse de que su hija había conseguido una beca para la Universidad Estatal de Ohio.

Ohio State. La propia Samantha nunca había estado en Ohio. Nunca había salido del estado de Nueva York.

—Debes de estar muy orgullosa —dijo Fortis, el viejo necio.

—Claro —dijo ella.

Firmó el papel y regresó a casa, donde fue directamente a la habitación de Maria, que antes había sido la suya, y encontró los papeles en un dosier ordenado en el que había escrito UEO y que estaba en el cajón inferior del viejo escritorio de roble de su hija, que antes había sido suyo. Uno era una aceptación formal para el Programa de Honores en Arte y Ciencia y otro era una notificación de algo llamado Beca Nacional de Ohio y otra cosa llamada Beca Maximus. Samantha se sentó un buen rato a los pies de la cama de Maria, pulcramente hecha, la misma cama con dosel en la que ella misma había dormido de niña, soñado con escapar, estado encarcelada mientras incubaba a aquel bebé que no había querido tener, ni dar a luz, ni criar. Había hecho todo eso sin quejarse en absoluto, simplemente porque las personas que tenían poder temporal sobre su vida le habían dicho que tenía que hacerlo. Aquellas personas, sus propios padres, se habían marchado hacía mucho tiempo, pero Samantha seguía allí, incluso mientras el objeto de todo aquel sacrificio se preparaba para largarse de allí para siempre, sin mirar atrás.

Como es natural, ella había sido consciente de que aquella partida llegaría; Maria difícilmente arruinaría su oportunidad del mis-

201

mo modo en que lo había hecho Samantha, ni de cualquier otra manera. Ya desde sus primeros años, cuando caminaba tambaleándose y leyendo letras en voz alta, apuntaba hacia la universidad, si no más lejos, y a una vida, ni que decir tiene, más allá de Earlville y probablemente del norte del estado de Nueva York. Pero en aquel último año había algo que Samantha había estado esperando, en su vida como madre, tal vez albergando alguna pequeña posibilidad de marcha atrás, incluso de redención, que ahora de repente no estaba allí. O posiblemente fuera la forma en que Maria se las había arreglado para vengarse de ella por aquel sexto curso que no le había dejado saltarse. Esta vez, bajo la mirada distraída de su antiguo profesor de Cálculo, había firmado aquella autorización, demasiado intimidada y demasiado avergonzada para no ceder. Era el mes de junio. Suponía que Maria se iría en agosto, si no antes.

No se enfrentó a su hija. Esperó a ver si Maria al menos la invitaba a la ceremonia de graduación, pero de hecho Maria no tenía ningún interés en caminar por aquella cancha de baloncesto decorada con papel crepé, y el día en cuestión se fue con Gab a Hamilton, posiblemente a la librería o incluso a pasar el rato inútilmente en el porche de la residencia de estudiantes. (Ahora la residencia estaba «¡Dirigida por la misma familia desde hace cuatro generaciones!», puesto que Dan Weybridge había muerto de cáncer de páncreas.) Lo único que dijo al llegar a casa aquella noche fue que había roto con su novia, y que era para bien.

Llegó el verano, uno caluroso. Maria no veía a nadie. Samantha se quedaba en su despacho con el ventilador encendido, haciendo el mismo trabajo de facturación médica que había hecho desde que Maria era pequeña, el trabajo que había pagado la comida de su hija, y la ropa, y las visitas médicas. Pasó junio, pasó julio, y Maria continuaba sin decir palabra sobre el hecho de que estaba a punto de marcharse, pero Samantha empezó a ver un movimiento gradual. Iba metiendo la ropa en bolsas y las llevaba a la caja de donaciones del pueblo. Metía los libros en cajas que llevaba a la biblioteca de Earlville. Clasificaba papeles viejos, exámenes de secundaria y dibujos a lápiz de su más tierna infancia y luego los tiraba a la papelera de debajo de su escritorio. Era una fuga en toda regla.

—¿Ya no te gusta eso? —le preguntó Samantha una vez, señalando una camiseta verde.

—No. Por eso me deshago de ella.

—Bueno, puede que me la quede yo, si no la quieres.
Después de todo, usaban la misma talla.

—Haz lo que quieras.

Estaban a principios de agosto.

No lo estaba planeando. De verdad que no estaba planeando nada.

203

23

Única superviviente

$\mathcal{D}$espués de aquello, Jake necesitaba pensar. Regresó al pueblo en coche y se quedó aparcado en la puerta de una Walgreens durante casi una hora, con la cabeza inclinada y agarrándose las rodillas con las manos, tratando de quitar las muchas capas de lo que había asumido que sabía acerca de @TalentosoTom, y luego de ir formándose una idea de lo que más necesitaba saber en aquel momento. Había mucho y estaba empezando desde un lugar radicalmente diferente, y costaba no aferrarse a sus suposiciones anteriores sobre novelistas vengativos y compañeros de clase leales del máster en Bellas Artes. Decidió que ahora tenía que ser humilde si quería parar a aquella persona —a aquella mujer, recalibró entonces— antes de que ella le causara un daño irreparable.

Escribió apresuradamente en su teléfono una lista de lo que no sabía, más o menos en orden de prioridad descendente:

> ¿Quién es?
> ¿Dónde está?
> ¿Qué quiere?

Después se quedó mirando la lista otros veinte minutos, abrumado por el alcance de su propia ignorancia.

A las dos ya estaba en la biblioteca pública de Rutland, intentando informarse de todo cuanto pudiera sobre la familia de Evan Parker en una sola tarde. Los Parker tenían raíces profundas en Rutland. Habían llegado en la década de 1850 con el ferrocarril, pero tan solo veinte años después el patriarca de la familia, Josiah Parker, ya poseía una cantera de mármol en la misma calle de West Rutland, Marble Street, donde también construiría la mansión de estilo italiano de Betty y Sylvia. Obviamente, en el momento de su construcción la casa había sido un lugar de exhibición de la riqueza de Josiah Parker, pero las fortunas de Rutland, junto con la de la propia familia Parker, reflejaron el declive general de la zona y la extinción gradual de la industria del mármol de Vermont. En el registro del impuesto sobre bienes inmuebles de 1990 fue valorada en 112 000 dólares, momento en el cual sus propietarios eran Nathaniel Parker y Jane Thatcher Parker.

Los padres de Evan. O, más concretamente, los padres de Evan y de su difunta hermana.

«Una zorra» y «un mal bicho», según Sally, su amiga del bar, (quien, para ser justos, también se ajustaba a ambas descripciones).

«Decía que su hermana era capaz de cualquier cosa», según Martin Purcell.

«He oído que murió quemada.»

En Internet no había ninguna página de homenaje para aquel miembro de la familia Parker en particular, lo cual podía ser muestra de su escasez de amigos o tal vez solo de la falta específica de amor fraternal de Evan Parker (ya que presumiblemente se había encargado de todo tras el fallecimiento de su hermana). Al parecer se llamaba Dianna, que se parecía patéticamente a Diandra, el nombre que él le había dado en su novela «de ficción». Y su esquela, que aparecía en la misma página de necrológicas del *Rutland Herald* que albergaría la de Evan Parker solo un año después, era sumamente básica:

Parker, Dianna (32), murió el 30 de agosto de 2012. Vivió toda su vida en West Rutland. Fue alumna del Instituto West Rutland. Sus padres ya habían fallecido. Deja un hermano y una hija.

Ninguna mención a la causa concreta de su muerte, ni siquiera una de las banalidades habituales («repentina», «inesperada», «tras una larga enfermedad»), y mucho menos nada personal («amada») o ligeramente resentido («trágica»). Ninguna mención al lugar en que se había producido la muerte, ni adónde enterrarían a la fallecida. Ningún anuncio del funeral, ni siquiera de un «entierro privado» por parte del propio Evan Parker o de un «acto conmemorativo que se anunciaría más adelante». Aquella mujer había sido hija, hermana y sobre todo madre, y sin duda había muerto joven tras una vida que, desde cualquier punto de vista, había estado limitada y falta de experiencias. Si Jake estaba interpretando correctamente el uso de la expresión «fue alumna», Dianna Parker ni siquiera se había graduado en el instituto, y si nunca se había ido de West Rutland, Vermont, realmente tenía que sentir pena por ella. Aquella era la despedida más estéril imaginable después de una vida que no había sido gran cosa, y si realmente había muerto quemada, de una muerte indiscutiblemente horrible.

Al intentar encontrar la partida de nacimiento de Dianna y, lo que era más importante, de su hija aún sin nombre, Jake se encontró con el primer escollo importante, ya que los archivos públicos del estado de Vermont requerían una solicitud formal, y él no estaba seguro de estar autorizado a ello, por lo que se afilió a Ancestry.com en el acto y encontró el resto en cuestión de minutos.

Dianna Parker (1980-2012)
Rose Parker (1996-)

206   Rose Parker. Se quedó mirando el nombre. Rose Parker era nieta de Nathaniel y Ruth, hija de Dianna, sobrina de Evan. Al parecer, era la única superviviente de su familia.

Fue directamente a una página web y empezó a buscarla, pero si bien en aquel momento había casi treinta Rose Parkers en las bases de datos, para su extrema frustración solo una de ellas tenía el año de nacimiento correcto, con una antigua dirección en Athens, Georgia; la única Rose Parker ciudadana de Vermont era una octogenaria. Le preguntó a una bibliotecaria sobre los anuarios del Instituto West Rutland y se hizo ilusiones cuando la mujer señaló hacia una esquina de la sección de referencias, pero la colección ofrecía poco de valor. Dianna, que meramente había sido «alumna» de secundaria, no tenía retrato de graduación en los anuarios de 1997 ni 1998, y Jake, tras revisar cuidadosamente los años anteriores, cuando podría haber sido fotografiada en clubes o equipos, u ocupando cargos de clase, tuvo que concluir que la joven había estado especialmente poco implicada en el Instituto West Rutland; solo su nombre en una lista de eruditos del decano y en una única mención por un ensayo premiado sobre Vermont durante la guerra de la Independencia demostraban que hubiera dejado alguna huella en la escuela. La ausencia de Rose Parker era aún más frustrante. Nacida en 1996, se había ido de casa sin graduarse de secundaria —Sally ya se lo había dicho—, así que tenía sentido que no hubiera ninguna Rose Parker entre los graduados de 2012. De hecho, solo encontró una imagen de Rose Parker de lo que debía de ser su décimo curso: una chica larguirucha con flequillo corto y gafas grandes y redondas que sostenía un *stick* de hockey sobre hierba en una foto de equipo. La imagen era pequeña y no estaba del todo enfocada, pero Jake sacó el móvil y le hizo una foto de todos modos. Quizás fuera todo cuanto llegara a encontrar jamás.

Después de eso, miró lo referente a la venta de la casa de Marble Street, desde la heredera de Evan Parker hasta sus primeros propietarios que no se llamaran Parker. Como habían dicho las mujeres, Rose no había estado presente para la transacción en sí, y al parecer le era indiferente el destino de un siglo y medio de posesiones familiares, por no hablar de sus propias pertenencias de la infancia. Pero el abogado, el señor don William Gaylord, estaba allí en Rutland, y si no sabía dónde estaba Rose Parker en la actualidad, sí que debía de saber dónde estaba en el momento de la venta. Ya era algo.

Jake recogió sus notas, salió de la biblioteca pública de Rutland y fue hacia su coche bajo una lluvia intensa. Eran poco más de las tres de la tarde.

Las oficinas del señor don William Gaylord ocupaban una de aquellas antiguas viviendas de North Main Street que en su día habían albergado a los ciudadanos más adinerados de Rutland. Tenía tejas grises y una torreta estilo reina Ana, y se erigía justo al sur de un semáforo entre un estudio de danza abandonado y un censor jurado de cuentas. Jake aparcó al lado del único coche que había en el aparcamiento de detrás del edificio y se dirigió a pie hacia el porche delantero. Allí, en un letrero junto a la puerta, se leía: SERVICIOS LEGALES. Dentro vio a una mujer que estaba trabajando.

No había pensado mucho en cómo justificar su interés por la transacción de un inmueble hacía tres años con la cual no tenía ninguna relación evidente, pero decidió que tendría más suerte llamando a la puerta que intentando explicar el asunto por teléfono. Con Martin Purcell había fingido ser un profesor que hasta cierto punto se lamentaba por la muerte de su exalumno, y con Sally la parroquiana había sido un desconocido despistado que había salido a tomar una copa. Con Betty y Sylvia casi había sido él mismo, un «escritor famoso» que quería presentar sus respetos a la casa de un conocido que había muerto. Nada de aquello le había resultado especialmente fácil. A diferencia de la taimada joven de quince años del relato más famoso de Saki, su fuerte no era construir romances sobre la marcha; estaba más que versado en construir falsedades sobre la página, cuando tenía todo el tiempo del mundo para fabricarlas bien. Era cierto que había salido de todos aquellos encuentros anteriores con información que no tenía antes, y por eso ya había valido la pena el malestar personal, pero allí no podía limitarse a pasar por la conversación a trompicones con la esperanza de enterarse de algo relevante. Allí sabía con exactitud lo que trataba de averiguar, y no era precisamente algo que pudiera llegar y preguntar sin más.

Se armó de su sonrisa más agradable y entró.

La mujer levantó la vista. Era de piel oscura, del Sureste Asiático, india o bangladesí, pensó Jake, y llevaba un jersey acrílico azul que conseguía quedar suelto en la parte superior y apretado como un fajín alrededor de la gruesa cintura. Ella también sonrió al ver entrar a Jake, aunque con una sonrisa no tan agradable como la suya.

208 —Perdón por entrar sin llamar —dijo—, pero me preguntaba si el señor Gaylord tendría unos minutos.

La mujer lo estaba repasando muy minuciosamente y Jake se alegró de no llevar un estilo muy de Vermont para la ocasión. Llevaba su última camisa limpia y encima un jersey de lana negra que Anna le había regalado por Navidad.

—¿Puedo preguntar de qué se trata?

—Desde luego. Estoy interesado en comprar una propiedad.

—¿Residencial o comercial? —preguntó ella, sin duda desconfiando todavía.

Eso no se lo esperaba. Puede que se demorara demasiado en responder.

—Bueno, ambas, en última instancia. Pero la prioridad es comercial. He pensado en trasladar mi negocio a esta zona. He estado en la biblioteca y le he pedido a una de las bibliotecarias que me recomendara un abogado especializado en derecho inmobiliario.

Al parecer eso era lo que se entendía por adulación en Rutland, ya que tuvo un efecto inequívoco.

—Sí, el señor Gaylord tiene una excelente reputación —informó a Jake—. ¿Quiere tomar asiento? Voy a preguntar si puede recibirle.

Jake se sentó en el rincón de enfrente de su mesa. Había un sofá de dos plazas de cara a la ventana que daba a la calle y un viejo baúl con un helecho en maceta y una pila de números de *Vermont Life*, el más reciente de los cuales parecía ser de 2017. La oyó hablar con un hombre en algún lugar detrás de él. Trató de recordar lo que acababa de decir sobre por qué estaba allí. Propiedad comercial, traslado de un negocio a la zona. Por desgracia no estaba del todo seguro de cómo ir desde allí hasta donde tenía que ir.

—Hola.

Jake levantó la vista. El hombre que estaba a su lado de pie era alto y robusto, con vello nasal abundante, pero por suerte limpio. Iba pulcramente vestido con pantalones negros, una camisa blanca de botones y una corbata que habría encajado en Wall Street.

—Ah, hola. Soy Jacob Bonner.

—¿Como el escritor?

Todavía le sorprendía. Sospechaba que siempre lo haría. ¿Y ahora qué debía decir sobre el negocio que supuestamente estaba trasladando a la zona de Rutland?

—Sí, de hecho sí.

—Bueno, no pasa a menudo que un escritor famoso entre en mi despacho. Mi esposa ha leído su libro.

Seis simples palabras que decían mucho.

—Se lo agradezco. Lamento venir sin cita previa. Estaba preguntando en la biblioteca y me han recomendado...

—Sí, eso me ha dicho mi esposa. Si es tan amable de pasar...

Jake salió del rincón, pasó ante quien evidentemente era la señora Gaylord, y siguió al señor don William Gaylord a su despacho.

Varias menciones y afiliaciones locales enmarcadas en la pared. Un título de la Facultad de Derecho de Vermont. Detrás de Gaylord, sobre la repisa de una chimenea tapada, unas cuantas fotografías polvorientas enmarcadas de él y su mujer con una sonrisa que no pasaba de agradable.

—¿Qué le trae a Rutland? —preguntó Gaylord. Su silla crujió cuando se sentó en ella.

—He venido a trabajar en un nuevo libro y a ver a un antiguo alumno. Di clases en el norte de Vermont hasta hace un par de años.

—¿Ah, sí? ¿Dónde fue eso?

—En el Ripley College.

Arqueó una ceja.

—¿Ese lugar todavía está en funcionamiento?

—Bueno, cuando estuve allí era un programa de baja residencia. Ahora creo que solo se hace a distancia. No sé qué ha sido del campus real.

—Es una pena. Pasé en coche por Ripley no hace muchos años. Es un sitio bonito.

—Sí. Disfruté dando clases allí.

—Bueno —dijo Gaylord, haciéndose cargo de la transición temática—, está pensando en trasladar su negocio, como escritor, ¿a Rutland?

—Bien..., no exactamente. Puedo escribir en cualquier parte, por supuesto, pero mi esposa... trabaja para un estudio de *podcasting* en la ciudad. Estamos pensando en mudarnos fuera de Nueva York para que ella pueda montar su propio estudio. Le dije que echaría un vistazo por aquí durante mi visita. Me pareció que tenía sentido: Rutland tiene una situación estratégica dentro del estado.

Gaylord sonrió, dejando a la vista unos dientes apretados.

—Eso es. No puedo decir que siempre sea algo bueno para la ciudad, pero sí, estamos bastante de camino de cualquier parte de Vermont a cualquier otra parte. No es un mal lugar para poner un negocio, en absoluto. El *podcasting* está muy de moda, ¿no?

Jake asintió.

—Entonces imagino que querría algo en la zona comercial...

Jake se dejó guiar. Al menos quince minutos sobre los múltiples centros urbanos de Rutland, los diversos programas de incentivos estatales y préstamos para nuevos negocios, las exenciones disponibles a veces para empresas que pretendieran emplear a más de cinco personas. Tenía que ir asintiendo, tomando notas y fingiendo estar interesado mientras se preguntaba cómo podría llevar la cuestión a la casa de Marble Street de West Rutland.

—Sin embargo, tengo curiosidad —dijo William Gaylord—. A ver, yo soy de la zona y estoy comprometido con el futuro de aquí, pero la mayoría de la gente que viene de Nueva York o Boston piensa en Middlebury o Burlington.

—Sí, claro —dijo Jake, asintiendo—. Pero de niño vine aquí muchas veces. Me parece que mis padres tenían amigos por la zona. En West Rutland...

—Vale —Gaylord asintió.

—Y recuerdo venir de visita en verano. Recuerdo una tienda de dónuts. Espere… —fingió intentar acordarse del nombre.

—¿Jones'?

—¡Jones'! ¡Sí! Los mejores dónuts de azúcar.

—Uno de mis favoritos —dijo Gaylord, dándose palmaditas en el estómago.

—Y había un pozo para nadar…

Más valía que hubiera un pozo para nadar. ¿En un pueblo de Vermont? Parecía una apuesta segura.

—Hay muchos. ¿Cuál de ellos?

—Uy, no lo sé. Debía de tener siete u ocho años. Ni siquiera recuerdo el nombre de los amigos de mis padres. Ya sabe cómo va, cuando eres pequeño te acuerdas de lo que te acuerdas. En mi caso fueron los dónuts y el pozo para nadar. Ah, y también había una casa en West Rutland, justo al lado de la cantera. Mi madre la llamaba la casa de mármol porque estaba en Marble Street y la base era de mármol. Sabíamos que cuando pasábamos por ella, ya casi estábamos en casa de nuestros amigos.

Gaylord asintió.

—Creo que sé a qué casa se refiere. De hecho me encargué de su venta.

«Cuidado», pensó Jake.

—¿La vendieron? —preguntó. Sonó como un niño decepcionado incluso a sus propios oídos—. Bueno, supongo que es lógico. He de confesarle que ayer, mientras subía hacia aquí en el coche, albergaba el sueño imposible de mudarnos a Rutland y comprar aquella vieja casa que tanto me gustaba de pequeño.

—La vendieron hace un par de años. Pero estaba hecha un desastre, no la habría querido. Las compradoras tuvieron que ponerlo todo nuevo. Calefacción, cableado, fosa séptica. Y pagaron demasiado. Pero mi labor no era convencerlas de que no lo hicieran. Yo actuaba en nombre de la vendedora.

—Bueno, si compras una casa vieja como esa, ya esperas tener que poner algo de dinero. Recuerdo lo deteriorada que se la veía —dijo Jake, al recordar la valoración de infancia que Betty había hecho del lugar—. Claro que un niño no diría «deteriorada», sino «encantada». Durante aquellos veranos era un gran lector de la revista *Piel de gallina* y sin duda aquella casa encantada de West Rutland me traía loco.

211

—Encantada —repitió Gaylord, negando con la cabeza—. Bueno, de eso no sé nada. Esa familia tal vez tuviera la mala suerte de la vieja Nueva Inglaterra, simplemente. Pero de fantasmas reales no sé nada. De todos modos, podemos buscarle otra vieja casa encantada de Vermont, abundan en la zona.

Hizo que Jake apuntara el nombre de algunos de los agentes con los que trabajaba, y después pasó unos minutos hablando con entusiasmo sobre una casa victoriana que había en dirección a Pittsford que llevaba casi diez años en el mercado. Sonaba precioso.

—Pero ¿tiene un porche que la rodea como esa casa de West Rutland?

Gaylord se encogió de hombros.

—No me acuerdo, la verdad. ¿Es una condición innegociable? Siempre se puede añadir un porche.

—Tiene usted razón.

Se le estaban agotando las ideas, y la paciencia. A aquellas alturas también tenía páginas de notas sobre propiedades comerciales en Rutland, Vermont, que no le podían importar menos, y era el orgulloso poseedor de una carpeta de políticas y programas estatales y folletos del todo innecesarios sobre la compra de viviendas, y también de una lista inútil de agentes inmobiliarios que contaban con el sello de aprobación del señor don William Gaylord, así como impresiones de listados de casas antiguas en Rutland y alrededores. Afuera estaba oscureciendo y continuaba lloviendo, y tenía por delante un largo trayecto de regreso a la ciudad. Y todavía no sabía nada más que cuando había entrado.

—Entonces —dijo mientras recogía los papeles y tapaba el bolígrafo, todo con grandes aspavientos—, ¿supongo que no habrá forma de volver a comprarles esa casa a las nuevas propietarias? La verdad es que no le haría ascos a una fosa séptica y una instalación eléctrica actualizadas.

Gaylord lo miró.

—Ese sitio le gusta de veras, ¿no? Pero yo diría que no. No después de todo el trabajo que le ha dedicado esa gente. Si hubiera venido hace tres años, tenía una vendedora muy motivada, créame. Bueno, técnicamente no la tenía yo. Yo era el abogado de este estado para la venta, pero nunca traté directamente con ella. La representaban en Georgia.

212

—¿En Georgia? —preguntó Jake.

—Iba a la universidad allí. Creo que solo quería empezar de nuevo en alguna parte, romper con todo. No regresó para la venta, ni siquiera para limpiar la casa. Con todo lo que salió mal en aquella familia, no puedo decir que la culpe.

—Claro —dijo Jake, que ya la culpaba bastante por los dos.

24

El arcén

*C*uando iba por Albany le vibró el móvil en el asiento de atrás. Era Anna. Se salió al arcén para contestar la llamada. En cuanto le oyó la voz supo que algo no iba bien.

—Jake. ¿Estás bien?

—¿Yo? Claro. Sí. Estoy bien. ¿Qué pasa?

—He recibido una carta muy desagradable. ¿Por qué no me habías contado que estaba pasando esto?

Jake cerró los ojos. Se lo podía imaginar.

—¿Una carta de quién? —preguntó, como si no lo supiera.

—¡De un desgraciado llamado Tom! —dijo en tono muy agudo. No sabía decir si tenía miedo o estaba enfadada. Probablemente ambas cosas—. Dice que eres un estafador y se supone que yo te he de preguntar por alguien llamado Evan Parker que al parecer es el verdadero autor de *Cuna*. A ver, ¿qué coño? He buscado en Internet y…, madre mía, Jake, ¿por qué no me habías contado que estaba pasando esto? He encontrado publicaciones de otoño en Twitter. ¡Y en Facebook! Y en un blog de libros también había algo, hablaban de ello. ¿Por qué diablos no me lo habías contado?

Sintió el pánico presionándole el pecho con fuerza, licuándole brazos y piernas. Allí estaba: lo que había pasado tanto tiempo intentando evitar desesperadamente ahora se revelaba en el arcén. No podía creer que aún le sorprendiera que se hubiera abierto una brecha en otro muro de su vida privada. O que no hubiese evitado que sucediera.

—Debería habértelo contado. Lo siento. Es que… no podía soportar pensar cuánto te afectaría. Cuánto te afecta.

—Pero ¿de qué está hablando? ¿Y quién es ese tal Evan Parker?

—Te lo contaré, te lo prometo —dijo—. Me he parado en el arcén de la autopista del estado de Nueva York, pero estoy de camino a casa.

—Pero ¿cómo ha conseguido nuestra dirección? ¿Se había puesto en contacto contigo alguna vez? Quiero decir ¿directamente, de esta manera?

Le horrorizaba el peso de lo que le había ocultado.

—Sí. A través de mi página web. También se puso en contacto con Macmillan. Nos reunimos para hablar sobre el tema. Y... —le dolía especialmente tener que admitir esta parte— también recibí una carta.

Pasó un buen rato sin oír nada. Después Anna empezó a gritar.

—¿Estás de coña? ¿Sabías que tenía nuestra dirección y no me has dicho nada de esto? ¿En meses?

—No fue una decisión. Simplemente se me fue de las manos. Me siento fatal por ello. Ojalá te hubiera dicho algo cuando empezó.

—O en cualquier otro momento desde entonces.

—Sí.

Durante un buen rato el silencio llenó la distancia que los separaba, mientras Jake miraba con tristeza los coches que pasaban a toda velocidad.

—¿A qué hora llegarás a casa?

—Sobre las ocho —le dijo—. ¿Quieres salir?

Anna no quería salir. Quería cocinar.

—Y hablaremos de esto —dijo, como si él pensara que podía olvidársele.

Después de colgar, se quedó allí sentado unos minutos más, sintiéndose fatal. Trataba de recordar en qué momento había tomado la decisión de no hablarle de TalentosoTom y, para su sorpresa, se remontó hasta el mismo día en que él y Anna se habían conocido en la emisora de radio. Más de ocho meses de aquello: insinuaciones, amenazas y *hashtags* para difundir el veneno tan lejos como pudiera, ¡y nada lo había detenido! Una cosa habría sido que hubiera conseguido manejar el problema, pero no había sido así, y de hecho se había hecho más grande, como un nautilus que giraba en círculos que cada vez abarcaban más y atrapaban a las personas que le importaban: Matilda, Wendy, y ahora, lo peor de todo, Anna. Ella tenía razón. Su peor error había sido no explicárselo. Ahora se daba cuenta.

No. Su peor error había sido, para empezar, coger la trama de Evan Parker.

215

¿Continuaba importando siquiera que *Cuna* fuera suyo, cada palabra? ¿Que el éxito del libro estuviera indisolublemente ligado a su propia habilidad para presentar la historia que Evan Parker le había contado aquella noche en el Richard Peng Hall? Era una historia excepcional, por supuesto que lo era, pero ¿realmente podría haberle hecho justicia Parker? Sí, tenía un talento medio para formar oraciones, eso Jake ya lo había reconocido en Ripley. Pero ¿para crear tensión narrativa? ¿Para entender lo que hacía que una historia te persiguiera, te atrapara y te enganchara? ¿Para forjar personajes por los que un lector estuviera dispuesto a preocuparse, a invertir su tiempo en ellos? Jake no había visto lo bastante del trabajo de Evan como para juzgar si su antiguo alumno era capaz de hacerlo o no, pero Parker había sido quien había contado la historia aquella noche, y eso conllevaba cierto derecho de propiedad; y Jake había sido a quien se la habían contado, y eso conllevaba cierta responsabilidad moral.

Al menos mientras quien la había contado estuviera... vivo.

¿De verdad se suponía que Jake tenía que tirar una trama como aquella a la tumba de otro escritor? Cualquier novelista entendería lo que había hecho. ¡Cualquier novelista habría hecho exactamente lo mismo!

Y así, familiarizado de nuevo con su honradez en el asunto, volvió a arrancar el coche y puso rumbo al sur, en dirección a la ciudad.

A Anna le gustaba cocinar una sopa de espinacas de un verde tan intenso que te sentías más sano solo con mirarla, y eso era lo que le estaba esperando al llegar a casa, junto con una botella de vino y pan de Citarella. Anna estaba sentada en la sala de estar con el *Times* del domingo desmontado, y Jake notó, mientras aceptaba su abrazo rígido, que tenía la sección de libros desplegada sobre la mesita del café, abierta por la página de superventas. Sabía por el comunicado semanal de Macmillan que en aquel momento estaba en el número cuatro de la lista de ficción de rústica, algo que le hubiera entusiasmado y asombrado en cualquier momento de su vida salvo durante el último mes, cuando suponía un descenso real. Aunque esas no eran sus preocupaciones más apremiantes aquella noche.

—¿Quieres lavarte? ¿Tienes hambre?

No había comido desde el dónut, hacía muchas horas, en West Rutland.

—Esa sopa me sentaría de maravilla. Pero un vino me sentaría aún mejor.

—Ve a dejar tus cosas. Te serviré una copa.

Al entrar en el dormitorio encontró el sobre que había recibido Anna, y que le había dejado sobre la cama. Era idéntico al suyo, con aquel único nombre, TalentosoTom, como remitente, y su propia dirección (esta vez con el nombre de ella) centrada en la parte delantera. Lo recogió y sacó el papel de dentro, y el miedo le dejó paralizado al leer la única frase que había escrita:

Pídele a tu esposo el plagiador que te hable de Evan Parker, el verdadero autor de *Cuna*.

Tuvo que luchar contra el impulso de arrugarlo en el acto.

Fue a echar la ropa sucia al cesto y devolvió el cepillo de dientes a su lugar habitual. Por algún instinto miedoso, trató de evitar mirarse al espejo, pero no pudo evitar captar su mirada, y allí estaba explícitamente: el impacto de aquellos últimos meses, profunda e inconfundiblemente grabado en unos círculos oscuros alrededor de los ojos. La piel pálida. El cabello lacio. Y, por encima de todo, una expresión de pavor intratable. Pero en aquellos momentos no había una solución rápida, ni otra salida más que pasar por ello. Regresó a la sala de estar y a su esposa.

Anna había traído de Seattle un juego de cuchillos muy usados, una cacerola de hierro fundido, una vieja tabla de cortar de madera que tenía desde la universidad y un tarro lleno de algo que parecía pudín de tapioca desecada, que resultó ser masa madre. Con aquello había estado produciendo un continuo de alimentos reales durante meses: comidas equilibradas, dulces, guisos, sopas e incluso condimentos que ahora llenaban los estantes del congelador y de la nevera. También había dado los platos de Jake (y los cubiertos, y los vasos) a una organización benéfica de la calle Catorce y los había reemplazado por juegos nuevos de Pottery Barn. Cuando Jake se sentó, Anna estaba colocando sobre la mesa los sólidos cuencos de cerámica llenos de sopa verde.

—Gracias —dijo—. Qué rica.

—Sopa que desenreda el embrollado ovillo de las preocupaciones.

—Creo que eso lo hace el sueño —dijo él—. La sopa es para el alma.

—Bueno, esto es para las dos cosas. Me ha parecido que íbamos a necesitar mucha, así que he hecho dos ollas y la he congelado.

—Me encantan tus instintos emprendedores —dijo él, sonriendo, y tomó su primer sorbo.

—Son instintos isleños. No es que no tuviéramos supermercados en Whidbey, pero era como si la gente siempre quisiera prepararse por si se quedaba aislada.

Anna arrancó el cuscurro del pan y se lo pasó. Luego se quedó mirándolo mientras él empezaba a comer.

—Bueno, ¿cómo funciona esto? ¿Tengo que ir preguntándote o me vas a explicar qué coño pasa?

En aquel instante, y a pesar del largo día sin comer, perdió el apetito.

—Te lo voy a explicar —dijo.

Y lo intentó.

—Tuve un alumno llamado Evan Parker cuando daba clases en Ripley. Y tenía una gran idea para una novela. Una trama que…, bueno, era sorprendente. Sorprendente. Sobre una madre y su hija.

218

—Ay, no —dijo Anna en voz baja. Aquello le cayó a Jake como un puñetazo, pero se obligó a continuar.

—Me sorprendió, porque no veía que apreciara la ficción. No era un gran lector, cosa que siempre es un indicador. Y las pocas páginas de su trabajo que vi… En fin, sabía escribir, pero no era lo que nadie consideraría un gran libro en desarrollo. Tal vez él sí, pero nadie más. Desde luego, yo no. Pero, aun así, sí que tenía una gran historia.

Jake se detuvo. Ya no estaba yendo bien.

—Así que… ¿te la quedaste, Jake? ¿Es eso lo que me estás diciendo?

De repente se encontraba mal. Soltó la cuchara.

—Claro que no. No hice nada, salvo quizás compadecerme un poco de mí mismo. Estaba algo cabreado con el universo porque a aquel tío se le hubiera ocurrido una idea tan genial nada más salir del cascarón. Como alumno era una pesadilla. En el taller, trataba a todos los demás como si estuvieran perdiendo el tiempo, y por supuesto no tenía ni una pizca de respeto hacia mí como profesor. A veces me pregunto, ¿lo habría hecho de no haber sido él tan gilipollas?

—Bueno, yo no empezaría por ahí si alguna vez te preguntan —dijo Anna con gran sarcasmo.

Jake asintió. Tenía razón, desde luego.

—Me parece que hablamos solo una vez, fuera de clase. En una reunión. Ahí fue cuando me contó la trama. Pero nunca nada personal. Ni siquiera sabía cosas básicas como que era de Vermont ni cómo se ganaba la vida.

—Era de... Vermont —dijo Anna lentamente.

—Sí.

—Donde, casualmente, has estado estos días. Dando una lectura y trabajando en las revisiones. —Soltó su copa.

Jake suspiró.

—Sí. Es decir, no, no ha sido una coincidencia. Y no he estado trabajando en las revisiones. Ni dando una lectura, para el caso. Me he reunido con uno de sus amigos de Ripley en Rutland, su pueblo natal.

—¿Has ido a Rutland? —Anna parecía horrorizada.

—Pues sí. Llevo tiempo escondiéndome de esto y tuve la sensación de que tenía que ocuparme de ello ya. Ver si estando allí era capaz de entender algo. Quizás hablando con la gente.

—¿Qué gente?

—Bueno, el amigo de Ripley, por ejemplo. Y fui a lo de Parker.

—¿A su casa? —preguntó Anna, alarmada.

—No —contestó Jake—. Bueno, sí, allí también. Pero me refería al bar que tenía. Una taberna —se corrigió.

—Bien —dijo Anna pasado un momento—. ¿Qué pasó después de que fueras su profesor y hablaras con él una vez fuera del taller?

Jake asintió.

—Bueno, básicamente, me olvidé por completo de él, o casi. De vez en cuando pensaba: «Oye, aquel libro aún no ha salido». Y quizás descubrió que escribir un libro era mucho más difícil de lo que él se pensaba que iba a ser.

—Así que al final tomaste una decisión: «Él nunca lo va a escribir, así que lo escribiré yo». Y ahora Evan Parker te amenaza con revelar que le robaste la idea.

Jake negó con la cabeza.

—No, no fue eso lo que pasó. Y quien sea que me está amenazando no es él. Evan Parker está muerto.

Anna se le quedó mirando.

—¿Que está muerto?

—Sí. De hecho hace mucho tiempo. Desde un par de meses después de aquel taller en Ripley, más o menos. No escribió su libro. O al menos no lo terminó.

Anna no dijo nada por un momento. Después preguntó.

—¿Cómo murió?

—De sobredosis. Es horrible, pero no tiene absolutamente nada que ver con su historia ni conmigo. Y cuando me enteré… evidentemente tuve mi lucha interior. Pero no podía dejar pasar aquella trama sin más, ¿lo entiendes?

Anna tomó un sorbo de vino y asintió lentamente.

—Vale. Continúa.

—Lo haré, pero necesito que entiendas una cosa. En mi mundo, la migración de una historia es algo que reconocemos y respetamos. Las obras de arte pueden superponerse, o digamos que pueden armonizar entre sí. Ahora mismo, con tanta preocupación por la apropiación, se ha convertido en algo sumamente inflamable, pero yo siempre he pensado que había una especie de belleza en ello, en la forma en que las narraciones se cuentan y se vuelven a contar. Así es como sobreviven las historias a través de los tiempos. Se puede seguir una idea de la obra de un autor a otro, y para mí eso es algo poderoso y fascinante.

—Bueno, eso suena muy artístico y muy mágico y todo eso —dijo Anna con un tonillo evidente—, pero me perdonarás si te digo que lo que vosotros los escritores consideráis una especie de intercambio espiritual al resto de los mortales nos parece plagio.

—¿Cómo puede ser plagio? —dijo Jake—. Nunca llegué a ver más que un par de páginas de lo que Parker estaba escribiendo, y evité absolutamente cualquier detalle que recordara. Eso no es plagio, ni remotamente.

—Muy bien —concedió—. Entonces, tal vez «plagio» no sea la palabra correcta. Quizás se acerque más «robo de la historia».

Eso le hizo un daño tremendo.

—¿Como Jane Smiley le robó *Heredarás la tierra* a Shakespeare o Charles Frazier le robó *Cold Mountain* a Homero?

—Shakespeare y Homero estaban muertos.

—Y este tío también. Y, a diferencia de Shakespeare y Homero, Evan Parker de hecho nunca escribió nada que otra persona le pudiera robar.

—Que tú sepas.

Jake miró su sopa, que se enfriaba rápidamente. Solo se había llevado a la boca unas cuantas cucharadas, y parecía haber sido hacía mucho rato. Anna había conseguido dar con su peor miedo.

—Que yo sepa.

—Vale —dijo ella—. Así que Evan Parker no es la persona que me escribió. Entonces, ¿quién lo hizo? ¿Lo sabes?

—Creía saberlo. Pensé que tenía que ser alguien que hubiera estado con nosotros en Ripley. Es decir, si a mí me habló de su libro, ¿por qué no iba a haberle hablado de él a alguien más del programa? Para eso estaban allí los alumnos: para compartir su trabajo.

—Y para que les enseñaran a mejorar como escritores.

Jake se encogió de hombros.

—Claro. Si eso es posible.

—Dijo el exprofesor de escritura creativa.

Jake la miró. Estaba claro que seguía enfadada con él, y se lo merecía.

—Pensé que podría hacerlo desaparecer. Pensé que podría ahorrártelo.

—¿Por qué? ¿Porque ese patético trol de Internet iba a ser demasiado para mí? Si un pobre diablo de por ahí decide perseguirte porque has conseguido algo en la vida, es su problema, no el tuyo. Así que, por favor, no me ocultes este tipo de cosas. Estoy de tu lado.

—Tienes razón —dijo, pero se le quebró la voz—. Lo siento.

Anna se levantó y llevó su cuenco de sopa casi lleno al fregadero. Jake se la quedó mirando por detrás mientras ella lo enjuagaba y lo metía en el lavavajillas. Después volvió a llevar la botella de vino a la mesa y sirvió más para ambos.

—Cariño —dijo—, espero que sepas que no me importa lo más mínimo ese asqueroso. O sea, cero compasión por alguien que hace lo que él ha hecho, por muy justificado que él crea que está. Me importas tú. Y, por lo que veo, esto te ha afectado mucho. Debes de estar destrozado.

«Bueno, eso es del todo cierto», quiso decir él, pero todo cuanto consiguió articular fue:

—Sí.

Se quedaron sentados juntos en silencio un momento. Jake se preguntó si a Anna la hacía sentir mejor o peor el hecho de saber cuánta razón había tenido, todas aquellas semanas, al decir que él no se sentía bien. Pero su esposa no era una persona vengativa. En aquel momento debía de estar frustrada por el alcance de su secreto y de su ocultación, pero la empatía ya estaba tomando la delantera. Sin embargo, lo que tenía que hacer Jake era contárselo todo.

Bebió un sorbo de vino y volvió a intentarlo.

—Bueno, como he dicho, pensé que era alguien de Ripley, pero me equivoqué.

—Vale —dijo Anna con cautela—. Entonces, ¿quién?

—Déjame preguntarte una cosa. ¿Por qué crees que *Cuna* tuvo la respuesta que tuvo? No busco elogios, lo que digo es que... cada año se publican un montón de novelas. Muchas de ellas tienen un planteamiento sólido, están llenas de sorpresas, bien escritas. ¿Por qué esta fue un bombazo?

—Bueno —dijo ella, encogiéndose de hombros—, la historia...

—Sí. La historia. ¿Y por qué era tan impactante la historia? —No esperó a la respuesta—. Porque, ¿cómo iba a sucederle eso alguna vez a una madre y a una hija en la vida real? ¡Es una locura! La ficción nos invita a escenarios estrambóticos. Esa es una de las cosas que le pedimos que haga, ¿correcto? Para no tener que pensar en ellos como reales.

Anna se encogió de hombros.

—Supongo.

—Vale. Pero ¿y si esto fuera real? ¿Y si hay por ahí una madre y una hija reales, y lo que pasa en *Cuna* les pasó a ellas de verdad?

Vio que Anna palidecía.

—Pero eso es horrible —dijo la joven.

—Estoy de acuerdo. Pero piénsalo. Si es real, si la madre y la hija son reales, lo último que quiere esa mujer es leer sobre lo que ocurrió, y mucho menos en una novela que se publica en todo el mundo. Obviamente querría saber quién es el autor, ¿verdad?

Ella asintió.

—Y es justo ahí, en la solapa trasera, donde se me asocia con un máster en Bellas Artes del Ripley College. Donde me habría cruzado con el difunto Evan Parker. Donde podría haber oído su historia.

—Bueno, pero aunque eso fuera cierto, ¿por qué habría de estar enfadado contigo y no con Parker por explicártela? ¿Por qué no estar enfadado con quienquiera que explicara la historia a Evan Parker, para empezar?

Jake negó con la cabeza.

—Dudo que alguien se la contara a Parker. Creo que Parker era cercano a ella. Tan cercano que la presenció, de primera mano. Y cuando se dio cuenta de lo que había visto, tal vez decidió que era una historia demasiado buena para desperdiciarla. Porque era escritor, y los escritores entienden lo ridículamente excepcional que es una historia como esa. —Jake sacudió la cabeza. Por primera vez sentía algo de respeto real por Evan Parker, su compañero escritor. Y su compañero víctima—. Dudo que esto haya ido de plagio alguna vez —prosiguió—. O de robo de la historia, o como quieras llamarlo. Nunca ha sido una cuestión literaria en absoluto.

—No sé qué significa eso.

—Significa que, vale, incluso aunque yo cogiera una cosa que técnicamente no era mía, Evan Parker la cogió primero, y la persona a quien se la quitó se puso furiosa. Pero Evan murió. Así que fin de la historia.

—Obviamente no —observó Anna.

—Eso es. Porque entonces, un par de años después, llega *Cuna* y, a diferencia del intento de Parker, es un libro acabado de verdad y alguien lo ha publicado de verdad. Ahora la historia está por ahí, negro sobre blanco, en toda su gloria, y la han leído dos millones de perfectos desconocidos: en tapa dura, en rústica, el público a gran escala, en audio, ¡en ediciones en letra grande! Ahora está traducido a treinta idiomas y Oprah le pone una etiqueta en la portada y próximamente se representará en un teatro de aquí cerca, y cada vez que esa persona se sube al metro alguien tiene un ejemplar abierto, justo delante de su cara. —Hizo una pausa—. ¿Sabes? La verdad es que entiendo cómo debe de sentirse.

—Me estoy asustando de veras.

«Yo llevo meses asustado», pensó y no dijo.

Anna se sentó.

—Espera —dijo—. Sabes quién es ese tipo, ¿verdad? Lo puedo ver. ¿Quién es ese hombre?

Jake negó con la cabeza.

—Esa mujer —dijo.

—Espera —dijo—. ¿Qué? —Tenía un mechón de pelo gris enrollado entre los dedos y lo retorcía.

—Es una mujer.

—¿Cómo puedes saberlo? —preguntó ella.

Jake vaciló antes de contestarle. Parecía descabellado, ahora que estaba a punto de decirlo en voz alta.

—Anoche, en la taberna de Evan, la mujer que estaba sentada a mi lado conocía a Parker. Lo odiaba. Dijo que era un gilipollas rematado.

—Vale. Pero parece como si eso ya lo supieras.

—Sí. Y luego me recordó otra cosa. Parker tenía una hermana menor, Dianna. Yo sabía de su existencia, pero nunca pensé en ella porque también está muerta. Murió incluso antes que su hermano.

Anna parecía aliviada. Incluso intentó sonreír.

—Pero entonces es obvio que no es ella.

—Aquí no hay nada obvio. Dianna tuvo una hija. *Cuna* trata de lo que le ocurrió a ella. ¿Lo entiendes?

Anna se lo quedó mirando fijamente durante un buen rato y, al final, asintió. Y entonces, por si servía de algo, ya eran dos quienes lo sabían.

CUNA

de Jacob Finch Bonner

Macmillan, Nueva York, 2017, páginas 212-213

$\mathcal{P}$asaron semanas sin hablar pero, incluso tras llevar toda una vida sin hacerlo, había algo diferente en aquello: era más duro, más frío, inexorablemente tóxico. Cuando se cruzaban por el pasillo, o por las escaleras, o en la cocina, los ojos de ambas se deslizaban más allá de la otra, y había momentos en que Samantha sentía la vibración física real de lo que se iba acumulando dentro de ella. Sin embargo, no tenía una intención, solo una idea creciente de que se acercaba algo que no se podría evitar, ni siquiera con esfuerzo; así pues, ¿qué sentido tenía intentar evitarlo? Era mucho más fácil darse por vencida, y después de eso no sintió nada en absoluto.

La noche en que Maria se fue de casa para siempre, llamó a la puerta del despacho de su madre y le preguntó si podía coger el Subaru.

—¿Para qué?

—Me mudo —respondió Maria—. Me voy a la universidad.

Samantha intentó no reaccionar.

—¿Qué pasa con el último curso?

Su hija se encogió de hombros de un modo exasperante.

—El último año es una mierda. Hice la solicitud pronto. Me voy a la Universidad de Ohio. Me han dado una beca para alumnos de fuera del estado.

—Ah, ¿y cuándo pensabas mencionarme todo esto?

De nuevo aquel encogimiento de hombros.

—Ahora, supongo. He pensado que podría llevarme mis cosas en el coche y después venir a devolverlo. Luego ya me iré en autobús o algo…

225

—Vaya. Qué gran plan. Supongo que lo has pensado mucho.

—Bueno, cualquiera diría que me ibas a llevar tú a la universidad.

—¿Perdona? —dijo Samantha—. ¿Cómo iba a poder si ni siquiera me has dicho que te ibas?

La joven se dio la vuelta y Samantha la oyó por el largo pasillo hacia su habitación. Entonces se levantó y la siguió.

—Y, por cierto, ¿eso por qué? ¿Por qué he tenido que enterarme por el profesor de Matemáticas del instituto de que mi hija se iba a graduar antes de tiempo? ¿Por qué tengo que registrar tu escritorio para saber que mi hija va a ir a la universidad fuera del estado?   '

—Ya me lo pareció —dijo Maria con voz exasperantemente tranquila—. No pudiste mantener las zarpas lejos de mis cosas, ¿verdad?

—No, supongo que no. Igual que si hubiera pensado que te metías droga. Supervisión parental.

—Ah, qué gracia. ¿Ahora, así de repente, te interesa la supervisión parental?

—Siempre me ha…

—Vale. Te preocupaba. Por favor, mamá, aún tenemos que pasar juntas un par de días más. No la liemos ahora.

Se levantó de la cama y se paró frente a su madre, de camino, quizás, al baño, donde Samantha en su día había confirmado su apuro con una prueba de embarazo de Hamilton ThriftDrug, o abajo, a la cocina, donde Samantha en su día había intentado convencer a su propia madre de que no tenía ningún sentido, ¡ningún sentido!, tener o quedarse aquel bebé que no había deseado nunca, nunca, ni por un momento, ni entonces, ni después, ni ahora, y mientras aquel cuerpo pasaba por delante de ella, se vio, asombrosamente, a sí misma: esbelta y recta, con el cabello castaño fino y aquella manera de encorvarse típica de la familia, tanto ahora como en aquel momento lejano, solo queriendo, deseando y esperando que llegara el día en que pudiera marcharse como Maria estaba a punto de hacer. Y sin comprender lo que hacía ni saber que lo iba a hacer, cogió a su hija de la muñeca y tiró con fuerza, haciendo que el cuerpo que estaba unido a ella se balanceara con fuerza hacia atrás trazando un arco invisible, y mientras lo hacía tuvo una idea de sí misma haciendo girar en el aire a una niña y sonriendo en su sonrisa mientras ambas daban vueltas y más vueltas. Era algo que una madre podría haber hecho con su hija y una hija con su madre, y aparecía en una película o en un anuncio de la tele de vestidos o de las playas de Florida o de herbicida para que el patio trasero estuviera bonito y una inocente niña pudiera jugar en él, solo que Samantha no recordaba haberlo hecho nunca ella misma, ni como madre que giraba ni como hija a quien le hacían dar vueltas y más vueltas en un arco perfecto.

La cabeza de Maria se decantó hacia uno de los postes de la vieja cama de madera, y el crujido fue tan fuerte y tan profundo que el resto del mundo quedó en silencio.

La joven cayó como algo liviano, sin apenas hacer ruido, solo que allí estaba: mitad fuera mitad encima de una vieja alfombra trenzada que en su día, cuando la propia Samantha era joven, había estado en el pasillo, delante de la puerta de la habitación de sus padres. Esperó a que su hija se levantara, pero la espera corría por una pista paralela a otra cosa, que era la conciencia absoluta y extrañamente tranquila de que su hija ya se había ido.

Marchado. Huido. Escapado, después de todo.

Samantha debió de quedarse allí sentada un minuto o una hora, o buena parte de la noche, mirando aquella cosa arrugada que en su momento, hacía mucho tiempo, había sido Maria, su hija. Y menudo despilfarro había sido. Menudo ejercicio de inutilidad traer a un ser humano al mundo solo para encontrarse más sola que antes, más frustrada, más decepcionada, más perpleja sobre lo que significaba cualquier cosa. Aquella niña que jamás le había tendido la mano ni expresado su amor, que nunca había dado la más mínima muestra de apreciar lo que había hecho su madre, a lo que había renunciado —no por voluntad propia, por supuesto, pero sí con resignación, con responsabilidad—, y ahora había llegado a aquello. ¿Para qué?

En un momento dado, en lo más profundo de la noche, pensó: «Tal vez me encuentre en estado de *shock*». Pero fue pasajero. Ese pensamiento cayó detrás de ella, y también se quedó inmóvil.

Daba la casualidad de que Samantha llevaba puesta una camiseta verde que Maria había desechado aquella noche. Era suave y le quedaba casi exactamente como a su hija: los mismos hombros estrechos, el mismo pecho plano. Frotó el algodón entre los dedos hasta que le dolieron. Había otra prenda de su hija que siempre le había gustado, una camiseta negra de manga larga que parecía holgada y cómoda y tenía capucha. Pensó en ella misma llevándola puesta y se preguntó si alguien la vería y le preguntaría: «¿No es esa la camiseta de Maria?».

227

¿Qué iba a decir ella? «Ah, Maria me la dio cuando se fue a la universidad.» Pero Maria ya no iba a ir a la universidad. Seguro que todos lo sabrían. Aunque, ¿quién se lo iba a decir?

«No seré yo quien se lo diga», se dio cuenta Samantha. No se lo iba a decir a nadie.

Después de aquello, todo estuvo muy claro. Acabó de empaquetar las pertenencias de su hija, y algunas propias. Cerró la casa, lo puso todo en el coche y se dirigió al oeste, tan al oeste como había viajado hasta entonces, y después más lejos. En Jamestown giró hacia el sur y por fin salió del estado de Nueva York, y a última hora de la tarde estaba bien entrado el bosque nacional de Allegheny, y en cada curva tomaba la carretera que parecía menos transitada. En un pueblo llamado Cherry Grove vio un letrero de una cabaña en alquiler, tan apartada que el dueño le dijo que no se molestara en ir si no tenía tracción a las cuatro ruedas.

—Tengo un Subaru —le dijo. Pagó una semana en efectivo.

El día siguiente lo pasó buscando el mejor lugar y aquella noche cavó el hoyo con una pala que había llevado desde Earlville. La siguiente noche llevó el cuerpo de su hija y lo metió allí, en lo hondo de la tierra, y lo cubrió de rocas y arbustos, tras lo cual se duchó, ordenó la cabaña y dejó la llave en el porche de delante, tal como le habían indicado. Luego volvió a montarse en su viejo coche y dejó atrás también aquello.

CUARTA PARTE

25

Athens, Georgia

—*T*engo que ir a Georgia —le dijo a Anna un día después de haber vuelto de Rutland. Iban paseando desde casa hasta Chelsea Market, y comenzaron a discutir al instante.

—Jake, esto es una locura. ¡Vas por ahí hablando con la gente en los bares y colándote en sus casas y despachos!

—No me colé.

—Tampoco dijiste la verdad.

No. Pero había valido la pena. En veinticuatro horas había averiguado más cosas de las que había sido capaz de descifrar en meses. Ahora entendía a lo que se había estado enfrentando realmente, o al menos a lo que había estado evitando enfrentarse todo aquel tiempo.

—Tiene que haber otra manera —dijo Anna.

—Claro. Puedo volver a *Oprah* como mi predecesor, James Frey, agachar la cabeza y empezar a lloriquear por mi «proceso», y todo el mundo lo entenderá perfectamente, y eso no destruirá todo lo que he logrado ni hará que se cancele la película, por no hablar del nuevo libro, ni me convertirá en un paria de por vida. O puedo pedirle a Matilda o a Wendy que organicen un *mea culpa* público, y convertir a Evan Parker en un Gran Novelista Estadounidense trágicamente perdido, y otorgarle reconocimiento por un libro que no escribió. O también puedo dejar que esa zorra tenga control total y absoluto sobre mi vida y poder para hacer volar por los aires mi carrera, mi reputación y mi sustento.

—No estoy sugiriendo nada de eso —dijo Anna.

—Ahora veo cómo puedo encontrarla, o al menos por dónde empezar a buscar. No es el momento oportuno para pedirme que lo deje.

—Es el momento oportuno, porque saldrás mal parado.

—Saldré mal parado si no hago nada, Anna. Esa mujer quiere que la descubran tan poco como yo. Quiere tener el control, y hasta ahora lo ha tenido. Pero cuanto más averiguo sobre ella, más puedo restablecer el equilibrio. Francamente, es lo único que tengo de mi lado.

—Pero ¿por qué hablas como si te afectase solo a ti? Yo también he recibido una carta muy desagradable de ella, ¿recuerdas? Y, aunque no fuera el caso, deberíamos enfrentarnos a esto juntos. ¡Estamos casados! ¡Esto es una relación de pareja!

—Ya lo sé —asintió Jake desconsoladamente.

Tal vez no hubiera comprendido plenamente el impacto que sus evasivas habían tenido sobre Anna, o incluso el daño que había causado a su recién estrenado matrimonio, hasta que se había visto obligado a confesar. Seis meses de esconder la existencia de TalentosoTom (por no hablar de la del propio Evan Parker) le habían desgastado, esa parte la entendía, pero ahora veía el riesgo que había corrido con ella, y lo peor era que seguramente aún no le habría contado nada de aquello de no haberse visto obligado a hacerlo. Era una condena horrible de lo que quedaba de su carácter, y Anna tenía toda la razón para estar furiosa con él, pero, aunque Jake lo reconocía, albergaba la esperanza de que las confesiones de la noche anterior sirvieran en última instancia para mejorar las cosas. Tal vez dejar que Anna entrara en su círculo personal del Infierno, aunque fuera contra lo que él quería, los uniría más. Debía tener la esperanza de que así fuera. Estaba desesperado por llegar al final de todo aquello, y cuando lo hiciera, juró que empezaría desde cero, con Anna y con todo lo demás.

—Necesito ir a Georgia —dijo de nuevo.

Ya le había hablado del abogado de Rutland, el señor don William Gaylord, que había actuado conjuntamente con el representante de fuera del estado del vendedor. Le había hablado de Rose Parker, que tenía la edad apropiada y hacía tiempo había vivido en Athens, Georgia. Ahora le contó lo que había descubierto pagando cinco dólares por un pase de veinticuatro horas para el Portal Virtual de Secretarios Municipales de Vermont: el nombre y la dirección de aquel abogado de fuera del estado, un tal don Arthur Pickens. También de Athens, Georgia.

—¿Y? —preguntó Anna.

—¿Sabes qué más hay en Athens, Georgia? Una universidad enorme.

—Bueno, vale, pero eso no es una prueba irrefutable. Más bien es una gran coincidencia.

—Bueno, si es una coincidencia, lo averiguaré. Y entonces podré resignarme a dejar que esa mujer destruya nuestras vidas. Pero antes quiero saber si todavía está allí y, si no, entonces quiero saber adónde fue cuando se marchó.

Anna negó con la cabeza. Habían llegado a la entrada de la Novena Avenida de Chelsey Market, y la gente salía en tropel.

—Pero ¿por qué no puedes llamar a ese hombre y ya está? ¿Por qué tienes que volar hasta allí?

—Creo que tendré más posibilidades de verlo si me presento allí sin más. En Vermont funcionó. Puedes venir conmigo, lo sabes.

Pero Anna no podía. Tenía que volver a Seattle para acabar de ocuparse de las cosas que tenía en el guardamuebles y de unos últimos asuntos con la KBIK. Ya lo había pospuesto un par de veces y ahora su jefe del estudio de *podcasting* le había pedido que no viajara más allá de junio (cuando él se casaría e iría a China de luna de miel) o julio (cuando asistiría a una conferencia de *podcasting* en Orlando). Anna había planeado su viaje para la semana siguiente, y Jake no pudo convencerla de que cambiara de planes, así que dejó de intentarlo, y quedó entre ellos una tensión palpable. Reservó su vuelo a Atlanta para el lunes siguiente y pasó los días de en medio terminando las revisiones para Wendy. Envió el manuscrito a última hora de la noche del domingo, y la tarde siguiente, cuando encendió el teléfono después de que el avión aterrizara en Atlanta, tenía un correo electrónico informándole de que el libro había entrado en producción. Así que al menos ese peso en concreto se lo quitó de encima.

Atlanta era una ciudad por la que había pasado un par de veces en sus giras de promoción, pero que nunca había visitado realmente. Recogió un coche en el aeropuerto y se dirigió hacia el noreste, a Athens, pasando por Decatur, donde hacía muchos meses, al aparecer *Cuna* por primera vez en la conciencia nacional, había asistido a una feria del libro y experimentado su primer «aplauso de entrada». Recordaba aquel día, hacía solo dos años, y la sensación extraña e incorpórea de que le conociera una persona (en este caso, muchas personas) a las que él no conocía, y la sensación de asombro de haber escrito un libro por el que unos desconocidos habían pagado dinero, al que habían dedicado tiempo para leer, y que les había gustado lo bastante como para presentarse en el juzgado del condado de DeKalb con el único propósito de verle y escucharle decir, presumiblemente, algo de interés. Qué lejos quedaba del presente aquel momento emocionante, pensó Jake al pasar las indicaciones de salida para Decatur de la 285. Se preguntaba si le estaría permitido sentirse orgulloso de su nuevo libro cuando este saliera, o si alguna vez sería capaz de escribir algo más después de aquel calvario, aunque de algún modo llegara a conseguir que acabara pacíficamente. Y si no lo conseguía, si aquella mujer se salía con la suya y le ponía de rodillas, le avergonzaba ante sus colegas, lectores y todos los demás que habían puesto en juego su propia reputación profesional para apoyar la suya, Jake se preguntaba cómo podría continuar llevando la cabeza alta, no solo como escritor sino como persona.

Razón de más para conseguir las respuestas que había venido a buscar.

Cuando llegó a Athens ya era demasiado tarde para hacer otra cosa que no fuera almorzar, por lo que se registró en el hotel y salió a comer una parrillada, y mientras esperaba las costillas y la cerveza, se puso a marcar en un mapa los lugares que tenía que visitar. Estaba rodeado de jóvenes rubias que llevaban camisetas rojas de la UGA. Tenían la voz musical y ebria y estaban celebrando juntas algún triunfo claramente no académico, y Jake pensó en lo diferentes que eran aquellas chicas ciertamente bastante jóvenes de su propia esposa, y en lo afortunado que se sentía de estar casado con Anna, aunque ella sin duda estuviera angustiada por las decisiones que él había ido tomando y molesta con él en general. Pensó en cómo cada mañana, cuando su mujer se iba a trabajar, él encontraba un nido de canas largas enrolladas en el desagüe de la ducha, y en que el hecho de sacarlas le otorgaba una satisfacción poderosa, aunque ciertamente extraña. Pensó en que su hogar era cálido, colorido y cómodo, nada de lo cual había podido lograr él por su cuenta, y en que la nevera y el congelador estaban llenos de su deliciosa comida: sopas caseras, estofados e incluso pan. Pensó en el gato, Whidbey, y en la satisfacción especial de convivir con un animal (su primera mascota real desde un hámster de vida lamentablemente corta cuando era niño) y en las formas en que el animal se dignaba de vez en cuando a expresar gratitud por su vida extremadamente placentera. Pensó en la incorporación gradual de personas nuevas y agradables a su vida de pareja, algunas del mundo de los escritores (de quienes podía disfrutar como personas ahora que no tenía

234

motivos para envidiarles) y otra de las nuevas esferas de los nuevos medios de comunicación en los que Anna empezaba a moverse. Todo ello subrayaba la poderosa sensación de que se había embarcado en el mejor período de su vida.

Ahora, bebiendo su cerveza y comiendo sus costillas a la parrilla mientras unas chicas de hermandad gritaban en la mesa de al lado, se maravilló ante el azar de todo ello: aquella incorporación de última hora a su abarrotada gira de promoción que Otis (se había tenido que esforzar para recordar el nombre de su enlace de gira) había aceptado en su nombre, la irritante, casi insultante, entrevista en directo, la invitación totalmente espontánea para tomar un café, y sobre todo la valentía inesperada de alguien dispuesta a cambiar drásticamente de vida y unirse a la suya, dejando atrás muchas cosas. Y allí estaba él, menos de un año después, casado con aquella mujer inteligente y encantadora, con una nueva vida y una nueva novela que había sido concebida sin la más mínima mácula de concesión, mirando adelante hacia una plenitud de todo tipo.

Ojalá pudiera dejar atrás a Evan Parker y a su espantosa familia.

235

26

Pobre Rose

*P*or la mañana fue caminando al campus de la UGA y se dirigió a la secretaría, donde solicitó los registros de una estudiante llamada Rose Parker, nacida en West Rutland, Vermont. Tenía una historia preparada —que era una sobrina con la que se habían distanciado, que el abuelo estaba moribundo—, pero nadie le pidió nada, ni siquiera que se identificara. Por otro lado, solo le ofrecieron la información que permitía algo llamado Enmienda Buckley y, aunque eso parecía escaso en comparación con todas las preguntas que Jake tenía, también representaba un ramillete de hechos maravillosamente concretos. En primer lugar, que Rose Parker se había matriculado en la Universidad de Georgia en Athens en septiembre de 2012 sin ninguna especialidad declarada. En segundo lugar, que había solicitado y recibido una dispensa para el requisito de que los estudiantes de primer año vivieran en una residencia universitaria del campus (como bono de bienvenida, la dirección de fuera del campus que había proporcionado a la universidad coincidía con la de su búsqueda anterior en Internet). En tercer lugar, que solo un año después, en otoño de 2013, ya no había ninguna Rose Parker entre los 37 000 estudiantes matriculados en la universidad. Ni que decir tiene que la secretaría no tenía ninguna dirección de reenvío ni información de contacto actual de ningún tipo, y si el expediente académico de Rose había sido enviado alguna vez a otra institución de educación superior para dar apoyo a un traslado, esa información no entraba dentro de los parámetros de lo que se le permitía saber.

Salió a la mañana de junio y se sentó en uno de los bancos de madera que había frente al edificio académico Holmes-Hunter. Era maravilloso, y al tiempo hasta cierto punto perturbador, imaginar a aquella persona paseando por los caminos de la universidad, tal vez sentada en aquel mismo banco frente al edificio de estilo colonial del que acababa de salir. ¿Podía ser que aún estuviera en Athens? Desde luego que era posible, pero Jake sospechaba que hacía tiempo que se había marchado a alguna ciudad de algún otro estado, y que hacía a saber qué más mientras mantenía una campaña obsesiva contra él y su obra.

Encontró el despacho de don Arthur Pickens en College Avenue y se sentó a una mesa al aire libre, en un café que estaba a unos pocos escaparates más allá, con el fin de ordenar sus pensamientos. Estaba repasando alguna de la información claramente desagradable sobre Pickens que había recopilado desde su visita al otro don de Rutland, Vermont, cuando vio a un padre visiblemente furioso acompañado de su hijo en edad universitaria, vestido con el atuendo rojo de UGA que ahora ya le resultaba familiar, entrando en el despacho del abogado. La pareja estuvo dentro un buen rato y, cuando finalmente salieron, Jake se levantó de su mesa, entró por la misma puerta y se encontró al pie de una escalera empinada. En el segundo piso, la puerta de vidrio del despacho estaba sin cerrar con llave y dentro había un hombre de rostro colorado sentado ante un enorme escritorio de caoba. Tras él, estanterías con libros de derecho, tan inmaculados que parecía que nunca los hubieran abierto. Eso no se contradecía con lo que había averiguado sobre don Arthur Pickens.

El hombre tenía el ceño fruncido. Jake, también. Entonces recordó que le correspondía empezar a él.

—¿Señor Pickens?

—Soy yo. ¿Y usted es?

—Jacob Bonner. —Jake cruzó la habitación con la mano extendida. Se había decidido por la gentileza sureña, la aproximación yanqui—. Lamento no haber llamado antes. Si está ocupado, puedo volver en otro momento.

Pero Pickens se quedó sentado. No extendió la mano. Parecía desaprobar a Jake incluso más de lo que merecería una visita sin cita previa.

—No creo que sea necesario, señor Bonner. No podré ayudarlo aunque regrese en otro momento.

Se quedaron mirándose mutuamente. Jake bajó la mano. Finalmente, consiguió decir:

—¿Perdón?

—Perdonado. Pero el privilegio abogado-cliente me impide responder a sus preguntas.

—¿Está diciendo que ya sabe sobre qué vengo a hablarle?

—No puedo responder a eso —dijo Pickens.

—Y, para que quede claro, también sabe a cuál de sus clientes conciernen las preguntas que quiero hacerle.

—De nuevo, no voy a responder.

A pesar de toda su anticipación, y a pesar, sobre todo, de la hora que se había pasado esperando en el café de calle arriba, Jake no había considerado aquella situación en concreto. En consecuencia, se quedó de piedra.

—Así que lo invito respetuosamente a marcharse, señor Bonner —añadió Pickens, poniéndose de pie.

Al parecer bajo aquella gran mesa había unas piernas muy largas, que se desplegaron al levantarse el abogado. Con su altura considerable parecía de pies a cabeza la flor de la hombría sureña, desde la complexión atlética hasta la cara roja y el cabello peinado hacia atrás, de un castaño un poquitín demasiado uniforme para ser del todo natural. Se quedó de pie, inclinado hacia delante, con los brazos apoyados en su mesa, con una sonrisa no hostil, por extraño que pareciera, pero esperando claramente que Jake se marchara sin más comentario.

En lugar de eso, Jake se sentó en una de las sillas del otro lado de la mesa.

—He decidido contratar a un abogado —dijo—. Me están acosando y amenazando y me gustaría presentar una demanda por difamación.

Pickens frunció el ceño. Quizás lo que le habían dicho no incluía la parte del acoso, las amenazas y la difamación.

—Tengo motivos para creer que el acoso se originó aquí en Athens, y necesito un abogado local que actúe en mi nombre.

—Será un placer recomendarle a otra persona. Conozco a algunos abogados excelentes aquí en Athens.

—Pero usted es un abogado excelente, señor Pickens. Es decir, desde luego lo parece, si no se mira demasiado detenidamente.

—¿Qué se supone que quiere decir eso? —preguntó Pickens con aspereza.

—Bueno, obviamente sabe quién soy. Supongo que eso significa que también sabe que soy escritor. Los escritores investigamos. Y, cómo no, le he investigado a usted.

Pickens asintió.

—Me alegra oírlo. Mis calificaciones en Internet son excelentes.

—¡Totalmente correcto! —exclamó Jake—. Licenciado en la Universidad de Duke. Derecho en Vanderbilt. Está realmente bien. Es decir, en Duke hubo todo aquello de las trampas, pero fue toda su fraternidad: no me parece justo señalarle a usted en particular. Y luego tuvo aquel incidente con la hija de su cliente. Y lo de conducir bajo los efectos del alcohol, por supuesto. Pero ¿quién no ha conducido bajo los efectos del alcohol, verdad? Además, estoy seguro de que la policía del condado de Clarke se la tenía jurada a un abogado defensor de éxito como usted. Con todo, se salvó por los pelos en el estado de Georgia.

Pickens se sentó. De tan furioso como estaba se había puesto aún más colorado.

—De todos modos, creo que la mayoría de la gente no va más allá de Facebook o Yelp cuando busca un abogado. Probablemente está usted bien.

—¿Quién es ahora el que acosa y amenaza? —preguntó el abogado—. Ya le he pedido que se vaya.

—¿Es Rose Parker la persona que le dijo que quizás yo vendría a verle?

Pickens no respondió.

—¿Sabe dónde está ahora?

—Señor Bonner, le he pedido que se vaya varias veces. Ahora voy a llamar a la policía. Así tendrá también una denuncia penal contra usted aquí en el condado de Clarke.

Jake suspiró y se puso en pie.

—Bueno, estoy seguro de que sabe lo que se hace. Es solo que me preocupa que cuando vengan a hablar con usted sobre los crímenes de Vermont, salgan a la luz todos esos asuntos antiguos. Pero supongo que ya ha hecho las paces con ellos.

—Yo no sé nada sobre ningún crimen de Vermont. Nunca he puesto un pie en Vermont. Nunca he estado más al norte de la línea Mason-Dixon.

Dijo esto con tal orgullo que incluso le miró con desprecio. Qué pobre diablo tan patético.

—Bueno —dijo Jake, encogiéndose de hombros—, está bien, aunque cuando lleguen los investigadores yanquis dudo que se los pueda quitar de encima simplemente pidiéndoles que se marchen. Creo que tendrá que contratar a alguien que le represente, tal vez a uno de esos excelentes abogados a los que estaba a punto de derivarme. Tal vez quien fuera que llevara el caso de la conducción bajo los efectos del alcohol o aquel asunto con la adolescente. Y probablemente yo le nombre en mi demanda. Ya sabe, cuando demande a su clienta por daños. Así que, si también lo representan por eso, tal vez le hagan precio.

El señor Arthur Pickens parecía a punto de explotar.

—Si quiere malgastar su dinero en una demanda frívola, adelante. Como he dicho, el privilegio abogado-cliente me impide proporcionarle información sobre mi cliente. Váyase, por favor.

—Uy, me ha proporcionado mucha información —dijo Jake—. Me ha confirmado que todavía se comunica con su clienta, Rose Parker. No tenía manera de saberlo cuando he entrado hace unos minutos, así que se lo agradezco.

—Si no se va de inmediato, llamaré a la policía.

—Bien —dijo Jake, poniéndose de pie lánguidamente—. Si no cruza ninguna línea ética, espero que le diga a su clienta que si no acaba con los correos electrónicos, las cartas y las publicaciones, iré a la policía de Vermont con todo lo que he averiguado. Y eso incluye un par de cosas que llevan tiempo preocupándome sobre la muerte de Evan Parker.

—No tengo ni idea de quién es esa persona —dijo Pickens, sin apenas poder mantener la compostura.

—Desde luego. Pero si su clienta lo asesinó y usted estuvo implicado, puedo prometerle que irá más al norte de la línea Mason-Dixon, porque ahí es donde están los juzgados yanquis. Y las cárceles yanquis.

Don Arthur Pickens parecía haber perdido la capacidad del habla.

—Bueno, pues adiós. Ha sido un placer.

Jake se fue, con la rabia y la adrenalina corriéndole por las venas. De las cosas asombrosas que acababa de decirle a un perfecto desconocido en su lugar de trabajo, aproximadamente el cien por cien no había sido planificado, aunque por supuesto hacía días que tenía todos los hechos relevantes a su disposición. Las faltas morales de Pickens, junto con las de sus hermanos de fraternidad, habían quedado descritas en no menos de cuatro artículos del periódico estudiantil de Duke, con los nombres y las clases de todos los implicados. La delicada situación con la hija de diecinueve años de su cliente (legal, pero de muy mal gusto) le había llegado por Facebook, cortesía de la niña y de su madre, y los asuntos de conducción bajo los efectos del alcohol habían aparecido tras una búsqueda básica en Internet. (La verdad es que deberían haberlos suprimido de algún modo, pensó Jake. Quizás no fuera tan buen abogado.)

No había planeado en absoluto hablar de la muerte de Evan Parker, y mucho menos sugerir que no había sido más que una sobredosis autoadministrada por accidente, y en cuanto al peligro legal al que Pickens podría enfrentarse como resultado de los crímenes que su cliente teóricamente había cometido en Vermont, sabía que pisaba terreno inestable. Personalmente, Jake no tenía ni idea de lo que sucedería si entraba en la comisaría de la policía local de Rutland con sus preocupaciones acerca de una sobredosis de hacía cinco años, pero tenía que asumir que tampoco se lo tomarían tan en serio, y era muy poco probable que el estado de Vermont enviara investigadores a West Rutland, y mucho menos a Athens, Georgia. Además, sospechaba firmemente que Arthur Pickens tenía poco que temer de una investigación oficial, y su clienta no mucho más, pero había sido increíblemente satisfactorio pronunciar las palabras «prisión yanqui» en aquel bufete, y la furia que había sentido allí dentro parecía fusionarse con cada paso que daba.

241

De hecho estaba atónito por lo que acababa de pasar entre Pickens y él, y algo agradecido por no haber tenido la oportunidad de considerar y moderar su respuesta antes de reaccionar. No es que hubiera entrado en el bufete del abogado con especial optimismo, pero tampoco se había esperado que le bloquearan antes de poder plantear siquiera una primera pregunta. Había pensado que tantearía al tipo, tal vez sugeriría que estaba interesado en contratar a un abogado y, cuando le pidiera detalles sobre su demanda, describiría las actividades de TalentosoTom y se lo haría venir bien para revelar el nombre de Rose Parker. Entonces, si Pickens se negaba a proporcionarle un medio de contactar con su clienta, se marcharía, tal vez dejando parte del mensaje que había conseguido transmitir, aunque sin cargar tanto las tintas. Durante meses, ahora se daba cuenta, desde aquel día en el coche de camino al aeropuerto de Seattle en que había leído el primero de aquellos envíos aterradores, había estado a la defensiva, preparándose para el siguiente mensaje mientras esperaba, contra toda lógica, que no llegara nunca. Eso le había desgastado mucho y ahora, por primera vez, estaba sintiendo la pura rabia que había ido acumulando durante aquel tiempo, el profundo resentimiento contra aquella persona que sentía que eran asunto y derecho suyos acosarlo y perseguirlo solo porque había encontrado una historia y la había convertido en una narración magnífica y cautivadora, ¡justo lo que los escritores habían hecho siempre! Sin embargo, aquel tipo, con su cara roja, su pelo teñido, su estantería de libros de derecho y su obstaculizar preventivo, tenía algo. Algo que había agarrado a Jake por el cuello y le había hecho hablar en un idioma que podría haber aprendido del propio TalentosoTom. No, aquella gente no iba a seguir jodiéndole. Y si lo hacían, él les iba a joder también.

Ya había girado por West Hancock Street y se iba acercando a la dirección que había encontrado por primera vez en la biblioteca gratuita de Rutland. Tan solo había pasado poco más de una semana desde que descartara naturalmente a la tal Rose Parker de Athens, Georgia, como irrelevante para el desarrollo de la saga de Evan Parker y su ángel vengador. Ahora aquella dirección, un complejo de apartamentos llamado Athena Gardens, en Dearing Street, era la mayor esperanza que le quedaba de encontrar una relación con el lugar donde ella estuviera ahora, ya que no era tan ingenuo como para esperar una dirección de reenvío ni ninguna relación con un residente actual. En una ciudad universitaria como Athens, el paso de seis años significaba una rotación completa de estudiantes universitarios en los muchos complejos de apartamentos de la ciudad, pero Jake suponía que quizás aún fuera posible encontrar a alguien que recordara a aquella persona en particular: una descripción, un recuerdo, cualquier cosa que pudiera acercarlo a dar con ella.

Athena Gardens era una versión básica de las opciones de lujo que ya había visto por la ciudad, complejos residenciales frente a pabellones de club de campo que dejaban ver destellos de piscinas y pistas de tenis a través de sus verjas de hierro. Por otro lado, aquel en concreto parecía una infraestructura de rehabilitación de ladrillo rojo, o un pequeño complejo de oficinas ocupado por negocios que iban quebrando. En la parte delantera había un letrero que anunciaba los servicios de Athena Gardens (control de plagas y recogida de basuras incluidos en el alquiler mensual, limpieza por un precio simbólico) y los diseños de las opciones de una, dos y tres habitaciones. Jake tenía pocas dudas acerca de qué tipo de apartamento podría haber elegido Rose Parker en el otoño de 2012, tras haber hecho todo lo posible por evitar tener una compañera de habitación en el campus. En Athena Gardens debía de haber vivido sola. Debía de haberse retraído mientras su antigua vida se desprendía y desaparecía.

Nada más entrar por la puerta principal había una oficina de administración y encontró a una mujer sentada a una mesa, trabajando en su ordenador. Llevaba un corte de pelo a lo paje bastante tieso que no hacía sino realzarle la cara muy rechoncha, y en su cara había una expresión estándar que decía: «No me gustas, pero me pagan por fingir que sí». Al ver entrar a Jake, le dedicó una sonrisa completamente falsa. Con todo, fue un saludo mucho más cálido que el que había recibido de don Arthur Pickens.

—Hola. Espero no interrumpir.

Parecía de la edad de Jake, posiblemente mayor.

—Para nada —dijo—. ¿Qué puedo hacer por usted?

—Estoy mirando algunas opciones para mi hija. En otoño será alumna de segundo año y no ve el momento de salir de la residencia de estudiantes.

La mujer rio.

—Oigo mucho eso —dijo, y se levantó—. Me llamo Bailey —añadió, extendiendo la mano.

—Hola. Yo me llamo Jacob. —Se dieron la mano—. Le he dicho que echaría un vistazo a varios sitios mientras ella estaba en clase. Si encuentro algo que obtenga el visto bueno de papá, tendré que traerla a verlo. Le he pedido consejo a mi primo. Su hija vivió aquí hace unos cuantos años.

—¿Aquí en Athena Gardens?

—Sí. Me ha dicho que era un lugar seguro. A mí lo que de verdad me importa es la seguridad.

—¡Por supuesto! ¡Es su hija! —dijo Bailey mientras salía de detrás de la mesa—. Vienen muchos padres. Tanto les da cuántas bicicletas estáticas haya en la sala de entrenamiento. Lo que quieren saber es que sus hijas están a salvo.

—Completamente de acuerdo —asintió Jake—. No quiero saber de qué color es la moqueta. Quiero saber si las puertas cierran con llave, si hay un guarda, ese tipo de cosas.

—No es que no tengamos una sala de ejercicios muy bonita. Y una piscina preciosa.

Jake, que había visto la piscina al bajar la calle, se permitió disentir.

—Además, no quiero nada demasiado cerca de Washington Street, que hay muchos bares.

—Ay, sí. —La mujer puso los ojos en blanco—. Hay cien en el centro de Athens, ¿lo sabía? Los sábados por la noche es una locura. De hecho, es una locura la mayoría de las noches. Así pues, ¿quiere ver algunos apartamentos?

Vio un apartamento de dos habitaciones espantoso que todavía tenía la moqueta manchada de los últimos ocupantes, que se habían ido hacía poco (personas muy sedientas, a juzgar por la colección de botellas que había sobre los armarios de la cocina). Vio otro de una habitación que olía a popurrí de canela. Y otro que de hecho tenía inquilina. Jake estaba bastante seguro de que se suponía que Bailey no debía enseñárselo a nadie.

—¿Ha dicho que su hija quiere una habitación?

—Sí. Este año ha tenido una compañera de cuarto horrible. De fuera del estado.

—Uf —dijo Bailey. Al parecer no hacía falta decir nada más.

—¿Cuánto tiempo lleva aquí este lugar? —preguntó Jake, y ella le contestó que casi veinte años, aunque él ya lo sabía gracias a su investigación. También sabía que los barrios negros de toda Athens habían sido arrasados para que los complejos de apartamentos como aquel (la mayoría de ellos mucho mejores) pudieran ser ocupados principalmente por estudiantes blancos. Pero él estaba allí para una historia más específica.

—¿Y qué hay de usted? ¿Cuánto tiempo lleva trabajando aquí?

—Solo un par de años. Antes de eso gestionaba uno de los otros complejos. Tenemos cuatro en la empresa, todos en Athens.

—Muy bien —dijo Jake—. Como le he dicho, la hija de mi primo vivió aquí. Tuvo una buena experiencia, creo. Se llamaba Rose Parker. Probablemente no la recuerde.

—¿Rose Parker? —Bailey lo sopesó—. No, no me suena. Carole puede que la recuerde. Carole es la limpiadora de los apartamentos. Se cobra aparte —dijo a modo de aclaración.

—Vaya. Limpiar para un grupo de estudiantes universitarios tiene que ser un trabajo duro.

—A Carole le encanta su trabajo —dijo Bailey algo a la defensiva—. Es como la madre de la guarida.

—Ah, claro.

No sabía qué decir. Dejó que le mostrara otro apartamento de una habitación, y el triste gimnasio, y la piscina, donde una pareja de chavalas se estaban acomodando en unas tumbonas baratas. Cuando le invitó a volver a la oficina para coger un folleto y una copia del código de conducta, Jake se dio cuenta de que estaba a punto de dejar Athena Gardens sin lo que había ido a buscar, que era nada de nada. Bailey intentaba concertar una cita para él y su hija imaginaria para el día siguiente, pero para entonces él ya estaría en casa, en Greenwich Village, sin mucho que mostrar a una Anna muy preocupada.

—Mire, le debo una disculpa —dijo Jake.

Ella se puso en guardia al instante. ¿Y quién podía culparla?

—¿Eh? —Todavía no habían llegado a la oficina. Estaban en uno de los caminos ajardinados que separaban la piscina del edificio principal del complejo, donde estaba situada la oficina.

—Mi hija ya ha encontrado un sitio que le gusta.

—Ya veo —dijo Bailey, que parecía como si se hubiera esperado algo peor.

—Quería ver este lugar porque... ¿Sabe ese primo del que le he hablado? Él me ha pedido que lo hiciera.

Bailey frunció el ceño.

—El de la hija que vivió aquí.

—Sí, de 2012 a 2013. Hace un par de años que no tiene noticias de ella. Está muy preocupado y me ha pedido que viniera. Sabe que es una posibilidad remota, pero, bueno, como de todos modos yo venía a la ciudad... Solo por si ella mantenía contacto con alguien aquí...

—Ya veo —volvió a decir Bailey—. ¿Saben... —vaciló— si todavía está...?

—Está activa en —hizo el gesto de unas comillas al aire— las redes sociales. Saben que vive en algún lugar del Medio Oeste. Pero no responde a ningún tipo de propuesta. Han pensado que, si yo lograba encontrar a alguien con quien mantuviera el contacto..., bueno, podrían enviarle un mensaje a través de esa persona. A mí no me pareció muy prometedor, pero... si fuera mi hija...

—Sí. Qué triste.

Se quedó en silencio un momento, y Jake pensó que o su historia o su actuación no debían de haber cumplido las expectativas, pero entonces Bailey habló.

—Como le he dicho, yo estuve en otra de nuestras propiedades hasta el año pasado. Y en cuanto a nuestros inquilinos, alrededor del ochenta por ciento son estudiantes matriculados en la UGA, en su mayoría estudiantes universitarios, así que si hubieran estado aquí en la época de la hija de su primo, ya se habrían ido hace mucho. Hay un par de estudiantes de posgrado que se quedan más tiempo, pero dudo que ahora tengamos alguno que estuviera aquí en 2013.

—¿Y esa mujer que ha mencionado antes, la limpiadora?

—Sí —dijo Bailey, asintiendo. Sacó su móvil y envió un mensaje—. Hoy está aquí. No la he visto, pero ha empezado a la una. Le he pedido que se reúna con nosotros en la puerta.

Jake le dio las gracias, tal vez con demasiada cordialidad, y se dirigieron juntos hacia la zona de recepción, delante de su oficina. Cuando llegaron ya les esperaba una mujer seria vestida con una sudadera de los Bulldawg de un rojo descolorido.

—Hola, Carole —dijo Bailey—. Este es el señor...

—Jacob —dijo Jake.

—Carole Feeney —dijo Carole, obviamente preocupada.

—No pasa nada —dijo Bailey—. Este hombre solo intenta encontrar a una chica que vivió aquí hace un tiempo.

—Es la hija de mi primo —confirmó Jake—. No pueden contactar con ella y están preocupados.

—Madre mía, claro —dijo Carole, que era de pies a cabeza la madre de la guarida que le habían vendido.

—Fue antes de venir yo —dijo Bailey—. Pero le estaba diciendo que puede que tú la recuerdes...

—Podríamos... —Jake miró a su alrededor. No se le había escapado que Bailey no había ofrecido su propia oficina para la entrevista. Ahora que Jake no era un cliente potencial, claramente no quería ceder aquel espacio, o tal vez ya no le daba lo mismo estar en una habitación cerrada con él. Pero allí al lado había una salita lúgubre con un par de sillas. En su ruta, Bailey la había llamado la sala común. Jake apuntó en dirección a ella—. ¿Tiene unos minutos?

—Claro, claro —dijo Carole. Tenía la piel pálida y un bosque de lunares oscuros a lo largo de ambas clavículas. A Jake le costaba no mirarlos.

—Bueno, buena suerte —dijo Bailey—. Ténganos en cuenta si a su hija no le va bien en el otro sitio.

—Muchas gracias —dijo Jake—. Lo haré.

No iba a hacerlo. Hasta ella lo sabía.

Una vez en la sala, se sentó en uno de los viejos sillones, que era tan incómodo como parecía, y Carole Feeney hizo lo propio en el otro. La mujer parecía estar ya de luto por aquella chica anónima de «hace un tiempo» cuya familia no podía ponerse en contacto con ella, y temerosa de descubrir de quién se trataba.

—Bueno, como he dicho, la hija de mi primo vivió aquí en su primer año. Eso fue de 2012 a 2013.

—¿En su primer año? Normalmente están en las residencias del campus.

—Eso tengo entendido. Le concedieron una especie de dispensa.

La mujer abrió más los ojos.

—Espere, ¿es Rose? ¿Está hablando de Rose?

Jake pareció quedarse sin aliento. No esperaba que fuera tan rápido. Ahora no sabía qué decir.

—Sí. Rose Parker.

—¿Ha dicho en 2012? Creo que cuadra. ¿Y ha desaparecido? ¡Pobre Rose!

«Pobre Rose.» Jake consiguió asentir.

—Ay, madre mía. Qué pena más grande. Su madre murió, ya sabe.

Jake asintió. Aún no caminaba sobre seguro.

—Sí. Fue muy trágico. ¿Recuerda algo sobre Rose que pueda ayudar a su padre a encontrarla?

Carole cruzó las manos sobre el regazo. Eran unas manos grandes y, como era de esperar, ásperas.

—Bueno, era madura, por supuesto. No tenía mucho en común con la mayoría de los otros estudiantes. No salía de bares. No iba a los partidos, creo. No se precipitaba. Yo no le limpiaba, así que no iba a su apartamento más que de vez en cuando. Creo que era del norte.

—De Vermont —confirmó Jake.

—Eso es.

Esperó a que la mujer continuara.

—La mayoría de estas niñas tienen la cama llena de animales de peluche, como si tuvieran seis años. Las paredes cubiertas de pósteres. Tiran las almohadas por todas partes. Tienen una mininevera en cada habitación para no tener que caminar más de unos pocos pasos para coger una lata de refresco. En algunos de estos apartamentos apenas te puedes dar la vuelta, de tantas cosas como traen. Rose tenía el suyo bastante sobrio, y era una persona ordenada. Como he dicho, era madura.

—¿Alguna vez habló de alguien más de su familia?

Carole negó con la cabeza.

—No lo recuerdo, no. Nunca habló de su padre. ¿El primo de usted?

—Los padres no estaban juntos. No durante la mayor parte de la vida de Rose —dijo Jake, pensando con rapidez—. Seguramente ese sea el motivo.

La mujer asintió. Tenía dos delgadas trenzas de un pelo naranja muy castigado.

—Solo la escuché hablar de su madre. Pero claro, es que a su madre le acababa de suceder aquello tan espantoso justo antes de que ella viniera. Seguramente no debía de pensar en otra cosa. —Sacudió la cabeza—. Qué espanto.

—Se refiere a... al fuego, ¿verdad? —preguntó Jake—. ¿Fue un accidente de coche?

Se dio cuenta de que eso era lo que llevaba imaginándose desde su visita a la Taberna Parker y el indeleble «murió quemada» de Sally. Obviamente no había sido en la casa: Sylvia o Betty lo habrían mencionado, incorporando eso al envenenamiento por monóxido de carbono y la sobredosis, otra cosa horrible que había tenido lugar en un antiguo hogar familiar donde nacían y morían personas. Desde aquella noche en la Taberna Parker con Sally, había imaginado de un modo bastante coherente como «coche se sale a la cuneta, coche empieza a dar vueltas de campana pendiente abajo, coche se prende fuego», y podía ver un centenar de variaciones de cine y televisión de aquella secuencia, tal vez con el añadido de una pasajera trágica/afortunada que había logrado salir a tiempo, gritando y llorando y mirando el incendio desde la carretera.

—Uy, no —dijo Carole Feeney—. La pobre estaba en una tienda de campaña. Rose salió por los pelos y vio cómo sucedía. No pudo hacer nada de nada.

—¿En una tienda de campaña? Estaban... ¿qué? ¿De acampada?

Era el tipo de detalle asombroso que el primo del exmarido de una víctima de accidente mortal seguramente debería haber sabido. Pero no lo sabía.

—Venían en coche hacia aquí, hacia Athens, desde el norte. Supongo que desde Vermont, por lo que ha dicho usted. —Lo miró fijamente—. No todo el mundo tiene dinero para parar en un hotel, ¿sabe? Una vez me dijo que, si no se hubiera ido a estudiar tan lejos de casa su madre, todavía estaría bien, no en una parcela del norte de Georgia.

Jake la miraba.

—Espere, espere —dijo—. ¿Esto pasó en Georgia?

—Rose tuvo que enterrar a su mamá en un cementerio allá arriba, en la ciudad que había cerca de donde ocurrió. ¿Se lo puede imaginar?

No podía. Bueno, sí que podía, pero, de nuevo, el problema no era imaginárselo sino encontrarle sentido.

—¿Por qué no la llevaría a enterrar a su casa, a Vermont? ¡Toda la familia está enterrada en Vermont!

—Pues mire, ¿sabe qué? Que no se lo pregunté —dijo Carole con abundante sarcasmo—. ¿Le parece una pregunta para hacerle a alguien que acaba de perder a su madre? La chica no tenía a nadie en su tierra. Solo eran ella y su madre, me dijo. Ni hermanas ni hermanos. Y, como ya le he dicho, nunca oí hablar nada sobre el primo de usted —dijo Carole con toda la intención—. Tal vez para ella tuviera sentido ocuparse del tema allí arriba. Pero si la encuentra se lo puede preguntar, claro que sí.

La entrevista, tal como estaba, parecía ir degenerando. Jake trató de pensar frenéticamente en lo que todavía necesitaba saber.

—Dejó la universidad después de su primer año. ¿Tiene usted alguna idea de adónde fue?

Carole negó con la cabeza.

—No sabía que se fuera a ir hasta que me dijeron que limpiara su apartamento, después de haberse ido. No me sorprendió mucho que decidiera ir a otro lugar a estudiar. Esta es una escuela fiestera y ella no era así.

Jake asintió, como si él también fuera consciente de eso.

—¿Y no hay nadie más que viviera aquí por aquel entonces con quien pudiera haber mantenido el contacto?

Carole pensó en ello.

—No. Como he dicho, dudo que tuviera demasiado en común con el resto de los alumnos. A esa edad incluso un par de años marca una gran diferencia.

—Espere —dijo Jake—. ¿Qué edad diría usted que tenía cuando vivía aquí?

249

—Nunca se lo pregunté. —Se levantó—. Lamento no poder ayudarle. No me gusta nada pensar en ella como desaparecida.

—Espere —dijo Jake de nuevo mientras metía la mano en el bolsillo trasero en busca de su teléfono—. Mire…, ¿le puedo enseñar una foto? —Buscaba a la chica borrosa del equipo de hockey sobre hierba: flequillo corto, gafas grandes y redondas. Porque eso era todo lo que tenía, la única prueba de la Rose Parker que había pasado como una exhalación por la escuela secundaria en tres años, que se había ido de casa al comienzo de lo que de otro modo habría sido su último año y que debería haber llegado allí, a Georgia, como una chica de dieciséis años sin madre—. Solo para asegurarme —le dijo a Carol Feeney, y le tendió la foto para mostrársela.

La mujer se inclinó sobre ella y Jake vio al instante que la preocupación se desvanecía de su rostro. Carole se enderezó.

—Esta no es Rose —dijo, negando con la cabeza—. Está hablando de otra persona. Bueno, es un alivio. La chica ya ha pasado bastante.

—Pero… esta es ella. Esta es Rose Parker.

Ella lo complació y volvió a mirarla, pero esta vez no más de un segundo.

—No, no lo es —dijo.

CUNA

de Jacob Finch Bonner

Macmillan, Nueva York, 2017, páginas 245-246

Aquel primer año puso empeño en volver un par de veces, y cuando se encontraba con gente a la que conocía de toda la vida en Earlsville o Hamilton, les hacía saber cómo le iba a Maria en la Universidad de Ohio.

—Se va a especializar en Historia —explicó a la cajera del banco, mientras ordenaba una transferencia de fondos a la cuenta de su hija en Columbus.

—Se está planteando trasladarse —le dijo al viejo Fortis al verle bajar de su coche en el supermercado Price Chopper—. Quiere ver más país.

—Bueno, ¿quién puede culparla? —dijo él.

—Se la ve muy feliz allí —explicó a Gab, que se presentó en su casa un buen día.

—Pasaba por aquí y... ¿he visto tu coche? —dijo la chica, como si fuera una pregunta—. Ya nunca veo tu coche cuando paso por aquí.

—Tengo un novio de las afueras de Albany —dijo Samantha— y paso mucho tiempo allí con él.

—Ah.

Resultó que Gab llevaba desde agosto enviando a Maria correos electrónicos, mensajes, llamándola... hasta que recibió un mensaje diciendo que el número ya no estaba operativo.

—Maria esperaba que captaras el mensaje —le dijo Samantha—. Siento ser yo quien te diga esto, pero ahora Maria tiene novia formal. Es de su clase de Filosofía. Una joven muy brillante.

—Ah —volvió a decir la chica. Se fue pasados cinco minutos difíciles, y así acabó la cosa. O debería haberlo hecho.

—Estoy pensando en mudarme a Ohio para vivir allí con mi hija —le dijo a la mujer de la agencia inmobiliaria ReMax—. Me preguntaba cuánto cree que vale mi casa.

Valía mucho menos de lo que quería por ella, pero de todos modos la vendió aquella primavera y condujo el Subaru de nuevo hacia el oeste, aunque esta vez con un remolque U-Haul enganchado y sin desviarse hacia Pensilvania.

27

Foxfire

*I*ncluso antes de llamarla ya sabía que estaría molesta. No faltaba mucho para su vuelo a Seattle y estaba previsto que Jake volviera a la mañana siguiente tras dos días de un viaje que, para empezar, ella no había querido que hiciera; en lugar de eso, él estaba cambiando de planes, prolongando el coche de alquiler y, lo peor de todo, conduciendo hacia el norte en dirección a un lugar del que nunca había oído hablar hasta entonces, en una zona de Georgia que nunca había tenido motivo para visitar. Hasta entonces.

—Ay, Jake, no —dijo Anna cuando se lo contó.

Estaba de vuelta en la habitación del hotel, comiéndose una hamburguesa que había comprado de camino de la biblioteca.

—Mira, asumí que había muerto en Vermont. No tenía ni idea de que el accidente había ocurrido en Georgia.

—Bueno, ¿y qué? —dijo Anna—. ¿Por qué importa dónde sucedió? O sea, por el amor de Dios, Jacob, ¿qué te crees que vas a encontrar?

—No lo sé —dijo con toda sinceridad—. Solo quiero hacer todo lo que pueda para que deje de extorsionarme.

—Pero es que no lo ha hecho —dijo Anna—. La extorsión implica una demanda de dinero y ella no te ha pedido ni un centavo. Ni siquiera que confieses.

Tuvo que dejar asentar aquello un momento. Fue un momento intensamente doloroso.

—¿Que confiese? —dijo finalmente.

—Perdona. Ya sabes a qué me refiero.

Pero Jake no lo sabía. Y se le ocurrió que eso se estaba convirtiendo en un problema.

—¿No te parece interesante que por lo visto dejara el cuerpo junto a la carretera y siguiera su camino? ¡Hay ciento cincuenta años de Parkers en un cementerio de Vermont!

—Bueno, no —dijo Anna—, a mí no me parece tan extraño. ¿En esas circunstancias? Va de camino de Vermont a Georgia, probablemente tiene toda su vida en la parte trasera del coche, ¿y sucede eso? Quizás ya sabía que no iría a casa. Quizás no era sentimental en general. ¡Quizás muchas cosas! Así que piensa: vale, mi vida sigue adelante, no atrás. Encontraré un buen lugar por aquí para enterrarla y seguiré adelante.

—¿Y qué pasa con los miembros de la familia? ¿Y con los amigos? Puede que tuvieran algo que decir.

—Igual no tenían amigos. Puede que Evan Parker no formara parte de sus vidas. Puede que nada de esto importe. ¿Podrías venir a casa, por favor?

Pero él no podía. Le había llevado treinta segundos y los términos de búsqueda «Dianna Parker + tienda de campaña + Georgia» encontrar este artículo breve y sumamente complicado de *The Clayton Tribune* de Rabun Gap:

Por el personal de noticias del 31 de agosto de 2012
Condado de Rabun

Una mujer de 32 años falleció en la madrugada del domingo 30 de agosto aproximadamente a las 2 de la mañana al incendiarse una tienda de campaña en la zona de acampada Foxfire, en el bosque Nacional Chattahoochee-Oconee. Dianna Parker, de West Rutland, Vermont, estaba acampando con su hermana, Rose Parker, de 26 años, que escapó de las llamas y finalmente pudo dar la alarma. Los paramédicos del servicio médico de urgencias del condado de Rabun y los miembros de la Tropa C de la Patrulla Estatal de Georgia se dirigieron al lugar de los hechos, pero cuando llegaron a la zona de acampada, esta estaba totalmente destruida.

Le envió el enlace junto con la pregunta: «¿No ves lo que pasa aquí?».

Anna no lo veía, pero Jake no la culpaba.

—Rose Parker tenía dieciséis años, no veintiséis.

—Así que hay un error tipográfico. Un dígito. Un error humano.

—¿Hermana? —dijo él—. ¿No hija?

—Es un error. Mira, Jake, me crie en un pueblo pequeño. Estos periódicos locales no son *The New York Times*.

—No es un error. Es una mentira. Mira —dijo—, ¿no te parece interesante que en esa familia parece que nadie se pone enfermo? Todo el mundo muere de repente en algún tipo de suceso inesperado. Intoxicación por monóxido de carbono, sobredosis, ¡un incendio en una tienda de campaña, por el amor de Dios! Eso es mucho para aceptar.

—Bueno, la gente muere, Jake, de todas esas maneras. No siempre ha habido detectores de monóxido de carbono; e incluso con ellos, a veces la gente se sigue intoxicando. También mueren de sobredosis. En este país hay una crisis con los opiáceos, como ya debes de saber. Y en Seattle siempre había incendios en las tiendas de los campamentos de los sin techo.

Le dijo que tenía razón, pero aun así se iba a tomar otro día para ir hasta allí. Tal vez encontrara a alguien con quien hablar, que hubiera estado en el lugar del accidente, o que tal vez incluso hubiera hablado con la superviviente en aquel momento. Y podría visitar la zona de acampada donde se había declarado el incendio.

—Pero ¿por qué? —preguntó ella con gran exasperación—. ¿Una zona de acampada en el bosque? ¿Qué crees que vas a averiguar allí?

Francamente, no lo sabía.

—También quiero ver dónde está enterrada.

Pero eso pudo defenderlo aún menos.

Por la mañana condujo hacia el norte a través de la meseta del Piedmont y entró en las montañas Blue Ridge, lo bastante hermosas como para aparcar, temporalmente, las preocupaciones que le asaltaban. Qué diría cuando llegara a Rabun Gap y a quién se lo diría eran preguntas sin respuesta, pero no podía evitar sentir que por delante había una comprensión final esperándolo, algo que justificaría no solo el largo viaje (que no era ni mucho menos en la dirección del aeropuerto de Atlanta) y los gastos del día extra y el cambio de vuelo, sino sobre todo la evidente desaprobación de su esposa. Algo que no pudiera averiguar en ningún otro lugar. Algo que le confirmara, finalmente, quién era aquella persona y por qué le perseguía, y cómo podía hacer que se detuviera.

Había encontrado sin problema la zona de acampada en Google Maps, pero hallarla en la práctica fue considerablemente más difícil, ya que el GPS de su teléfono pareció flaquear en el momento en que entró en las montañas. Tuvo que recurrir al método decididamente analógico de detenerse en una tienda tradicional de Clayton a pedir indicaciones, y esto requirió un oscuro intercambio de información antes de que los datos que él buscaba pudieran estar disponibles.

—¿Tiene licencia Gotcher? —preguntó el hombre de detrás del mostrador cuando Jake le explicó lo que estaba buscando.

—¿Disculpe?

—Si no tiene, podemos venderle una.

«¿Una licencia para qué?», quiso preguntar Jake, pero no le pareció un gran modo de entablar conversación.

—Ah, vale, perfecto.

El hombre sonrió. Llevaba las patillas tan largas que le reseguían la mandíbula, pero no le llegaban hasta la barbilla, donde tenía un hoyuelo, a lo Kirk Douglas. Quizás fuera por eso.

—Me parece que no ha venido a pescar.

256 —Eh…, no. Solo intento encontrar la zona de acampada.

En el barranco de Foxfire, como el hombre le explicó alegremente (y en detalle), se pescaban truchas. Jilly Creek, al sur de la cascada, era un emplazamiento popular.

—¿A cuánto está de aquí, diría usted?

—Yo diría que a veinte minutos. Vaya hacia el este por Warwoman Road durante algo menos de dieciocho kilómetros. Después gire a la izquierda por la vía de servicio forestal y continúe por ella algo más de tres kilómetros.

—¿Cuántas zonas de acampada hay? —preguntó Jake.

—¿Cuántas necesita? —dijo el hombre riendo.

—De hecho no necesito ninguna —aclaró Jake—. Solo estoy interesado en algo que sucedió allí hace un par de años. Puede que lo recuerde.

El hombre dejó de sonreír.

—Puede que sí. Puede que tenga bastante idea de lo que está hablando.

Se llamaba Mike. Era un militar de carrera del norte de Georgia y, por un golpe de suerte inmerecido, bombero voluntario. Hacía dos años habían llamado a su compañía para que acudiera a la zona de acampada Foxfire en una concurrida tarde de verano para separar a dos mujeres que se estaban peleando, una de las cuales se había roto la muñeca. Cinco años antes de eso, una mujer había muerto quemada en una tienda de campaña durante la noche. Aparte de esos dos incidentes, lo único destacable que había sucedido en las últimas décadas había tenido que ver con que no se liberaran truchas pequeñas.

—No veo por qué le interesan aquellas dos chicas locas de Pine Mountain —dijo—. Y tampoco tengo ni idea de por qué habría de interesarle la mujer que murió. Salvo porque no era de aquí y está claro que usted tampoco lo es.

—Soy de Nueva York —dijo Jake, confirmando las peores sospechas del hombre.

—¿Y ella también?

—De Vermont.

—Bueno. —Se encogió de hombros, como si su argumento quedara probado.

—Yo conocía a su hermano —dijo Jake al cabo de un momento.

Eso tenía la ventaja de que, al menos, era cierto.

—Ah. Bueno, fue horrible. Espantoso de ver. La hermana estaba histérica.

Jake, que no confiaba en sí mismo para responder, se limitó a asentir. Hermana.

—Así que usted estuvo allí esa noche —dijo Jake.

—No, pero estuve allí a la mañana siguiente. Los técnicos de emergencias médicas no pudieron hacer nada, así que nos esperaron para hacer el levantamiento.

—¿Le importa si le pregunto sobre eso?

—Ya lo está haciendo —dijo—. Si me importara ya le habría parado los pies.

Mike era el dueño de la tienda junto con sus dos hermanos, uno de los cuales estaba en la cárcel; el otro, en el almacén, fue el que salió entonces y miró a Mike en busca de una explicación.

—Quiere saber sobre la zona de acampada Foxfire —dijo Mike.

—¿Para una licencia Gotcher? —inquirió el hermano—. Le podemos vender una, si no tiene.

Jake deseó poder evitar pasar por aquello de nuevo.

—La verdad es que no he pescado en mi vida. Y no tengo intención de empezar hoy. Soy escritor.

257

—¿Los escritores no pescan? —preguntó Mike con una sonrisa.

—Este no.

—¿Qué escribe? ¿Películas?

—Novelas.

—¿Novelas de ficción?

Jake suspiró.

—Sí. Me llamo Jake. —Encajó la mano a los dos hermanos.

—¿Está escribiendo una novela sobre aquella mujer de Foxfire?

Decirles que ya había escrito una era contar demasiado.

—No. Como he dicho, conocía a su hermano.

—Le acerco en coche, si quiere —dijo Mike. Al oírlo desde el almacén, su hermano pareció tan sorprendido como el propio Jake.

—¿De verdad? Es increíblemente amable por su parte.

—Creo que Lee puede quedarse al mando del fuerte.

—Creo que puedo —confirmó el hermano.

—No es que no pueda encontrarlo usted solo.

Jake tenía serias dudas de poder encontrarlo él solo.

Cogieron la camioneta de Mike, que tenía en el suelo los desperdicios de al menos cuatro comidas y apestaba a mentol, y durante algo menos de dieciocho kilómetros de lenta carretera de montaña Jake tuvo que oír mucho más de lo que deseaba saber sobre los impuestos generados por la pesca de truchas en el norte de Georgia, y lo poco de ellos que se retornaba a la comunidad de la que habían salido en lugar de, por ejemplo, ayudas para Obamacare en otras partes del estado, pero todo eso valió la pena cuando salieron de la carretera hacia una pista que Jake se habría saltado por completo de haber probado a ir por su cuenta. Y aunque no lo hubiera hecho, se habría rendido mucho antes de acabar el siguiente tramo de la ruta, que transcurría por una pista de tierra que se adentraba kilómetros en el bosque.

—Es ahí —dijo Mike, y apagó el motor.

«Ahí» había una pequeña zona de aparcamiento con un par de mesas de pícnic y un viejo cartel hecho polvo con el horario de la zona de acampada (veinticuatro horas al día, de las cuales de diez de la noche a seis de la mañana tenían que ser «en silencio»), la política de reserva (no aceptadas), servicios (dos inodoros químicos, fueran lo que fuesen) y la tarifa por noche (10 dólares, que se podían pagar en el buzón). Foxfire estaba abierto todo el año, la estancia máxima era de catorce días, la ciudad más cercana, como Jake sabía perfectamente

258

ahora, era Clayton, a veinticuatro kilómetros de distancia. Realmente estaba en mitad de la nada.

Pero también era bonito. Muy bonito y muy tranquilo, y tan rodeado de bosque que apenas podía imaginar cómo debía de ser estar allí fuera de madrugada. Realmente el último lugar del mundo en el que querrías tener cualquier tipo de crisis, y mucho menos una de vida o muerte. A menos que fuera justo el lugar donde quisieras tener ese tipo de crisis.

—Puedo mostrarle la parcela que tenían, si quiere.

Siguió a Mike junto al arroyo y después doblaron a la izquierda, pasaron dos o tres parcelas libres, cada una con su hoyo para fogatas y la zona para la tienda, y continuaron adentrándose en el bosque.

—¿Había más campistas aquí aquella noche?

—Otra de las parcelas estaba ocupada, pero ya ve cómo está montado. Están bastante separadas, repartidas por diferentes caminos. Aunque la hermana hubiera sabido que había alguien cerca seguramente no habría sabido cómo encontrarles, y menos en la oscuridad. Y, de haberlo conseguido, dudo que hubieran sido de mucha ayuda. Eran una pareja de Spartanburg de unos setenta años. Durmieron toda la noche y cuando por la mañana salieron a cargar el coche y tirar la basura se encontraron el aparcamiento lleno de los técnicos de urgencias médicas y el jefe de bomberos. No tenían ni idea de qué pasaba.

—Y, entonces, ¿hacia dónde fue para conseguir ayuda? La hermana, quiero decir. ¿Hacia la carretera?

—Sí. Hay algo más de tres kilómetros de aquí a la carretera principal, y cuando salió allí no había coches, obviamente, a las cuatro de la mañana… Hasta al cabo de otro par de horas no apareció nadie. Para entonces estaba unos tres kilómetros más cerca de Pine Mountain. Era una noche fría, y ella iba solo con chancletas y una camiseta larga. A la gente le sorprende el frío que llega a hacer aquí arriba en la montaña. Incluso en agosto. Aunque supongo que lo tenían planeado.

Jake frunció el ceño.

—¿Qué quieres decir?

—Bueno, tenían la estufa, ¿no?

—¿Quieres decir… una estufa eléctrica?

Mike, todavía un par de pasos por delante, se volvió y le lanzó una mirada.

—Una estufa eléctrica no: una estufa de propano.

—¿Y así fue como empezó el fuego?

—¡Bueno, es una apuesta bastante buena! —dijo Mike, riendo con ganas—. Normalmente con esas te preocupas por el CO_2, pero nunca quieres colocarlas cerca de nada, ni poner nada sobre ellas, ni dejarlas en un lugar donde alguien pueda tirarlas al suelo. Las más nuevas detectan si se caen, suena una alarma. Pero aquella no era nueva. —Se encogió de hombros—. En fin, creemos que eso es lo que pasó. La chica explicó al forense que se levantó para ir al lavabo a medianoche y fue caminando hasta donde hemos aparcado. En total estuvo fuera unos diez minutos. Después dijo que quizás la hubiera rozado al salir, que quizás se hubiera caído. Estaba hecha un lío mientras hablaba.

Mike se detuvo. Habían llegado a un claro de unos diez metros de largo. Jake aún oía el arroyo, pero ahora el viento que soplaba entre los altos pinos y los nogales pacaneros era igual de ruidoso. Mike tenía las manos en los bolsillos. Su irreverencia instintiva parecía haber desaparecido.

—¿Y eso es todo?

—Sí. La tienda estaba allí —dijo, haciendo un gesto de cabeza en dirección al lugar despejado y llano. Al lado había un hoyo para fogatas que no había sido utilizado recientemente.

—Esto es realmente el culo del mundo —se oyó decir Jake.

—Y tanto. O el centro del universo, si te gusta acampar.

Se preguntó si a Rose y Dianna Parker les gustaba acampar y, de nuevo, se dio cuenta de lo poco que sabía sobre ellas y de cuánto de lo que creía saber había resultado ser equivocado. Es lo que ocurre cuando averiguas cosas de la gente por una novela, sea de otra persona o tuya, da igual.

—Lástima que no tuviera teléfono —dijo Jake.

—Tenía uno, pero dentro de la tienda, y cuando regresó ya estaba todo en llamas. La tienda se quemó, sin más, con todo lo que había en su interior. —Hizo una pausa—. De todos modos, aquí arriba tampoco habría funcionado.

Jake lo miró.

—¿Cómo?

—El teléfono. Lo ha podido comprobar usted mismo.

Sí que lo había hecho.

—¿Tiene idea de por qué estaban aquí? —preguntó a Mike—. ¿Dos mujeres de Vermont en una zona de acampada de Georgia?

Mike se encogió de hombros.

—No. No hablé con ella. Sin embargo, Roy Porter sí que lo hizo. Es el forense de Rabun Gap. Yo supuse que estaban viajando por la zona, acampando. Si usted conocía a la familia, probablemente tenga más idea que cualquiera de nosotros. —Miró a Jake—. Porque ha dicho que conocía a la familia.

—Conocí al hermano de la mujer que murió, pero nunca le pregunté sobre el tema. Y murió un año después de esto. —Hizo un gesto hacia el campamento.

—¿Sí? Esa familia tiene mala suerte.

—La peor —tuvo que coincidir Jake. Si es que era suerte—. ¿Cree que el forense hablaría conmigo?

—No veo por qué no. Hemos avanzado mucho desde *Deliverance*. Ahora somos bastante agradables con los forasteros.

—¿Que han… qué? —preguntó Jake.

—*Deliverance*. Rodaron la película a unos tres kilómetros de aquí.

Al oír eso le recorrió un escalofrío. No pudo evitarlo.

—¡Menos mal que no me lo ha dicho antes! —exclamó con lo que esperaba que pasara por tono de coba.

—O no se habría adentrado hasta el culo del mundo con un perfecto desconocido y un teléfono que no funciona.

No estaba seguro de si Mike bromeaba.

—Oiga, ¿puedo invitarlos a los dos a cenar? Como agradecimiento.

Mike pareció pensárselo más de lo que merecía la propuesta. Sin embargo, al final aceptó.

—Puedo llamar a Roy y preguntárselo.

—Sería estupendo. ¿Dónde podríamos ir?

Era una pregunta muy neoyorquina, obviamente, pero en Clayton el abanico de posibilidades no era extenso. Decidieron que se encontraría con ellos en un lugar llamado Clayton Café, y cuando Mike le hubo dejado en la tienda para recoger su coche, Jake encontró un Quality Inn y se registró para pasar la noche. Se guardó mucho de llamar por teléfono a Anna e incluso de enviarle un mensaje. En lugar de eso, se tumbó en la cama y se puso a ver un programa antiguo de *Oprah* en el que el doctor Phil aconsejaba a una pareja de dieciséis años que madurasen y se hicieran responsables de su bebé. Casi

261

se quedó dormido, arrullado por los gruñidos de desaprobación del público.

El Clayton Café era un escaparate a la calle principal de la ciudad con un toldo de rayas y un letrero que rezaba SIRVIENDO A LA COMUNIDAD DESDE 1931. En el interior había mesas con manteles de cuadros negros, sillas naranjas y paredes cubiertas con arte local. Lo recibió en la puerta una mujer que llevaba dos platos llenos de espaguetis con salsa de tomate, cada uno con una rebanada de pan de ajo haciendo equilibrios sobre él. Al mirarlos, recordó el hecho de que no había comido desde que había cogido un panecillo para el camino aquella mañana en Athens.

—He quedado con Mike —dijo, percatándose demasiado tarde de que no le había preguntado el apellido a Mike—. Y... —Había olvidado por completo el nombre del forense—. Con otra persona.

La mujer señaló una mesa del otro lado de la sala, bajo un cuadro de un bosque muy parecido al que había visitado horas antes. En la mesa ya había un hombre de edad avanzada, afroamericano, vestido con una sudadera de los Braves.

—Enseguida voy —dijo la camarera.

El hombre levantó la vista justo en ese momento. Su rostro, como probablemente fuera apropiado a su profesión, no delataba nada, ni siquiera una sonrisa. Jake continuaba sin recordar su nombre. Cruzó la sala y le tendió la mano.

—Hola, soy Jake. Y usted es... ¿el amigo de Mike?

—Soy el vecino de Mike. —La corrección parecía muy relevante. El hombre evaluó la mano extendida de Jake y después, al parecer concluyendo que cumplía con su estándar de higiene, se la encajó.

—Gracias por acceder a reunirse conmigo.

—Gracias a usted por invitarme. No pasa a menudo que un perfecto desconocido decida invitarme a cenar.

—Ah, pues a mí me pasa continuamente.

La broma cayó todo lo mal que pudo. Jake se sentó.

—¿Qué hacen bueno aquí?

—Casi todo —dijo el forense, que no había cogido su propia carta—. Las hamburguesas. El filete campestre frito. Los guisos son siempre sabrosos.

Señaló algo más allá del hombro de Jake, que se volvió y vio la pizarra de los platos especiales. El guiso del día era pollo, brócoli y arroz. También vio a Mike entrar, saludar con la cabeza a alguien que estaba sentado justo al lado de la puerta y cruzar la sala.

—Mike —dijo el forense.

—Hola, Mike.

—Hola, Roy —dijo Mike—. ¿Os estáis conociendo?

«No», pensó Jake.

—Claro que sí —dijo Roy.

—La verdad es que Mike se ha tomado muchas molestias por mí hoy.

—Entonces lo entiendo —dijo Roy—. No sé por qué se ha molestado.

Se acercó la camarera y Jake pidió lo mismo que Mike: pollo con semillas de amapola, puré de verduras y ocra frita. Roy pidió trucha.

—¿Pesca usted? —le preguntó Jake.

—Era conocido por ello.

Mike sacudió la cabeza.

—Es un fanático. Este hombre tiene un toque mágico.

Roy se encogió de hombros, pero competía con un orgullo considerable.

—Bueno, no sé.

—Ojalá yo tuviera paciencia para eso.

- ¿Cómo sabes que no la tienes? —preguntó Mike.

—No sé. Supongo que no es mi estado natural.

—¿Y cuál dirías que es tu estado natural?

—Yo diría que averiguar cosas.

—¿Eso es un estado natural? —preguntó el forense—. ¿O un propósito?

—Se fusionan —dijo Jake, irritado. ¿Acaso aquel tipo había ido allí tan solo por la cena gratis? Daba la impresión de poder pagarse la maldita trucha—. Tengo mucha curiosidad por la mujer que murió en la zona de acampada. Mike debe de haberle dicho que conocía a su hermano.

—Al hermano de ambas —precisó Roy.

—¿Perdón?

—Eran hermanas. Ergo, el hermano de una sería el hermano de la otra. ¿O me estoy perdiendo algo?

Jake respiró hondo para calmarse.

—Por como habla, parece como si pudiera compartir algunas de mis preguntas sobre lo que ocurrió.

263

—Pues te equivocas —dijo Roy amablemente—. No tengo ninguna pregunta. Y tampoco veo por qué habrías de tenerla tú. Mike dice que eres escritor. ¿Me estás entrevistando para algún tipo de publicación?

Jake negó con la cabeza.

—No. Para nada.

—¿Es para un artículo de periódico? ¿Para algo que acabará en una revista?

—De ninguna manera.

La camarera estaba de vuelta. Dejó sobre la mesa tres vasos de plástico llenos de té helado y se fue.

—De modo que no tengo que preocuparme por mirar por encima del hombro del tipo de al lado en el avión y verme en un libro.

Mike sonrió. Seguramente a él le habría gustado más que nada.

—Yo diría que no.

Roy Porter asintió. Tenía los ojos muy hundidos y vestía un polo azul abotonado hasta el cuello y un enorme reloj con correa de cuero ancha. También irradiaba una energía profundamente incómoda. Debía de ser por tanta muerte, supuso Jake. Por todas esas cosas horribles que se hacía la gente unos a otros.

La camarera regresó con la comida, que tenía tan buen aspecto y olía tan bien que Jake casi olvidó de qué estaban hablando. Al pedir no había sabido exactamente qué estaba pidiendo, de hecho aún no lo sabía, pero se abalanzó sobre el plato.

—¿Estuvo usted en la zona de acampada?

Roy se encogió de hombros. A diferencia de Jake, que se metía el pollo en la boca, el forense retrasaba la gratificación cortando delicadamente su trucha.

—Sí. Llegué sobre las seis de la mañana. No es que hubiera mucho que ver. La tienda estaba destruida casi por completo. Quedaba algo de ropa de cama, un par de ollas y la estufa. Y el cuerpo, claro está. Pero el cuerpo estaba totalmente carbonizado. Tomé algunas fotos e hice que se llevaran los restos al depósito de cadáveres.

—¿Y pudo concluir algo más una vez que lo tuvo allí?

Roy levantó la vista.

—¿Y exactamente qué se supone que había de concluir, según tú? Tenía un cuerpo que parecía un trozo de carbón. ¿Has oído alguna vez eso de los cascos en el parque?

264

A Jake le sonaba vagamente familiar, pero dijo que no.

—Si oyes cascos en el parque, ¿piensas en caballos o en cebras?

—No lo pillo —dijo Mike.

—Piensas en caballos —dijo Jake.

—Correcto. Porque es mucho más probable que en el parque haya caballos salvajes que cebras salvajes.

—Sigo sin pillarlo —dijo Mike—. ¿En qué parque hay caballos salvajes corriendo por ahí?

Esa era buena.

—De modo que está diciendo que era bastante obvio que la mujer había muerto quemada.

—No estoy diciendo tal cosa. Era obvio que se había quemado, completamente. Ahora bien, ¿que había muerto quemada? Para eso vas a la escena, en primer lugar, para ver si la persona se movió durante el incendio. La gente que se quema viva suele moverse. La gente que ya está muerta, o al menos inconsciente, no suele hacerlo. Y aunque los forenses pensamos en caballos, estamos entrenados para buscar cebras. Aquel cadáver tenía un rango de TCPM adecuado para las circunstancias.

—¿TCPM?

—Tomografía computarizada *post mortem*. Para buscar fracturas, objetos de metal.

—Quiere decir… ¿como una prótesis de rodilla?

Roy, que estaba a punto de meterse en la boca un trozo de trucha, se detuvo y miró a Jake con incredulidad.

—Quiero decir como una bala.

—Ah. Así pues, nada de fracturas.

—Nada de fracturas. Nada de objetos extraños. —Hizo una pausa—. Nada de prótesis de rodilla.

Mike sonrió y continuó desgarrando su pollo.

—Nada de balas, tampoco. Solo una señorita que había muerto quemada en su tienda de campaña a causa de un incendio casi con seguridad provocado por una estufa de propano, que yo mismo vi tumbada en el suelo junto a ella.

—Bien —dijo Jake—. Pero… ¿qué me dice de la identificación? ¿Ayudó con ella la TCPM?

—La identificación —dijo Roy.

—Bueno, sí.

El forense soltó el tenedor.

—¿Crees que aquella joven estaba equivocada acerca de con quién había estado compartiendo la tienda de campaña?

«No exactamente», pensó Jake.

—Pero ¿no tiene usted que demostrarlo? —preguntó él.

—¿Es que estamos en un programa de televisión? —dijo Roy Porter—. ¿Es que soy Jack Klugman resolviendo crímenes? Tenía una serie de restos humanos y tenía a alguien para hacer la identificación. Ese es el estándar que se sigue en cualquier depósito de cadáveres del país. ¿Debería haberle hecho una prueba de ADN?

«¿Cuál de ellas?», pensó Jake.

—No lo sé —dijo.

—Bueno, entonces déjeme asegurarle que a la señorita Parker se le aplicó el mismo protocolo que a cualquier otro testigo de identificación. Al final se la entrevistó, y firmó una declaración jurada acreditando la identificación.

—¿Por qué al final? ¿No pudo usted hablar con ella en la zona de acampada? ¿O en el depósito de cadáveres?

—En la zona de acampada estaba histérica. Y sí, soy consciente de que el término ya no es popular hoy en día. Pero es que para entonces, recuerda, había visto morir quemada a su hermana y había estado corriendo por las carreteras secundarias durante un par de horas de noche, en camiseta, intentando encontrar ayuda. Cuando llegamos al hospital no estaba nada mejor, así que bajarla al depósito de cadáveres era imposible. No estaba enferma, por lo que no la ingresaron, pero tampoco querían dejarla ir. No conocía a nadie en el pueblo y acababa de perder a su hermana. De un modo espantoso. Además, creía que ella había provocado el accidente al dar un golpe a la estufa al salir de la tienda. Uno de mis colegas de urgencias decidió sedarla.

—¿Y no le pidió ninguna identificación?

—No. Porque sabía que sus documentos personales estaban en la tienda. Creo que acababa de salir para ir al baño. No sé cómo va en tu tierra, pero aquí solemos dejar nuestra identificación en casa cuando salimos a mear en mitad de la noche.

—Así pues, ¿cuándo pudo hablar con ella?

—A la mañana siguiente. El agente de la Patrulla Estatal de Georgia y yo la llevamos a la cafetería y le compramos algo de comer, y nos dio los detalles básicos sobre lo que había sucedido, así

266

como el nombre y la edad de su hermana. La dirección de casa. Número de la Seguridad Social. No quiso que nos pusiéramos en contacto con nadie.

—¿Con ningún miembro de la familia? ¿Con ningún amigo de casa?

El hombre sacudió la cabeza.

—¿Dijo por qué estaban aquí, en Clayton?

—Estaban haciendo un viaje juntas, nada más. Nunca habían salido de dondequiera que fuesen, del norte...

—De Vermont —dijo Jake.

—Correcto. Me contó que habían visitado unos cuantos campos de batalla y que iban camino de Atlanta. Iban a seguir hasta Nueva Orleans.

—Entonces, ¿no dijo nada sobre ir a la universidad?

Por primera vez, el forense pareció realmente sorprendido.

—¿A la universidad?

—Es que me he enterado de que iban de camino a Athens.

—Pues no sabría decir. Por lo que me dijo era solo un viaje, y después volverían al norte. La mayoría de la gente que pasa por Rabun Gap se dirige a Atlanta, y se para a pescar o acampar. Para nosotros es de lo más normal.

—Creo que está enterrada aquí —dijo Jake—. Dianna Parker. ¿Cómo fue eso?

—Tenemos algunas prestaciones —dijo Roy—. Para los indigentes, las personas a cuyos parientes más cercanos no podemos localizar. Una de las enfermeras me llevó aparte y me preguntó si no podíamos hacer algo por aquella joven. No tenía más familia y tampoco parecía tener los medios para enviar el cuerpo de su hermana a ninguna parte. Así que se lo ofrecimos. Era lo correcto. Un gesto cristiano.

—Ya veo. —Jake asintió, pero todavía estaba paralizado. Se dio cuenta de que Mike había dejado el plato limpio. Cuando volvió a pasar la camarera, pidió tarta. Jake se había rendido a la mitad, más o menos cuando Roy había utilizado la palabra «carbón» para describir el cuerpo de la zona de acampada Foxfire.

—Te diré la verdad, me sorprendió un poco que la chica aceptara. La gente puede llegar a ser muy orgullosa. Pero lo pensó y aceptó. Una de las funerarias locales donó el ataúd. Y en el cementerio

Pickett había una parcela que pusieron a nuestra disposición. Es un lugar bonito.

—Mi abuela está allí —dijo Mike, a propósito de nada.

—Así que un par de días después hicimos un pequeño oficio. Encargamos una lápida solo con el nombre y las fechas.

Llegó el pastel de Mike. Jake se lo quedó mirando. La cabeza le iba a mil, pero no podía dejar salir sus pensamientos.

—¿Estás bien?

Levantó la vista. El forense le estaba mirando, aunque más con curiosidad que con preocupación evidente. Jake se llevó el dorso de la mano a la frente y cuando la sacó estaba húmeda.

—Claro —consiguió decir.

—Mira —dijo el forense—, no te va a pasar nada por decirnos de qué va esto. ¿Conocías a la familia? No sé si me lo creo.

—Pues es verdad —dijo Jake, aunque sonó poco convincente, incluso para él.

—Los forenses estamos acostumbrados a las teorías de la conspiración. La gente ve programas en la tele, o lee novelas de misterio. Piensa que todas las muertes tienen un complot tortuoso detrás, o un veneno indetectable, o algún método extraño y disparatado que no habíamos visto nunca antes.

Jake esbozó una leve sonrisa. Lo irónico era que él nunca había sido de ese tipo de personas.

—¿He tenido casos sobre los que me he preguntado, sobre los que he dudado de mí mismo? Claro que sí. ¿«Se disparó sin más» un arma? ¿Resulta que alguien se resbaló y cayó en un escalón helado? Hay muchas cosas que nunca sabré con certeza, y que se quedan conmigo. Pero esta no fue una de ellas. Voy a decirte una cosa: así es exactamente cuando alguien muere quemado en una tienda de campaña porque se cae una estufa. Así es exactamente cuando alguien pierde una relación cercana de repente y de forma traumática. Y ahora vienes tú haciendo preguntas bastante provocadoras sobre personas a las que nunca has conocido. Está claro que tienes algo en mente. En fin, ¿tú qué crees que sucedió?

Jake se quedó en silencio un largo momento. Después sacó el teléfono del bolsillo de la chaqueta, buscó la fotografía y se lo tendió.

—¿Quién es? —dijo Mike.

El forense miró la foto con atención.

—¿La conocen? —preguntó Jake.

—¿Se supone que debo conocerla? No había visto nunca a esta chica.

Curiosamente, lo que Jake sintió sobre todo fue alivio.

—Esta es Rose Parker. Y me refiero a la verdadera Rose Parker. Quien, por cierto, no era la hermana de Dianna Parker, sino su hija. Tenía dieciséis años, y de hecho se dirigía a Athens para matricularse en la universidad como estudiante de primer año. Pero no lo consiguió. Está justo aquí, en Clayton, Georgia, en el ataúd que donaron ustedes, enterrada en la parcela que donaron ustedes, debajo de la lápida que donaron ustedes.

—Eso es una puta locura —dijo Mike.

Entonces, tras un momento largo y muy desagradable, Roy Porter, inesperadamente, empezó a sonreír. No paraba de sonreír, hasta que de hecho empezó a reírse.

—Ya sé lo que es todo esto —dijo.

—¿Qué? —dijo Mike.

—Debería darte vergüenza.

—No sé a qué se refiere —dijo Jake.

—¡Aquel libro! Es aquel libro que leía todo el mundo el año pasado. Mi esposa lo leyó y me explicó la historia al terminarlo. La madre mata a la hija, ¿no? ¿Y ocupa su lugar?

—Ah, pues mira —dijo Mike—, he oído hablar de ese libro. Mi madre lo leyó en su club de lectura.

—¿Cómo se llamaba? —preguntó Roy sin dejar de mirar a Jake.

—No me acuerdo —dijo Mike, y Jake, que sí lo recordaba, no dijo nada.

—¡Se trata de eso! Ese es el cuento que estás tratando de inventarte aquí, ¿verdad? —El forense se había puesto de pie. No era un hombre muy alto, pero estaba consiguiendo un ángulo agudo sobre Jake. Ahora no sonreía—. Leíste esa trama descabellada en el libro y pensaste si podías torcer lo que había sucedido aquí para hacerlo coincidir. ¿Te has vuelto loco?

—Joder —fue la contribución de Mike, que también se estaba levantando—. ¿Qué clase de miserable...?

—No, no me estoy «inventando un cuento» —Jake tuvo que obligarse a decir las palabras—. Intento averiguar lo que pasó.

—Lo que pasó es justo lo que te he dicho —dijo Roy Porter—. Aquella pobre mujer murió en un incendio accidental, y solo espero

269

que su hermana haya sido capaz de superarlo y seguir con su vida. No tengo ni idea de quién es esa de la foto de tu móvil. Es más, no tengo ni idea de quién eres tú, pero creo que lo que estás insinuando es enfermizo. La que está enterrada en Pickett es Dianna Parker. Su hermana se fue de la ciudad al cabo de un día, tal vez dos, de que la enterrásemos. Si alguna vez ha vuelto a visitar la tumba, yo no lo sé.

«Bueno, me juego algo a que no», pensó Jake mientras los veía marcharse.

28

El final de la línea

*D*espués pidió un trozo de aquella tarta que Mike se había comido y una taza de café y se quedó allí sentado un buen rato, tratando de analizarlo detalladamente, pero cada vez que tenía la sensación de abarcarlo se le volvía a escabullir. Que la realidad es más extraña que la ficción era una verdad reconocida universalmente, pero, si eso era cierto, ¿por qué siempre luchábamos tanto contra ella?

Una madre y una hija, brutalmente entrelazadas: así era la vida cotidiana en la mayoría de las familias.

Una madre y una hija capaces de cometer actos violentos la una sobre la otra: por suerte menos común, pero no inaudito.

Una hija que asesinaba a su madre y lo arreglaba todo para beneficiarse de su muerte: eso era material de un crimen verídico y sensacionalista; sensacionalista, sí, pero también verídico.

Pero ¿una madre que le quitara la vida a su propia hija y después se la volviera a quitar para vivirla ella misma? Eso era un cuento. Eso era la trama de una novela que podría vender millones de ejemplares y constituir la base de una película de lo que Evan Parker había denominado en su día un «director de primera». Eso era una trama que la madre de alguien leería en un grupo de lectura de Clayton, Georgia, que llenaría un acto de 2400 localidades en Seattle, que haría que su autor entrara en la lista de superventas de *The New York Times* y saliera en la portada de *Poets & Writers*. Era una trama por la que matar, suponía Jake, aunque él mismo no hubiera hecho tal cosa; él se había limitado a recogerla del suelo. «Algo seguro», había llamado Evan Parker a su historia en una ocasión, y realmente lo había sido. Pero también podría haberla llamado: «La historia de lo que mi hermana le hizo a su hija». La podría haber llamado: «La historia por la que alguien podría perseguirme por contarla, porque no me corresponde a mí contarla». Incluso podría haberla llamado: «La historia por la que no valía la pena morir».

Jake pagó la cuenta y salió del Clayton Café. Volvió a su coche y encontró el camino hacia el cementerio, pasando por delante de la Sociedad Histórica del condado de Rabun y luego a la izquierda por Pickett Hill Street, una carretera estrecha y cubierta de maleza que se adentraba en el bosque. Al cabo de algo menos de un kilómetro pasó una señal del cementerio y redujo la velocidad hasta ir muy despacio. Era la última hora de luz y se sentía perdido entre los árboles. Pensó en los lugares a los que le había llevado aquella aventura no solicitada y no deseada, desde la taberna de Rutland hasta el complejo de apartamentos de segunda de Athens, pasando por el vacío de aquel claro de los bosques del norte de Georgia. Parecía el final de la línea, y lo era. ¿Dónde podría estar, después de aquello? De un modo u otro, se reducía a aquella parcela de tierra y al cuerpo destruido que había bajo ella. La vía se terminó cuando vio las lápidas.

272 Había muchas tumbas, al menos cien, y las primeras que vio databan de la década de 1800. Pickett, Ramey, Shook y Wellborn, ancianos que habían luchado en las guerras mundiales, niños que habían vivido meses o años, madres y recién nacidos enterrados juntos. Se preguntó si ya habría pasado junto a la abuela de Mike, o junto a las tumbas de otros receptores de la generosidad de Clayton hacia los indigentes y desamparados. La luz se estaba yendo rápido y dejaba un cielo azul oscuro sobre su cabeza y un anaranjado que atravesaba el bosque al oeste. Era un lugar tranquilo para pasar la eternidad, eso estaba claro.

Finalmente, la encontró en el extremo más alejado del claro. La parcela estaba señalada por una lápida sencilla, colocada en plano sobre la tierra y ligeramente rojiza, con el nombre de la ocupante asignada: DIANNA PARKER, 1980–2012. Sencilla, extremadamente discreta, y sin embargo el horror que contenía dejó a Jake paralizado.

—¿Quién eres? —dijo en voz alta, pero era puramente retórico.

Porque ya lo sabía. Lo había sabido nada más ver aquellas viejas piñas estarcidas alrededor de la puerta de la casa Parker en West Rutland, y todo el mundo con quien había hablado en Georgia —el abogado indignado, la señora de la limpieza que no había reconocido a Rose Parker en la foto de su equipo de hockey sobre hierba del instituto, el forense a la defensiva que oía cascos y pensaba en caballos— solo habían subrayado ese conocimiento. Quería dejarse caer sobre la tierra y apartarla a arañazos hasta llegar a ella, a aquella pobre chica, el títere y el inconveniente de la vida de su madre, pero aunque lograra traspasar aquella tierra compactada de Georgia y llegar a su ataúd donado y más allá, ¿qué encontraría sino puñados de polvo?

Con la última luz tomó una fotografía de la tumba y la envió a su esposa, adjuntando solo el nombre corregido de la ocupante. Lo demás tendría que esperar hasta que llegara a casa, para tener una conversación cara a cara. Entonces le explicaría lo que realmente había sucedido allí, cómo una joven a punto de huir había acabado en una tumba en una zona remota de Georgia con el nombre de su madre en la lápida. Al mirar la tierra, como si pudiera ver los restos destruidos y sepultados de la chica asesinada, se le ocurrió que aquella historia, la más extraña de todas las historias, justificaba que se volviera a explicar de arriba abajo, y esta vez ya no como ficción. De hecho, tal vez escribir la historia real de Rose Parker fuera hacia donde todo aquello había llevado siempre, una oportunidad sin precedentes de escribir su libro, su milagroso *Cuna*, por segunda vez, iluminando la historia real que ni siquiera su autor había sabido que existía. Matilda, cuando dejara atrás la incomodidad, estaría intrigada y después emocionada. Wendy estaría encantada desde el principio: ¿una deconstrucción del superventas mundial escrito por su propio autor? ¡Un fenómeno!

Y aunque escribirlo requería que Jake se sincerara sobre su difunto alumno Evan Parker, aún podría controlar la narrativa mientras hacía introspección y sopesaba las preguntas profundas sobre qué era la ficción y cómo se hacía, ¡en nombre de todos y cada uno de sus compañeros novelistas y escritores de relatos cortos! La segunda versión de *Cuna* sería una metanarración, destinada a reivindicar a todos los escritores y a resonar con todos los lectores, y contarla le haría parecer un artista valiente y audaz. Además, ¿qué sentido tenía ser un escritor famoso si no podía utilizar su «voz única» para contar aquella historia que «solo él podía contar»?

En el cementerio, la última luz se apagó a su alrededor.

«¡Contemplad mis obras, poderosos, y desesperad!»

Nada quedaba a su lado.

CUNA

de Jacob Finch Bonner

Macmillan, Nueva York, 2017, página 280

*T*enía alquilada una casita en East Whittier Street, en German Village, a unos ocho kilómetros del campus, un vecindario tranquilo con no demasiados estudiantes de la Universidad Estatal de Ohio. Continuaba tramitando las facturas de Bassett Healthcare, pero principalmente por la noche, y se dejaba los días libres para las clases: Historia, Filosofía, Ciencias Políticas. Todo era un placer, incluso los trabajos trimestrales, incluso los exámenes, incluso el hecho de estar obligada a perderse entre los 60 000 alumnos matriculados en el campus de Columbus y a no familiarizar demasiado con sus profesores; la profunda emoción de haber resucitado y cumplido su objetivo de una vez por todas, su objetivo enterrado durante tanto tiempo, la ayudaba a sobrellevar cada día de su nueva vida. ¿Dónde estaría ahora sin aquella pausa de dieciocho años? ¿Sería abogada, tal vez, o profesora de algún tipo? ¿Científica o médico? ¡Quizás incluso escritora! De nada la sacaba pensar en ello, suponía. Ahora estaba en un lugar donde ya había abandonado toda esperanza de estar.

Una tarde de finales de mayo llegó a casa y vio que aquella ratona más que indeseable, Gab, la estaba esperando en la puerta con una triste mochilita en la mano.

—Vamos adentro —dijo Samantha, empujándola hacia la sala de estar. En cuanto se cerró la puerta, le preguntó—: ¿Qué estás haciendo aquí?

—En la secretaría del campus me han dado la dirección de Maria —dijo la chica. Era pequeña, pero estaba recubierta de una capa extra de carne—. No sabía que tú también estuvieras aquí.

—Me mudé hace unos meses —dijo Samantha secamente—. Vendí nuestra casa.

—Sí —dijo la joven, asintiendo. El cabello lacio le caía sobre las mejillas—. Lo oí decir.

—Ya te dije que ahora tiene otra novia.

—No, si ya lo sé. Solo voy en coche hacia la Costa Oeste. Quiero probar a vivir allí. Todavía no estoy segura de dónde. Seguramente en San Francisco, pero puede que en Los Ángeles. Y he pensado que, como pasaba por Columbus, pues…

Mucho pasaba aquella chica.

—¿Pues?

—He pensado que estaría muy bien ver a Maria. Ponerle…, bueno…

«¿Cierre?», pensó Samantha. Aquella expresión le resultaba especialmente desagradable.

—Cierre.

—Ah. Claro. Bueno, ahora está en el campus, pero tendría que estar en casa de aquí a una hora más o menos. Compraré una pizza para las tres. ¿Por qué no vienes conmigo?

Y Gab lo hizo, menos mal. Por supuesto, Samantha no la quería husmeando por la casa de una habitación individual, preguntándose dónde dormía Maria. Le hizo preguntas amables mientras se dirigían a Luigi's, donde Samantha solía pedir pizza, y se enteró de que, como ella, Gab no tenía ninguna intención de regresar a su ciudad natal ni de mantener vínculos con cualquier persona viva de allí. De hecho, todo cuanto Gab poseía estaba en el Hyundai Accent que conducía con valentía hacia el oeste, y una vez que consiguiera poner aquel pequeño «cierre», tenía la intención de dirigirse, literalmente, hacia la puesta de sol. Eso, supuso Samantha, si no hacía ningún descubrimiento desafortunado allí en Columbus que justificara el regreso a Earlville, Nueva York. Aunque, realmente, a aquellas alturas todo era un descubrimiento desafortunado. ¿Verdad?

—Tardo solo un minuto —dijo mientras entraba a recoger la pizza.

Más tarde, cuando Gab puso la mesa para tres en el pequeño comedor, Samantha aplastó un puñado de cacahuetes sobre la encimera con una paleta de metal y los metió debajo de los aceitosos discos de *pepperoni*.

Pepperoni, por supuesto.

Porque lo recordaba.

Porque había sido una buena madre y, aunque no lo hubiera sido, ahora ya no quedaba nadie para discrepar sobre el tema.

29

Menudo despilfarro de energía

*C*uando llegó a casa, Anna no estaba, pero había una olla de su sopa verde en el fogón y una botella de Merlot abierta sobre la mesa. Al ver los dos cubiertos de Pottery Barn se alegró mucho más que por el simple hecho de los cubiertos en sí, o de la sopa, o incluso del vino: estaba en casa. Eso por sí solo ya habría bastado, pero además había valido mucho la pena asegurarse.

Fue al dormitorio y deshizo la bolsa, sacando la botella de *bourbon* Stillhouse Creek que había comprado de camino al aeropuerto de Atlanta. Luego abrió el portátil y vio, para su incredulidad, que le habían reenviado otro mensaje desde el formulario de contacto de su página web. Se lo quedó mirando fijamente, respiró hondo e hizo clic para abrirlo.

> Esta es la declaración que me estoy preparando para publicar dentro de uno o dos días. ¿Alguna corrección antes de que salga?
>
> «En 2013, mientras "daba clases" en el Ripley College, Jacob "Finch" Bonner coincidió con un estudiante llamado Evan Parker, quien compartió con él una novela que estaba escribiendo. Más adelante, aquel mismo año, Parker murió inesperadamente, tras lo cual Bonner escribió la novela llamada *Cuna* sin reconocer a su verdadero autor. Hacemos un llamamiento a la editorial Macmillan para que confirme su compromiso con la obra original de autores íntegros y para que se retracte de esta obra fraudulenta.»

Un golpe al artificio de su segundo nombre: irritante, sí, aunque no era precisamente un secreto, ya que Jake había hablado a innumerables entrevistadores acerca de su amor por Atticus Finch y *Matar a un ruiseñor*. Una crítica a su valía como profesor: eso era nuevo y más que un poco irritante. Pero los titulares aquí eran la intención inminente de publicar y la insinuación de que había robado a su malogrado «verdadero» autor no solo la trama de *Cuna*, sino cada palabra de ella. Y ¿era la innegable paranoia de Jake, o había también una insinuación de que de algún modo era responsable de la «muerte inesperada» de aquel verdadero autor, su exalumno?

Bien mirado, tendría que estar aterrorizado por aquella última carta, pero incluso cuando Jake se sentó en el borde de su cama y dejó que el mensaje pasara por encima de él, no tuvo miedo. Por un lado, aquel «hacemos», aquel «nosotros», irradiaba debilidad, como los camaradas inventados del Unabomber o de cualquier otro demente solitario embarcado en una noble cruzada desde su sótano. Más concretamente, ahora entendía que su corresponsal quería evitar exponerse tanto como él. Había llegado el momento de apretar la tecla *Return* en aquella conversación hasta entonces de sentido único y revelar que él sabía quién era ella y que estaba dispuesto a dar a conocer su historia. Y esta vez no la versión anterior, inconsciente, de la historia, sino el relato real y basado en los hechos de lo que le había hecho a su propia hija, y la identidad fraudulenta que estaba presentando al mundo. ¿Y no daba eso para una historia bastante convincente por sí misma? ¿Convincente como para ser portada de la revista *People*, por ejemplo? De hecho, allí sentado, Jake disfrutó de un momento claramente placentero redactando mentalmente el primer, y con suerte el último, correo electrónico para ella:

Aquí está la declaración que publicaré yo si no sales de mi vida y tienes la boca cerrada. ¿Alguna corrección antes de que salga?

«En 2012, una joven llamada Rose Parker murió violentamente a manos de su propia madre, quien después le robó la identidad, se apropió de su beca en la Universidad de Georgia y ha estado viviendo como si fuera ella desde entonces. Actualmente está acosando a un autor muy conocido, aunque lo cierto es que debería ser famosa por derecho propio.»

Le llegaba el olor de la sopa y de todas las verduras saludables que contenía. El gato, Whidbey, le saltó sobre el regazo y miró a la mesa con optimismo, pero allí no había nada para él, así que se escapó al sofá cubierto con un kílim que Anna había elegido como parte de su campaña para mejorar la vida de Jake. Ella no había querido que fuera a Georgia, obviamente, pero cuando le contara todo lo que había descubierto, entendería por qué había sido la decisión correcta, y lo ayudaría a hacer el mejor uso posible de la información que había traído.

Oyó la puerta. Anna volvía a casa con una barra de pan y una disculpa por no haber estado allí a su regreso y, cuando él la abrazó, ella le devolvió el abrazo, y se extendió por él el alivio que tanto necesitaba, aunque no se hubiera dado cuenta de ello.

—Mira lo que he traído —dijo, y le entregó el *bourbon*.

—Qué bien. Pero será mejor que yo no tome. Tengo que salir para LaGuardia dentro de un par de horas, ya lo sabes.

Él la miró.

—Pensé que era mañana.

—No. Vuelo de noche.

—¿Cuánto tiempo estarás fuera?

No estaba segura, pero quería que fuera lo menos posible.

—Por eso vuelo de noche. Dormiré en el avión e iré al guardamuebles directamente desde el aeropuerto. Creo que podré arreglarlo todo en tres días, y lo del trabajo también. Si tengo que quedarme otro día, pues me quedaré.

—Espero que no —dijo Jake—. Te he echado de menos.

—Me has echado de menos porque sabías que estaba enfadada contigo por ir.

Jake frunció el ceño.

—Puede. Pero te habría echado de menos de todos modos.

Fue a buscar la sopa y trajo un solo cuenco.

—¿No vas a tomar ni un poco? —preguntó Jake.

—De aquí a un ratito. Antes quiero oír lo que pasó.

Puso el pan que acababa de salir a comprar sobre una tabla de cortar y sirvió vino para ambos, y él empezó a explicarle todo lo que había averiguado desde que había dejado Athens: el viaje al norte hacia las montañas, el encuentro casual en la tienda tradicional, el campamento lo bastante adentrado en el bosque como para que apenas se oyera el arroyo. Cuando le mostró la fotografía que había hecho con el móvil, ella se la quedó mirando.

—No parece un lugar donde alguien muriera quemado.

—Bueno, han pasado siete años.

—¿Has dicho que el hombre que te llevó allí había estado en la escena aquella mañana?

—Sí. Era un bombero voluntario.

—Qué coincidencia tan afortunada.

Jake se encogió de hombros.

—No sé. Es un pueblo pequeño. Una cosa así debió de involucrar a mucha gente: técnicos de urgencias médicas, policías, bomberos. Gente del hospital. El forense resultó ser vecino de este tipo.

—¿Y los dos se sentaron con un perfecto desconocido y te lo contaron todo sin más? Eso está un poco mal, ¿no te parece?

—¿Sí? Supongo que debería estar agradecido. Al menos me ahorraron tener que ir fisgando por todos los cementerios de Rabun Gap con una linterna.

—¿Qué significa eso? —preguntó Anna mientras rellenaba la copa de vino de Jake.

—Bueno, me dijeron dónde estaba la parcela.

—¿La parcela de la que me enviaste una foto?

Jake asintió.

279

—Mira, voy a tener que pedirte que seas más específico. Quiero asegurarme perfectamente de entender todo lo que dices.

Lo que digo es que Rose Parker está enterrada en un lugar llamado Pickett Hill, a las afueras de Clayton, Georgia. En la lápida pone Dianna Parker, pero es Rose.

Anna pareció necesitar tiempo para sopesar aquello. Cuando lo hizo, le preguntó si le gustaba la sopa.

—Está deliciosa.

—Bien. Es la otra mitad de la que ya nos comimos —dijo—. Cuando regresaste de Vermont. La noche que me hablaste de Evan Parker.

—Sopa que desenreda el embrollado ovillo de las preocupaciones —recordó él.

—Así es —confirmó ella, sonriendo.

—Ojalá no hubiera esperado tanto tiempo para hablarte de esto —dijo Jake, llevándose la pesada cuchara a los labios.

—Da igual —dijo ella—. Acábatela.

Jake lo hizo.

—Entonces, ya que hablamos del tema, ¿qué es lo que crees que sucedió exactamente?

—Lo que pasó es que Dianna Parker, como cientos de miles de otros padres, iba a llevar a su hija a la universidad en agosto de 2012. Y tal vez, como probablemente la mayoría de ellos, tuviera sentimientos encontrados sobre la marcha de su hija. Rose era inteligente, eso está claro. Se sacó la secundaria y entró en la universidad en solo tres años, ¿no?

—¿Ah, sí?

—Con una beca, por lo visto.

—Qué lumbrera —dijo Anna, aunque no se la veía tan impresionada.

—Debía de estar bastante desesperada por escapar de su madre.

—De su horrible madre —dijo, y puso los ojos en blanco.

—Correcto —dijo Jake—. Y seguramente era muy ambiciosa, como quizás lo hubiera sido su madre en su momento, pero Dianna nunca logró salir de West Rutland. Por el embarazo, por los padres represivos, por el hermano que no se implicaba.

—No te olvides del tipo que la dejó embarazada y luego dijo: a mí no me líes.

—Por supuesto. Así que allí está ella, llevando a su hija en coche más lejos de lo que cualquiera de las dos ha estado nunca, alejándose del único lugar donde han vivido, y ella sabe que su hija jamás volverá a casa. Dieciséis años dejando su vida de lado y cuidando de esa persona, y ahora bum: se acabó y ella se va.

—Sin ni siquiera un gracias.

—Vale. —Jake asintió—. Y puede que piense: «¿Por qué no fui yo? ¿Por qué no llegué a tener esta vida?». Así que cuando ocurre el accidente...

—Define accidente.

—Bueno, le dijo al forense que tal vez hubiera tirado una estufa de propano al salir de la tienda de campaña de noche. Cuando volvió del lavabo toda la tienda estaba en llamas.

Anna asintió.

—Vale. Eso sería un accidente.

—El forense también dijo que estaba histérica. Fueron sus palabras.

—Bien. Y la histeria no se puede fingir.

Jake frunció el ceño.

—Continúa.

—Así que, cuando ocurre el accidente, piensa: «Esto es horrible, pero no puedo traerla de vuelta». Y hay una beca esperando y nada a lo que regresar. Y piensa: «En Georgia no me conoce nadie. Viviré fuera del campus, iré a clase, veré qué quiero hacer con mi vida». Sabe que no parece lo bastante joven como para decir que es hija de una mujer de treinta y dos años, de modo que puede que diga que es la hermana de la víctima, no su hija. Pero desde el momento en que sale de Clayton, Georgia, es Rose Parker, cuya madre murió en un trágico incendio. Quemada.

—Tal como lo pones, parece casi razonable.

—Bueno, es horrible, pero no es irrazonable. Es inmoral, obviamente, porque como mínimo estamos hablando de robo. Robo de identidad. Robo de la plaza de su hija en la universidad. Robo de una beca económica real. Pero también es una oportunidad inesperada para una mujer que nunca ha conseguido vivir sus propios sueños, y que por cierto todavía es joven. Treinta y dos años es mucho más joven que nosotros. ¿No parece posible aún hacer un cambio enorme en tu vida a los treinta y dos años? ¡Mírate tú! Eras mayor que eso y dejaste a todo el mundo que conocías, te mudaste a la otra punta del país y te casaste. Y todo eso en... ¿cuánto? ¿Ocho meses?

—Vale —convino Anna. Estaba llenando la copa de Jake con lo que quedaba del Merlot—. Pero he de decir que parece que estés excusándola por todos los medios. ¿De veras eres tan comprensivo?

—Bueno, en la novela... —empezó a decir, pero ella lo interrumpió.

—¿En qué novela? —preguntó Anna en voz baja—. ¿En la tuya? ¿O en la de Evan?

Jake intentaba recordar si la presentación de Evan a Ripley había incluido aquello. Por supuesto que no. Evan Parker había sido un aficionado. ¿Cuánto podía haber profundizado realmente en la vida interior de aquellas mujeres? Al desplegar su extraordinaria trama aquella noche en el Richard Peng Hall, Parker no se había molestado en describir o reconocer las complejidades de Diandra (como él había llamado a la madre) ni de Ruby (como había llamado a la hija); ¿cuánto mejor lo habría hecho en el transcurso de una novela completa, aun suponiendo que hubiera sido capaz de acabar una?

—En mi novela. Samantha es una persona frustrada y amargamente infeliz. Esas cosas pueden corromperte tanto como una predisposición al mal. Siempre he pensado en ella como una persona que ha caído en un pozo de tremenda decepción y que, con el tiempo, mientras ve a su hija prepararse para marcharse, simplemente trata de convencerla, con resultados devastadores. Y luego, cuando sucede, es una especie de accidente, o al menos no es algo planeado o preparado. No es como si fuera una…

—¿Sociópata? —apuntó Anna.

Jake sintió auténtica sorpresa. Claro que entendía que esa era la opinión predominante entre sus lectores, pero Anna nunca había dicho tanto sobre el personaje.

—¿Y es ahí donde está la línea divisoria? —preguntó su esposa—. ¿Entre algo que cualquiera de nosotros podría hacer dadas las circunstancias y algo que solo haría una persona verdaderamente malvada? ¿En planearlo?

Jake se encogió de hombros y los notó increíblemente pesados al levantarlos y dejarlos caer.

—Parece un buen lugar para colocar la línea divisoria.

—Vale. Pero solo en lo que respecta a tu personaje inventado. No tiene nada que ver con la vida de esa mujer real. No puedes tener idea de qué estaba pasando en su cabeza, o qué otra cosa podría haber hecho, antes o después de ese acto «no planeado». Es decir, ¿quién sabe qué otras cosas hizo esa Dianna Parker? Tú mismo lo dijiste: en su familia parece que nadie se pone enfermo.

—Eso es cierto —dijo, asintiendo, y al inclinar la cabeza hacia delante notó que la tenía confusa. Había escrito una novela entera en torno a aquello tan horrible y continuaba sin poder aceptar del todo que por ahí fuera hubiera una madre real que hubiera sido capaz de hacerlo. ¿Ver morir a su hija así y seguir adelante sin más?—. Es que… es increíble, ¿no? —se oyó decir.

Anna suspiró.

—Hay más cosas en la tierra y en el cielo, Jake, de las que tu filosofía pudo inventar. ¿Quieres más sopa?

Sí que quería. Anna fue a buscarla y le trajo otro cuenco rebosante y humeante.

—Está tan buena…

—Ya lo sé. Es la receta de mi madre.

Jake frunció el ceño. Quería preguntar algo sobre eso, pero no era capaz de pensar qué era. Espinacas, col rizada, ajo, esencia de pollo… Sin duda era sabrosa, y notaba cómo su calor se extendía dentro de él.

—Esa parcela de la que me enviaste una foto parecía un lugar bonito. ¿Puedo verla otra vez?

Jake cogió el móvil e intentó buscarla, pero no fue tan fácil como debería haber sido. Cuando movía el dedo, las fotos pasaban adelante y atrás a toda velocidad, negándose a detenerse en la adecuada.

—Aquí está —dijo finalmente.

Anna cogió el teléfono y la miró detenidamente.

—La lápida es muy sencilla. Me gusta.

—Vale —dijo Jake.

Anna se había cogido la trenza de cabello gris y no dejaba de darle vueltas a la punta alrededor de los dedos de un modo casi hipnótico. Le encantaban muchísimas cosas de su aspecto, pero aquel cabello plateado, se le ocurrió, era lo que más le gustaba de todo. Al pensar en aquellos cabellos balanceándose sueltos notó una especie de golpe pesado dentro de la cabeza. Se había pasado días viajando y había estado meses preocupado. Ahora, con tantas piezas finalmente en su lugar, estaba profundamente cansado y solo quería meterse en la cama y dormir. Tal vez no fuera tan malo que Anna se marchara aquella noche. Tal vez él necesitara algo de tiempo para recuperarse. Tal vez ambos necesitaran un par de días para ellos mismos.

—Así que después del accidente —dijo Anna—, nuestra madre de duelo continúa camino hacia el sur. Si la vida te da limones…, ¿no?

Jake asintió con la cabeza pesada.

Y cuando llega a Athens se matricula a nombre de Rose y obtiene un permiso para vivir fuera del campus durante su primer año. Y eso nos lleva a finales del curso académico 2012-2013. ¿Qué pasa después?

Jake suspiró.

—Bueno, sé que dejó la universidad. Después de eso, no estoy seguro de dónde fue o dónde ha estado, pero tampoco importa, la verdad. No puede querer quedar en evidencia por su crimen real más que yo por el mío imaginario. Así que mañana le enviaré un correo electrónico y le diré que se vaya a la mierda. Y pondré en copia a ese abogado gilipollas para asegurarme de que capta el mensaje.

—Pero ¿no quieres saber dónde está ahora? ¿Y cómo se llama? Porque obviamente habrá cambiado de nombre. Ni siquiera sabes qué aspecto tiene, ¿verdad?

Se había llevado el cuenco al fregadero y lo estaba lavando. Lavó la cuchara y la olla que había usado para calentar la sopa. Después lo metió todo en el lavavajillas y lo puso en marcha. Regresó a la mesa y se quedó de pie junto a él.

—Quizás deberías acostarte —dijo—. Se te ve hecho polvo.

No podía negarlo y no estaba dispuesto a intentarlo.

—Pero es bueno que te hayas tomado la sopa. Esa sopa es una de las pocas cosas que me dejó mi madre.

Entonces recordó lo que quería preguntarle.

—¿Te refieres a la señorita Royce, la maestra?

—No, no. A mi auténtica madre.

—Pero ella murió. Se tiró con el coche a un lago cuando tú eras muy pequeña. ¿No se tiró con el coche a un lago?

De repente, Anna se estaba riendo. Su risa era musical: ligera y dulce. Se reía como si todo aquello, la sopa, la maestra, la madre que se había tirado con el coche a un lago en Idaho, fuera de lo más divertido que hubiera oído en su vida.

—Eres tan patético... ¿Qué escritor que se precie no conoce la trama de *Vida hogareña*? ¡Fingerbone, Idaho! ¡La tía que no puede cuidar de sí misma ni de sus sobrinas! Ni siquiera cambié el nombre de la maestra, por el amor de Dios. Y no te pienses que eso no fue arriesgado. Tenté la suerte para demostrar que tenía razón, supongo.

Quería preguntar en qué tenía razón, pero conseguir que su garganta respirara y hablar al mismo tiempo de repente se había vuelto tan complejo como hacer malabares con cuchillos y, además, ya lo sabía. ¿Cuánto costaba en realidad robarle la historia a otra persona? Cualquiera podía hacerlo, ni siquiera había que ser escritor.

Aun así, había algo en aquello que no conseguía entender. De hecho, parecía capaz de comprender tan solo unas pocas cosas, y cualquier poder de concentración que aún poseyera se había ido hacia ellas, como la sangre va a los órganos vitales cuando estás tirado en la nieve muriendo de congelación. Primero: que Anna se iba a ir al aeropuerto pronto. Segundo: que Anna parecía saber algo que él no sabía. Tercero: que Anna continuaba enfadada con él. No tenía fuerzas para preguntar por las tres cosas, así que preguntó por la última, porque ya había olvidado las dos primeras.

—Todavía estás enfadada conmigo, ¿verdad? —dijo, pronunciando las palabras con sumo cuidado para que no le malinterpretara. Y ella asintió.

—Bueno, Jake —dijo—, he de decir que sí. Llevo mucho tiempo enfadada contigo.

30

El ojo del novelista para los detalles

—*N*o iba a hacer esto todavía —dijo Anna. Tenía la parte interior del codo bajo el brazo de él y lo estaba levantando, o ayudándolo a levantarse, una de dos. En algún momento debía de haberse vuelto tremendamente liviano, o de lo contrario el suelo se había inclinado amablemente a un ángulo de cuarenta y cinco grados. Anna le sostuvo con fuerza cuando pasaron por el sofá cubierto con un kílim, que se deslizó hacia arriba por una de las paredes a medida que pasaban, como por arte de magia, sin moverse realmente—. No había ninguna prisa. Pero entonces tuviste que empezar a corretear como lord Peter Wimsey. Eso es algo que realmente no entiendo de ti, esa obsesión por comprenderlo todo. ¡Y todo el *Sturm und Drang*! Si ibas a estar tan preocupado por lo que habías hecho, ¿por qué robaste la historia de otra persona, para empezar? Es decir, torturarte después de haberlo hecho… Menudo despilfarro de energía, sobre todo teniendo en cuenta que estoy justo aquí y soy tan buena en esto. ¿No te parece?

Jake empezó a negar con la cabeza porque no había robado, pero entonces entendió que ella era buena en aquello, así que asintió. Probablemente Anna no se dio cuenta de ninguna de las dos cosas. Lo estaba ayudando en el lento caminar hacia el dormitorio y le agarraba la muñeca mientras él arrastraba los pies a su lado con el brazo sobre su hombro. Jake llevaba la cabeza gacha, pero pudo ver el gato pasar como una flecha junto a ellos hacia la sala de estar.

—Tengo una medicina para ti —dijo Anna—, y después no veo ningún motivo para no contarte mi historia. Porque si hay algo que sé sobre ti, Jake, es lo mucho que valoras una buena historia. Mi «historia singular», contada con mi «voz única». ¿Tú ves algún motivo?

No lo veía. Por otra parte, no entendía la pregunta. Se sentó en la cama y ella le dio las cápsulas, tres o cuatro cada vez, y él realmente no quería, pero se las tragó todas, hasta que ya no quedaron más.

—Bien hecho —decía ella después de cada puñado.

Jake se bebió el agua del vaso. Después se acercó a la mesilla de noche, donde estaban los botes de pastillas vacíos. Quería saber qué eran aquellas píldoras, aunque ¿importaba realmente?

—Bueno, tenemos unos minutos —dijo Anna—. ¿Hay algo en concreto que quieras preguntar?

Había algo, pensó Jake. Pero ahora no podía recordarlo.

—Vale. Haré algo así como una libre asociación. Párame si ya has oído algo de esto.

«Sí», dijo Jake, aunque de hecho no se oyó decirlo.

—¿Qué? —dijo Anna, levantando la vista de su teléfono. Del de Jake, de hecho—. Estás balbuceando —dijo. Luego continuó con lo que fuera que estuviera haciendo—. No quiero ser de esas personas que siempre se quejan de su infancia, pero has de saber que en nuestra casa todo giraba siempre en torno a Evan. Evan y el fútbol americano. Evan y el fútbol. Evan y las chicas. El tío era un imbécil, pero ya sabes lo que pasa en las familias. ¡El orgullo de los Parker! Marcar goles y aprobar cursos: ¡caray! Incluso cuando empezó a consumir drogas, le alababan como a un dios. En cuanto a mí, daba igual lo inteligente que fuera, lo buenas que fueran mis notas, o lo que quisiera hacer en el mundo: todavía no era nada. Así que, cuando Evan dejaba a las chicas preñadas a diestro y siniestro, era un ángel caído del cielo, pero cuando yo me quedé embarazada, mis padres tenían como el deber de castigarme y asegurarse de que cargara con aquello el resto de mi vida. Eso fue todo: «Vas a dejar el instituto y a quedarte con la criatura porque eso es lo que te mereces». Cero oportunidades de abortar. Cero apoyo para dar al bebé en adopción, también. La verdad es que en todo eso diste en el clavo tal como lo escribiste. Para mí fue exactamente así. Y no es un cumplido, por cierto.

Jake no se lo tomó como uno.

—Así que tengo a aquella criatura que no quiero y que ellos no quieren y me sacan del colegio, y me quedo todo el día sentada en casa con ella mientras mi madre y mi padre no paran de gritarme que he llevado la vergüenza a la familia, y una mañana cuando no están en casa oigo un pitido en el sótano. La alarma de monóxido de carbono se está volviendo loca, y yo no sé lo que significa, pero investigo un poco. Lo único que hice fue cambiarle las pilas por unas gastadas. No sabía si iba a funcionar ni cuánto tardaría si lo hacía, ni quiénes de nosotros nos iríamos, pero dejaba abierta la ventana de mi habitación, donde también estaba la criatura; aunque, si te soy sincera, creo que cualquier cosa que pasara ya me iba bien.

Se detuvo y se inclinó sobre él. Le estaba comprobando la respiración.

—¿Quieres que siga?

Pero tanto daba lo que él quisiera, ¿verdad?

—Lo hice lo mejor que pude. No fue divertido, pero bueno, pensé, ahora estamos nosotras dos solas. No podía contar con nadie, pero tampoco tenía a quien culpar si la cosa iba cuesta abajo. Perdí el empuje cuando el resto de mi clase se graduó, lo admito. Y empecé a pensar: tal vez es que tiene que ser así, a lo mejor he de abandonar mi propia vida por esta otra. Pensé que podía hacer las paces con eso, y no estaba en contra de tener eso que se supone que has de tener con una criatura. Compañerismo o lo que sea. Pero aquella niña…

El teléfono emitió un sonido metálico. Su teléfono. Anna lo recogió.

—Ay, mira —dijo—. Matilda dice que tu editora de Francia ha ofrecido medio millón por la nueva novela. Me pondré en contacto con ella de aquí a un par de días, aunque dudo que tu editora francesa esté en lo alto de nuestra lista para entonces. —Hizo una pausa—. ¿Por dónde iba?

El gato había regresado y saltó sobre la cama. Se puso en una de sus posturas favoritas, tumbado junto a la pantorrilla derecha de Jake.

—Ni una sola vez, en dieciséis años, hubo una señal de afecto. Cuando intentaba darle el pecho me apartaba, te lo juro. Prefería no comer a estar físicamente cerca de mí. Aprendió a ir al baño sola para que yo no tuviera ese poder sobre ella. Yo sabía que no tenía la intención de quedarse en Rutland ni un día más de lo necesario, pero pensé que al menos haría las cosas del modo habitual: graduarse en la escuela secundaria, tal vez ir tan lejos como a Burlington. Pero no, Rose no. Ella bajó las escaleras un buen día cuando tenía dieciséis años y me dijo que se iba a finales del verano. Toma ya. Ni siquiera pude decirle que no teníamos dinero para una universidad de fuera del estado que estuviera a mil quinientos kilómetros de distancia. Tenía una beca, tenía una habitación en una residencia, incluso tenía una asig-

287

nación para los gastos de manutención que había conseguido de algún benefactor de por allí. Le dije que por lo menos quería llevarla, y me di cuenta de que ni siquiera eso, pero cuando lo pensó de manera práctica, vio lo que significaba para su propia conveniencia. Ella sabía que no iba a volver nunca a casa, así que dejó que la llevara en coche, y yo dejé que prácticamente lo llenara con todo lo que quiso; solo dejó algo de espacio para mis cosas. Pero ¿sabes qué? Yo no quería llevarme mucho. Solo algo de ropa y una vieja estufa de propano.

Haciendo uso de todas sus fuerzas, Jake volvió la cabeza hacia ella.

—No fue un accidente, Jake. Ni siquiera con tu supuesta gran imaginación has podido entenderlo. Quizás tengas ceguera de género sobre la maternidad, como si para una madre fuera imposible hacer eso. Los padres sí, claro, nadie se inmuta si matan a uno de sus hijos, pero haz lo mismo teniendo útero y bum: explota el mundo. Si lo piensas, en realidad es sexismo, ¿no? Evan no tenía ese problema, por si te lo estás preguntando. En su versión le clavo un cuchillo de trinchar a mi hija adolescente en mitad de la noche y la entierro en el patio de atrás. Pero es que él me conocía de veras. Y conocía a mi hija, no lo olvides. Sabía que era una auténtica zorra.

Aquella palabra le recordó algo a Jake, pero no podía pensar el qué.

Anna suspiró. Todavía tenía el teléfono de Jake en la mano e iba pasando fotos y las iba borrando. Muy lejos, Jake notó que Whidbey, el gato, empezaba a ronronear contra su pierna.

—Dejé que aquellos paletos la enterraran —dijo Anna—. La gente siempre quiere implicarse cuando ve una tragedia. A mí me habría gustado hacerme cargo de ello yo misma. Hacer que incineraran el cuerpo… Bueno, ya estaba a medias, y esparcir las cenizas, lo que fuera. No soy sentimental con esas cosas. Pero se ofrecieron, y con todos los gastos pagados, así que dije: «No podré olvidar lo increíblemente amables que han sido ustedes», «Me han devuelto la fe en la humanidad» y «Recemos». Y luego me fui a Athens.

Anna le sonrió.

—¿Qué pensaste realmente de Athens? ¿Puedes imaginarme viviendo allí? A ver, pasaba desapercibida, por supuesto. No me impliqué en ninguna actividad social. Allí era todo fraternidades y fútbol, con todo aquel pelo largo y los buenos chicos, con todo el mundo viviendo en aquellas comunidades horteras de apartamentos. Conseguí la exención de alojamiento diciéndoles que mi madre acababa de fallecer y que tenía muchas ganas de estar sola. Ni siquiera tuve que ir a la oficina de la vivienda, lo cual fue una suerte. Siempre he parecido más joven de lo que soy, pero estaba bastante segura de que no podía pasar por una chica de dieciséis años. Sobre todo después de que le pasara esto a mi pelo. —Hizo una pausa para sonreírle—. Te dije que había sucedido al morir mi madre, así que era un poco verdad. De todos modos, mientras estuve en Georgia me lo teñí de rubio. —Sonrió—. Me ayudó a camuflarme. No era más que otra Bulldawg rubia de bote.

Jake usó toda su fuerza para alejarse de ella y girarse de lado, pero no lo consiguió. Sin embargo, había movido la cabeza sobre la almohada y tenía una visión borrosa del vaso medio vacío y los botes completamente vacíos.

—Vicodin —dijo ella amablemente—. Y algo llamado gabapentina, que me recetaron para mi síndrome de las piernas inquietas. Hace que los opiáceos funcionen mejor. ¿Sabías que tengo el síndrome de las piernas inquietas? Bueno, en realidad no lo tengo, solo le dije al médico que lo tenía. No hay ninguna prueba para comprobarlo, así que solo has de ir al médico y decirle: «¡Doctor! Tengo un impulso fuerte e irresistible de mover las piernas. ¡Sobre todo de noche! ¡Acompañado de unas sensaciones incómodas!». Entonces descartan la falta de hierro y las cosas neurológicas y *voilà*: te diagnostican. El otoño pasado pedí cita por si querían que hiciera un estudio del sueño antes de darme la receta, pero mi doctora fue directamente a los medicamentos, bien por ella. También me recetó OxyContin para el tremendo dolor, y añadió el Valium cuando le dije que en la red había un trol loco que acusaba a mi novio de plagio y que no podíamos estar más estresados. Lo de la sopa era Valium, por cierto. —La oyó reír—. Que indudablemente no estaba en la versión de mi madre. También te he dado algo para las náuseas, para asegurarme de que no vomitas todo mi arduo trabajo cuando esté a medio camino de Seattle. De todos modos, todo esto combinado es bastante infalible, así que yo que tú me relajaría. —Suspiró—. Mira, puedo quedarme un poquito más. Ver cómo pasas lo peor, si quieres. ¿Quieres? Apriétame la mano si hace falta.

Y Jake, que no podría haber dicho lo que quería, y que ya había olvidado lo que se suponía que debía hacer al respecto, notó que ella le apretaba la mano y le devolvió el apretón.

—Bien —dijo ella—. ¿Qué más? Ah…, Athens. Me encantaba estar de vuelta en el colegio. Los jóvenes desaprovechan la educación,

289

¿no te parece? Cuando yo estaba en el instituto miraba a la gente de mi clase, y a mi hermano y a sus amigos, y pensaba: «¡Pero si esto es estupendo! Podemos estar aquí sentados todo el día aprendiendo cosas. ¿Por qué os comportáis todos como auténticos gilipollas?». Mi hermano era el más gilipollas de todos, por cierto. Ni una sola vez en toda mi vida me preguntó nada sobre mí, ni me dijo nada cariñoso, y no tuve ningún problema para no volverlo a ver hasta que empezó a intentar ponerse en contacto conmigo. Es decir, con Rose. Y eso tampoco fue porque de repente se interesara por ella, sino porque quería vender la casa. Puede que porque el bar se estaba yendo a pique. Puede que porque había vuelto a las drogas, no lo sabía, pero supongo que imaginó que no podía dejar a mi hija al margen y no esperar una demanda. No respondí a sus llamadas ni a sus correos electrónicos, así que un día de aquel invierno bajó hasta Georgia. Lo vi esperando en un coche delante de Athena Gardens. Por desgracia, él me vio primero.

Anna volvió a mirar la hora.

—En fin, le concedí el beneficio de la duda. Pensé: «Vale. Me ha visto. Evidentemente es capaz de reconocer a su propia hermana, así que incluso un imbécil como él va a darse cuenta de lo que ha pasado aquí». Tenía la esperanza de que nos dejaríamos en paz mutuamente, igual que habíamos hecho siempre. Y, a ver, yo sabía que se había mudado a la casa, así que no habría estado mal algo de gratitud por su parte, pero claro, mi hermano no hacía esas cosas. Y un día vi en Facebook que se había matriculado en un curso de escritura en el Reino del Noreste. Y tal vez estés pensando: «Vale, pero ¿por qué asumir que iba a escribir precisamente sobre eso?». Lo único que puedo decir es: conocía a mi hermano. No era un tío imaginativo, que digamos. Era una urraca. Veía una cosa bonita y brillante en el suelo y pensaba: «Eso ha de tener algún valor». Y la cogía. Estoy segura de que eres capaz de entender cómo debió de ser que alguien me robara de esa manera, Jake. Así que un par de meses más tarde fui en coche a Vermont y esperé hasta que se fue al trabajo, y me quedé de piedra al ver que el mamón se las había ingeniado para escribir casi doscientas páginas. De mi historia. Y tampoco te creas que lo estaba haciendo por él mismo. Aquello no era un ejercicio de introspección a través de la escritura creativa para tratar de «encontrar su voz» o de entender el dolor que había en el centro de su familia de origen. Encontré concursos de publicaciones, listas de agentes, el tío incluso tenía una suscripción al *Publishers Weekly*. Sabía lo que se hacía. Tenía un plan para ganar mucho dinero. A mi costa. ¿Que hoy en día la gente echa pestes si utilizas una palabra o un peinado culturalmente apropiado? Aquel cabronazo cogió la historia de toda mi vida. Ahora sabes que eso no está bien, ¿verdad, Jake? ¿No es eso lo que se dice en los cursos de escritura? «¿Que nadie puede contar tu historia?»

La prima no tan lejana de «Nadie puede vivir tu vida», pensó él.

—De todos modos, busqué por la casa y recogí todo lo que no quería que quedara atrás. Todas las páginas del manuscrito de su «obra maestra», y las notas. Cualquier foto mía o de Rose que todavía acechara por allí. Ah, y cogí el libro de cocina de mi madre con todas sus recetas, incluida la de la sopa que te gusta. Lleva meses en nuestra cocina, en el estante de encima del fregadero, aunque no te hayas dado cuenta. ¿Dónde está ese ojo para los detalles del novelista, Jake? Se supone que has de tenerlo, ¿sabes?

Lo sabía.

—Y encontré la droga, por supuesto. Tenía un montón. Así que esperé a que volviera de la taberna y, cuando lo hizo, le dije que creía que ya era hora de que tuviéramos una conversación civilizada sobre la venta de la casa. Por cierto, que necesitó un montón de benzodiacepinas antes de que pudiera acercarme a él con la jeringuilla, pero eso es lo que sucede cuando abusas de los opiáceos durante tanto tiempo. No sentí ninguna compasión por él. Aún no la siento. Y se fue de una forma incluso más agradable que esta. Y esta es agradable, creo. Se supone que lo es.

No lo era, pero tampoco era dolorosa. Sentía como si alargara la mano para traspasar algo que tenía la consistencia de algodón de azúcar, pero sin poder llegar al otro lado. Tal vez no tuviera dolor exactamente, pero había una idea que no dejaba de martillearle, como cuando sabes que se supone que has de estar en otro lugar, pero no tienes ni idea de dónde ni de por qué ibas allí. Además no dejaba de pensar lo mismo una y otra vez, que era: «Espera, ¿no eres Anna?». Pero eso no tenía ningún sentido, porque obviamente lo era, y lo que no entendía era por qué no se lo había preguntado antes, y también por qué no se lo estaba preguntando ahora.

—Después de eso decidí irme de Athens. Estoy tan poco hecha para el sur... Me quedé allí el tiempo suficiente para hacer las maletas y encontrar un abogado que se ocupara de la venta de la casa de Vermont. ¿Qué te pareció Pickens, por cierto? Un poco capullo, ¿no? Una vez se puso sobón conmigo y tuve que amenazarle con ponerme en contacto con el colegio de abogados. Como sabrás, ya estaba en la cuerda floja con ellos por otras faltas, así que después de aquello se volvió muy correcto y atento. Lo llamé la semana pasada para advertirle de que podía ser que apareciera un tipo llamado Bonner, y para recordarle el vínculo sagrado del privilegio abogado-cliente, pero dudo que hubiera hablado contigo, aunque no lo hubiera llamado. Sin duda no quiere hacerme enfadar.

«No», pensó Jake. Él mismo tampoco quería hacerla enfadar. Ahora lo sabía.

—En fin, quería ir al oeste a acabar la carrera, pero no estaba segura de dónde. Pensaba en San Francisco, pero al final elegí Washington. Ah, y me cambié el nombre, claro está. Anna suena un poco a Dianna, y Williams es el tercer apellido más común en Estados Unidos, ¿lo sabías? Supongo que pensé que Smith y Johnson parecían demasiado obvios. También dejé de teñirme el pelo. Seattle está lleno de mujeres de pelo cano, muchas de ellas incluso más jóvenes que yo, así que me sentí supercómoda. Nunca he vivido en Whidbey, aunque pasé un par de fines de semana divertidos allí con Randy. Tuvimos algo cuando era becaria en la emisora, y estoy bastante segura de que eso me ayudó cuando salió el puesto de productor. Oye, ¿por qué no dejas de mirar las pastillas? No hay nada que puedas hacer, y lo sabes.

Le tiró del hombro para ponerlo boca arriba de nuevo. Jake tenía los ojos a veces abiertos, a veces no. También le empezaba a costar más oírla.

—Así que todo va genial. Tengo una casa y un trabajo y una planta de aguacate, y entonces, una tarde, en uno de los cafés selectos de Seattle, oigo a tres mujeres hablar sobre un libro que están leyendo, una historia disparatada sobre una madre que mata a su hija y la suplanta. ¡Hostia! ¡No me lo puedo creer! Estoy allí sentada pensando: «¡No puede ser, joder!». No pensaba que tuviera relación conmigo, porque no quedaba nadie que pudiera saberlo, y además lo había sacado todo de la casa y lo había destruido después de leerlo. Dejé el USB y las páginas en todas las basuras del sistema de autopistas interestatales. ¡Tiré su ordenador en un lavabo químico en Misuri! O sea, aquello tenía que ser una coincidencia descabellada o de lo contrario mi puto hermano había escrito el libro desde el infierno y lo había enviado por correo electrónico a la editorial de Lucifer y Belzebú, ¡«especialidad en mentiras e historias robadas»! —Sorprendentemente, Anna sonrió—. Fui a la Elliott Bay y pregunté por un libro del que había oído hablar que trataba de una mujer que mataba a su hija. Y allí estaba. Y cuando busqué sobre ti y vi que habías enseñado en Ripley, en el máster en Bellas Artes, tuve bastante claro lo que había sucedido. Porque, a ver, una trama como esa no sale de la nada, ¿no? ¿Verdad que no?

Jake no respondió.

—Te alegrará saber que tu libro tenía una mesa para él solo, justo en la entrada de la tienda. La ubicación es importantísima para un autor, lo sé. Y *Cuna* estaba en el número ocho de la lista aquella semana, según me dijo el tipo de Elliott Bay. Yo no sabía qué era «la lista». Entonces no; ahora sí. No podía creer que tuviera que gastarme dinero para leer mi propia historia. Mi historia, Jake. Que a mi hermano no le correspondía contarla, pero a ti menos aún. Incluso antes de salir de la tienda ya sabía que te la iba a devolver, aunque tardé un poco en averiguar cómo hacerlo. Ya habías pasado por Seattle con la gira de promoción, lo cual era un fastidio porque significaba que tenía que esperar a que regresaras, pero en cuanto anunciaron la conferencia en el City Arts, empecé a trabajarme a Randy. Esa fue «mi» trama, supongo que podríamos llamarla así —dijo con un sarcasmo extravagante—. Y he de decir que estoy bastante impresionada conmigo misma. ¿Puedes explicarme por qué tuve que casarme con alguien que me ha robado solo para recuperar lo que ya era mío? Ahí hay tema para una novela, ¿no? No es que yo sea capaz de escribir una novela, Jake, porque yo no soy escritora. No como tú.

Levantó vagamente la vista hacia ella. Ya estaba teniendo problemas para entender qué relación tenía con él algo de todo aquello.

—Oye, vaya —dijo Anna—. Tienes las pupilas como dos puntitos. Y estás muy sudado. ¿Cómo dirías que te encuentras? Porque lo que buscamos aquí es la respiración deprimida, un término médico para decir que baja la frecuencia respiratoria, somnolencia, pulso débil. Y lo que les gusta llamar «cambio del estado mental», aunque no tengo muy claro qué significa. Además, ¿cómo voy a hacerte describir tu estado mental ahora?

Su estado mental era que quería que todo aquello parara. Pero al mismo tiempo tenía la sensación de que podría gritar si averiguaba cómo hacerlo.

293

—Odio acortar esto —dijo Anna—, pero si me quedo mucho más tiempo voy a ir estresada por el tráfico, así que me voy a ir. Pero antes de hacerlo quiero dejarte tranquilo sobre un par de cosas. Primero, he dejado mucha comida para el gato, y mucha agua, así que no te preocupes por él. Segundo, no quiero que te preocupes por cómo me las arreglaré después. Tenemos todas las cuestiones legales en buenas manos y el nuevo libro está acabado, así que no debería haber problema. De hecho, no me sorprendería nada que *Cuna* volviera a lo más alto de la lista del *Times* después de esto, y oye, si esa buena oferta de Francia es indicador de algo, tu nuevo libro también funcionará muy bien. Debes estar aliviado. A veces, el siguiente libro después de un éxito es una especie de decepción, ¿verdad? Pero, vaya como vaya, no has de preocuparte, porque en tanto que tu viuda y albacea literaria haré todo lo posible por administrar tu patrimonio con prudencia, porque ese es mi deber y, creo que estarás de acuerdo, mi derecho. Y, finalmente, me he tomado la libertad de escribir algo parecido a una nota de suicidio en tu teléfono mientras pasábamos el rato aquí. Dejo claro que nadie debe sentirse responsable de esto, y que estás terriblemente desesperado porque, bueno, bla, bla, bla, alguien te está acosando por Internet, y no tienes ni idea de quién es, pero te acusa de plagio y eso destroza a cualquier escritor.

Anna sostuvo en alto el teléfono, su teléfono, para mostrarle la nota, pero Jake apenas pudo distinguir el borrón en palabras que ella había redactado. Frases: eran sus últimas frases y ni siquiera las había elegido él, ni las había ordenado él, ni las había revisado él. Eso era casi lo peor de todo.

—Te la leería, pero ahora mismo no creo que estés para muchas modificaciones, y, además, de veras que tengo que irme. Dejaré esto en la encimera de la cocina para que no te molesten llamadas ni mensajes mientras intentas descansar. Y me parece que… —Se detuvo y miró a su alrededor en la habitación ahora oscura—. Sí. Me parece que eso es todo. Adiós, Jake.

Pareció esperar que él respondiera, y después se encogió de hombros.

—Ha sido muy interesante. He aprendido mucho sobre los escritores. Eres un extraño tipo de bestia, ¿eh?, con tus enemistades insignificantes y tus cincuenta sombras de narcisismo. Actúas como si las palabras no pertenecieran a todo el mundo. Actúas como si las historias no estuvieran unidas a personas reales. Es doloroso, Jake. —Suspiró—. Pero supongo que tendré mucho tiempo para superarlo.

Se puso de pie.

—Bueno, para que lo sepas, te enviaré un mensaje cuando llegue a LaGuardia para decirte lo mucho que te quiero. Y te enviaré otro cuando aterrice por la mañana para decir que he llegado bien. Te enviaré fotos del guardamuebles que limpiaré mañana, y tal vez unas cuantas de cuando quede con mis amigos mañana por la noche en uno de nuestros antiguos lugares de reunión en el paseo marítimo. Y luego empezaré a enviarte mensajes para que por favor me llames porque no has respondido a ninguno de mis mensajes y estoy preocupada, y eso continuará durante uno o dos días. Y después me temo que podría tener que llamar a tu madre y a tu padre, pero no pensemos en eso ahora. Tú duerme bien y ya está. Adiós, cariño.

Y se inclinó sobre la cama, pero no lo besó. Estaba besando al gato, Whidbey, que se llamaba así por la isla donde Anna había pasado un par de fines de semana divertidos con Randy, su antiguo jefe, cuando era su becaria. Luego salió de la habitación y poco después Jake oyó que la puerta de la calle se cerraba tras ella.

El gato se quedó donde estaba al menos un par de minutos más, después se subió sobre el pecho de Jake y allí se quedó, subiendo con cada inspiración, bajando con cada exhalación, y mirando a Jake a los ojos mientras siguieron ofreciendo calor humano. Después de eso se fue tan lejos como pudo y se quedó varios días escondido bajo el sofá cubierto con un kílim hasta que, finalmente, vino la vecina a la que le habían gustado tanto aquellos bombones de Nueva Orleans y logró convencerlo de que saliera.

Epílogo

*P*or motivos obvios, el difunto Jacob Finch Bonner, autor del superventas internacional *Cuna*, no estuvo presente en el Auditorio de la Fundación S. Mark Taper para un acto que marcó la publicación de su novela póstuma, *Lapso*, pero estuvo representado por su viuda, Anna Williams-Bonner, antes residente en Seattle. Williams-Bonner, una mujer impactante con una larga trenza plateada, se sentó en uno de los dos sillones que había en el escenario delante de un hinchable enorme de la portada del libro. El otro asiento fue ocupado por una celebridad local llamada Candy.

—Para mí —dijo Candy con una expresión de profunda compasión—, lo triste es que entrevisté a su esposo aquí mismo, en este escenario, para hablar de *Cuna*. De eso hará unos dieciocho meses.

—Sí, ya lo sé —dijo la viuda—. Aquella tarde yo estaba entre el público. Era admiradora de Jake incluso antes de conocerle.

—¡Vaya! Eso es adorable. ¿Lo conoció después, en la firma de libros?

—No. Era demasiado tímida para hacer cola con mi libro. Conocí a Jake a la mañana siguiente. En aquella época era la productora del programa de Randy Johnson en la KBIK. Jake vino al programa y después nos tomamos un café —explicó, y después sonrió.

—Y entonces dejó Seattle y se mudó a Nueva York. Eso no es que nos guste mucho, ¿sabe?

—Es perfectamente comprensible —dijo Anna con una sonrisa—. Pero no pude evitarlo. Estaba enamorada. Nos fuimos a vivir juntos solo un par de meses después de conocernos. No tuvimos mucho tiempo juntos.

Candy agachó la cabeza. La tragedia de todo aquello la había abrumado.

—Entiendo que ha aceptado hacer estas apariciones no solo para apoyar la novela de Jake, sino porque siente la responsabilidad de hablar sobre algunos de los problemas que estaba soportando su marido.

Anna asintió.

—Había recibido una serie de ataques anónimos que le habían destrozado. Sobre todo por Internet, a través de Twitter y de Facebook, pero también mediante mensajes enviados a su editora e incluso algunas cartas enviadas por correo a nuestra casa. El correo electrónico final llegó el día en que se quitó la vida. Yo sabía que estaba angustiado y que trataba de entender quién le hacía aquello y qué quería de él. Creo que aquel último mensaje de alguna manera acabó con su voluntad.

—¿Y de qué le acusaban? —preguntó Candy.

—Bueno, nunca tuvo mucho sentido. Aquella persona decía que Jake había robado la historia de *Cuna*, pero no daba más detalles, la verdad. Era una acusación vacía, pero en el mundo de Jake la sola acusación ya le parecía ruinosa. Quedó destrozado, y tener que defenderse ante su agente y la gente de su editorial, y preocuparse por cómo le afectaría a ojos de sus lectores si aquello llegaba a más gente, simplemente lo destruyó. Al final me di cuenta de que estaba entrando en una depresión. Estaba preocupada, pero bueno, pensaba en la depresión como lo hace la mayoría de la gente. Miraba a mi marido y pensaba: «Tiene una carrera tremendamente exitosa, nos acabamos de casar, seguro que eso es más importante que esta absurdidad; ¿cómo puede estar deprimido?». Yo había venido aquí a Seattle un par de días para ocuparme de mi guardamuebles y ver a los amigos, y fue entonces cuando Jake se quitó la vida. Me sentí muy culpable por haberlo dejado solo… y también porque utilizó la medicación que me habían recetado a mí para una antigua afección. Cenamos juntos en casa antes de irme al aeropuerto, y parecía estar perfectamente bien. Pero al cabo de un día más o menos no respondía a ninguno de mis mensajes ni contestaba al teléfono, y empecé a preocuparme. Al final llamé a su madre para preguntarle si había tenido noticias suyas. Fue horrible tener que hacerle eso. Yo no soy madre, y solo puedo imaginar el dolor de perder un hijo, pero fue horrible presenciarlo.

—Pero usted no puede culparse —dijo Candy. Por supuesto, era lo correcto para decir.

—Lo sé, pero todavía me cuesta. —Anna Williams-Bonner se quedó en silencio un momento. El público se quedó en silencio con ella.

298

—Ha hecho una travesía muy difícil, Anna —observó Candy—. Creo que el hecho de que esté aquí esta noche, hablando con nosotros sobre su marido, sobre sus luchas y sus logros, dice mucho de su propia fortaleza.

—Gracias —dijo la viuda, sentándose muy recta. Su trenza plateada se había deslizado hacia delante sobre su hombro izquierdo y Anna le daba vueltas a la punta alrededor de los dedos.

—Dígame, ¿tiene planes propios que pueda compartir con nosotros? ¿Va a trasladarse de nuevo a Seattle, por ejemplo?

—No —dijo Anna Williams-Bonner con una sonrisa—. Lamento decirlo, pero la verdad es que me encanta Nueva York. Quiero celebrar el maravilloso nuevo libro de mi marido y el hecho de que Macmillan esté honrando a Jake con la reedición de las dos novelas que escribió antes que *Cuna*. Y cuando el año que viene salga la adaptación cinematográfica de *Cuna*, tengo intención de celebrarlo también. Pero al mismo tiempo empiezo a tener la sensación de que tal vez vaya siendo hora de empezar a centrarme en mí misma. Tuve un profesor en la Universidad de Washington que decía: «Nadie puede vivir tu vida».

—Sabias palabras —dijo Candy.

—Siempre me lo han parecido. Y ahora he tenido algo de tiempo para pensar realmente a fondo en lo que quiero de mi vida y en cómo quiero vivirla. Resulta un poco embarazoso dadas las circunstancias, pero en el fondo me he dado cuenta de que lo que de verdad quiero hacer es escribir.

—¡¿En serio?! —exclamó Candy, inclinándose hacia delante—. Eso ha de ser intimidante. Es decir, en tanto que viuda de un escritor tan famoso...

—Yo no tengo esa impresión —dijo Anna, y sonrió—. Es cierto que la obra de Jake era conocida en todo el mundo, pero siempre insistió en que él no era especial. Siempre me decía: «Todo el mundo tiene una voz única y una historia que nadie más puede contar. Y cualquiera puede ser escritor».

Agradecimientos

*P*ocas veces he estado tan agradecida por la carrera que elegí como durante los meses de primavera y verano de 2020, no solo por la oportunidad de trabajar en casa, sino por la oportunidad de escapar, a diario, a otra realidad. Estoy más que agradecida por mis maravillosas agentes en WME, Suzanne Gluck y Anna DeRoy, así como por Andrea Blatt, Tracy Fisher y Fiona Baird, y por Deb Futter, Jamie Raab y su extraordinario equipo de Celadon, incluidas Randi Kramer, Lauren Dooley, Rachel Chou, Christine Mykityshyn, Jennifer Jackson, Jaime Noven y Anne Twomey. Este libro nació en la oficina de Deb. Perdón por el lío.

Mis padres, en confinamiento domiciliario en Nueva York, devoraron cada palabra de esta novela tal como la iba escribiendo. Mi marido me traía café por la mañana y bebidas alcohólicas puntualmente a las cinco de la tarde. Mi hermana y mis hijos me animaban. Mis queridos amigos me han aguantado mientras escribía el libro, y soy incapaz de expresar adecuadamente lo agradecida que les estoy, especialmente a Christina Baker Kline, Jane Green, Elise Paschen, Lisa Eckstrom, Elisa Rosen, Peggy O'Brien, Deborah Michel (y sus retorcidas hijas), Janice Kaplan, Helen Eisenbach, Joyce Carol Oates, Sally Singer y Laurie Eustis. También a Leslie Kuenne, pero esa, literalmente, es otra historia.

La trama puede parecer algo dura con los escritores, pero eso no debería sorprender a nadie; somos duros con nosotros mismos. De hecho, no esperen encontrar en ninguna parte un grupo de creativos que se flagele más. Sin embargo, después de todo, somos los afortunados. Primero, porque podemos trabajar con la lengua, y la lengua es apasionante. Segundo, porque amamos las historias y podemos juguetear con ellas. Mendigadas, prestadas, adaptadas, adornadas..., tal vez incluso robadas: todo forma parte de una gran conversación. «Entenderlo es llegar al fondo de la cuestión. Comprenderlo es perdonarlo.» (Evelyn Waugh, *Retorno a Brideshead*.)

Esta novela está dedicada a Laurie Eustis, con amor.

Este libro utiliza el tipo Aldus, que toma su nombre
del vanguardista impresor del Renacimiento
italiano, Aldus Manutius. Hermann Zapf
diseñó el tipo Aldus para la imprenta
Stempel en 1954, como una réplica
más ligera y elegante del
popular tipo
Palatino

La trama se acabó de imprimir
en un día de primavera de 2022,
en los talleres gráficos
de Liberdúplex, S. L.
Crta. BV 2241, km 7,4
Polígono Torrentfondo
08791 Sant Llorenç d'Hortons
(Barcelona)